KB172423

레이첼 커스크
세계 언론의 찬사를 받다

『환승』은 놀랍도록 아름다운 통찰력과 뛰어난 독창성을 지닌 작품이다.
이 얇은 소설에는 많은 사람의 이야기가 담겨 있다.
작가의 열정이 고스란히 반영된 이 책은 『윤곽』의 뒤를 잇기에 충분하다.
미국_뉴욕타임스

레이첼 커스크의 소설은 보통 사람들의 대화를 중심으로
사실적이고 자연스러움을 추구하는
리처드 링클레이터 감독의 영화를 떠오르게 한다.
미국_달라스 모닝뉴스

레이첼 커스크의 글을 읽는 것은 끝내고 싶지 않은 여행을 하는 것과 같다.
그녀의 문장은 언제나 우아하면서 정확하다.
커스크는 『환승』을 통해 소개되는 삶과 예술에 관해 공감을 불러일으키는
문장 그리고 다양하고 탄탄하게 구성된 일련의 비네트들로
『윤곽』에서 그녀가 스케치한 형상을 채워간다.
소설 속 나레이터의 새로운 삶의 방향을 찾기 위해
계속되는 여정을 따라가는 것이 즐겁다.
미국_NPR

멀게 느껴지면서 친밀하고, 몽환적이면서 현실적이며,
얇지만 풍성하고, 섬세하지만 강렬하다.
레이첼 커스크의 소설은 요즘 쓰여지는 소설들과는 다르게
짜릿한 즐거움을 준다.
캐나다_토론토 스타

강력하고 꿈같은 언어 그리고 자신만의 세계관이 반영된 글쓰기.
미국_워싱턴 포스트

최면에 걸린 듯하다.
미국_로스엔젤레스 타임스

인간의 조건에 대한 레이첼 커스크의 관점은 도발적이고 고혹적이다.
영국_타임

참으로 오랜만에 읽은 가장 기막히게 독창적인 소설이다.
소설 속 단어 하나하나가 정확하게 조율되었고 매혹적이다.
영국_업저버

레이첼 커스크는 가장 명쾌하고 강력한 소설가임에 분명하다.
이런 그녀의 능력은 믿을 수 없을 만큼 단순하고 우아한 문체로 쓰여진
『환승』에 고스란히 반영되어 있다.
영국_나일론

레이첼 커스크는 우아하면서 꾸밈없고 절제된
컷글라스(cut-glass, 날카로운) 글쓰기를 보여준다.
그러나 이 멋지고 균형 잡힌 스타일로 그녀는 가장 뜨겁고
가장 불안정한 경험을 묘사한다.
『환승』은 이혼, 집수리 등 한 삶으로부터
다른 삶으로의 전환에 대한 이야기들이다.
미국_보스턴 글로브

'윤곽 3부작'의 두 번째 소설 『환승』에서 레이첼 커스크는
대화의 흐름이라고 할 수 있는 자신의 새로운 글쓰기 방식을
더욱 세련되게 다듬는다. 그녀는 최소화된 줄거리를
마치 보석상이 목걸이에 반짝이는 보석을 붙이는 것과 같이
정성스럽고 섬세하게 구조화했다.
『환승』은 읽으면 마치 잠자리에서 끊임없이 이야기를 요구하는
아이가 된 것 같은 착각이 든다.
커스크의 작품 중 가장 훌륭하고 페미니스트적인 작품이다.
미국_엘르

대단한 소설이다. 언어와 대화를 향한 커스크의 귀는
언제나 그렇듯 날카롭게 열려 있다.
소설 속 등장인물들은 불안과 욕망 등 보편적 사안에 관해서 이야기한다.
이 소설을 통해 커스크는 인간의 조건에 대해 생생한 탐구를 계속한다.
미국_퍼블리셔스 위클리

레이첼 커스크는 모두의 예상을 뒤엎었다.
놀라움이 가득한 소설이다.
영국_텔레그라프

환승

Transit

한길사

일러두기

- 이 책은 영국에서 발간된 Rachel Cusk가 쓴 *Transit*(Picador, 2016)을 옮긴 것이다.
- 독자의 이해를 돕기 위해 옮긴이가 각주를 넣었다.

어떤 점성술사가 메일을 보내 가까운 미래에 내게 중요한 사건이 일어날 거라고 했다. 그녀는 나의 개인정보를 가지고 있었는데, 그것들을 바탕으로 천체를 살피며 나와 관련한 소식들을 살펴봤다고 했다. 자신은 내가 볼 수 없는 것들을 볼 수 있으며, 나와 관련한 천궁天宮에 아주 중요한 뭔가가 곧 통과할 예정이라는 것을 내게 알려주고 싶었다는 이야기였다. 그 소식을 알고 나서 본인은 아주 흥분했는데, 왜냐하면 그 일이 아주 큰 변화를 가지고 올 것이기 때문이었다. 약간의 비용만 지불하면 기꺼이 그 소식을 내게 알려주고, 내가 그 변화를 잘 활용할 수 있게 도와주겠다고 점성술사는 덧붙였다.

그녀는—메일은 계속됐다—내가 삶의 방향을 잃어버렸음을, 종종 지금의 상황에서 의미를 찾지 못하고, 다가올 일에도 희망을 가질 수 없어서 힘들어하고 있음을 직감했다고 했다. 자신은 나에게 개인적으로 아주 강한 유대감을 느끼고 있는데, 그 느낌을 잘 설명할 수 없지만 어떤 일들은 설명을 거부한다는 것 역시 잘 알고 있다고 했다. 많은 사람이 머리 위 하늘에서 벌어지는 일의 의미에 귀를 기울이지 않는다는 것도 이해하지만, 나는 분명 그런 사람이 아닐 거라고, 현실을 맹신하며 구체적인 설명을 요구하는 사람은 아닐 거라고 그녀는 확신하고 있었다. 그녀는 내가 고통스러워하며 몇몇 질문들을 떠올렸지만, 아마 아직 그 답을 얻지 못했을 것이라고 했다.

하지만 천체의 움직임은 우리 인간의 운명에 무한한 반향을 불러일으키는 어떤 구역을 상징하는 것이었다. 어쩌면 사람들은 자신이 하늘에 흔적을 남길 만큼 중요한 인물이라는 사실을 받아들이지 못하는 것일 수도 있다. 요즘 같은 과학과 불신의 시대에 사람들이 스스로의 중요성을 지각할 수 없게 된 건 슬픈 일이라고 했다. 우리는 스스로와 타인들에게 잔인한 사람이 되었는데, 궁극적으로는 우리가 아무런 가치가 없는 존재라고 믿고 있기 때문이었다.

그녀의 말에 따르면, 천체는 인간의 위대함에 대한 믿음을 되찾을 수 있는 기회를 주는 것이었다. 우리 한 명 한 명이 모두 우주적인 의미를 지닌 존재임을 믿는다면, 사람들이 서로를 대할 때 훨씬 더 품위 있고, 명예롭고, 친절하고, 책임감을 가지고, 존중할 수 있지 않을까. 그녀는 그 많은 사람 가운데 특히 내가, 세상의 평화와 번영을 위한 개선활동에 담긴 의미를 알아볼 수 있는 사람일 거라고 느꼈다고 했다. 그러한 운명에 대한 고양된 의식이 개인적인 측면에서도 혁명적인 변화를 가져올 것임은 말할 것도 없었다. 그녀는 그렇게 허심탄회한 이야기를 메일을 통해 전하는 것을 용서해달라고 덧붙였다. 이미 말했지만, 그녀는 자신과 나 사이에 개인적으로 깊은 유대감을 지니고 있으며, 덕분에 가슴속에 있는 이야기를 꺼낼 용기를 낼 수 있었다고 했다.

이런 메일을 쓴 컴퓨터 알고리즘과 점성술사라는 인물을 만들어낸 알고리즘은 똑같은 것인지도 모른다. 그녀가 사용한 문장은 너무 개성이 강하고, 인물의 특색을 드러내는 표현들이 너무 자주 반복되고 있었다. 말하자면 그 인물은 특정한 인간형을 지나치게 대놓고 모방한 나머지, 실제 인간일 수가 없었다. 결과적으로 그녀의 동정심과 관심은 조금 불길할 정도였다. 그 감정들은 거리를 유지한 채 무심히 나온 것처럼 보이지만, 바로 그 이유 때문에 사심이 없어 보이기도 했다.

이혼 후 우울함에 빠져 있는 내 친구는 최근에, 광고나 음식 포장지에 쓰인 홍보 문구에서 자신의 건강과 안녕을 걱정하는 표현을 보거나, 기차나 버스에서 도착지를 알리는 자동

음성 안내를 듣고 감정이 북받쳐 눈물을 흘릴 뻔한 적이 있다고 했다. 너무 걱정이 돼서 하마터면 내려야 할 정류장을 지나칠 뻔했던 모양이다. 실제로 그는 운전을 하는 동안 길을 안내해주는 여자 목소리, 전 아내보다 훨씬 더 성심껏 이야기해주던 그 목소리에 사랑에 가까운 감정을 느꼈다고도 했다. 삶에서 엄청난 양의 말과 정보들이 쏟아지고 있는데, 가짜-사람이 실제 사람보다 더 현실적이고 더 관계에 열려 있는 경우가 점점 더 많아지고 있는 것 같다고, 그는 말했다. 동료 인간들보다 기계에게 다정함을 기대하는 경우가 더 많았다.

결국 그런 기계화된 접촉은 한 명의 인간이 아니라 여러 명의 노력이 모인 정수였다. 다른 말로 하자면, 예로 든 그런 메일 한 통을 만들어내기 위해서는 많은 점성술사가 있어야만 했다. 그러한 광대한 목소리들이 한 개인만의 것이 아니라는 사실, 모든 곳에서 나오지만 그 어디에서도 나오지 않는다는 사실이 위로가 되는 거라고 그는 믿었다. 많은 사람이 미친 생각이라고 여긴다는 것도 알고 있지만, 그가 보기에 개인성이 지워진다는 것은 다른 이에게 상처를 주는 능력 또한 지워지는 것이었다.

그 친구가—작가인데—지난봄에, 한정된 돈을 가지고도 런던에 와서 살 거라면, 좋은 동네에 있는 나쁜 집을 사는 것이 나쁜 동네에 있는 좋은 집을 사는 것보다 낫다는 조언을 해주었다. 복잡하지 않은 운명을 지닌 사람은 아주 운이 좋거나, 아주 운이 나쁜 사람들밖에 없다고 그는 말했다. 나머지 사람들은 선택을 해야만 한다. 내가 그런 금언에 집착하자 부동산 중개업자가 놀라는 것 같았다. 그걸 금언이라고 해야 할지는 모르겠지만 말이다. 중개업자는 자신의 경험에 따르면 창의적인 일을 하는 사람들은 집의 입지보다는 빛이나 공간을 우선시한다고 했다. 그런 사람들은 사물의 잠재적인 가치를 찾는 경향이 있었다.

반면 대부분의 다른 사람들은 안전이나 편안함, 그러니까 이미 최대치로 실현된 어떤 것, 모든 가능성들을 뽑아내서 매력을 뽐내는 집들, 그래서 더 이상 덧붙일 것이 없는 집들을 찾는다고 했다. 모순은 그런 사람들은 독창적인 것을 두려워하면서도, 동시에 거기에 사로잡혀 있다는 점이었다. 손님들은 세월의 흔적이 조금이라도 보이면 흥분했다. 뭐, 그런 집은 도심에서 조금만 벗어나면 비용을 훨씬 적게 들이고도 넘치도록 찾을 수 있었다.

중개업자가 보기에 사람들이 거품이 잔뜩 낀 지역의 집을 기를 쓰고 사려고 하는 것은 이해할 수 없는 일이었다. 새로 형성되는 지역에 훨씬 싼 집들이 있는데 말이다. 그가 보기에는 그건 상상력이 부족하기 때문이었다. 지금은 가격이 가장 높아진 시점인데, 그런 상황에서도 매수자들이 줄어들기는커녕, 더 맹렬히 달려든다는 것이다. 그는 거의 매일 아수라장 같은 광경을 목격하고 있었는데, 그의 사무실에는 너무 보잘것없는 집에 너무 큰돈을 쓰려고 경쟁하는 사람들이 몰려들었다. 그는 싸움이 벌어지는 광경을 목격하고, 전례가 없을 정도로 공격적인 가격 경쟁을 중재하고, 잘 봐달라는 뜻으로 뇌물을 주겠다는 제안도 받았다. 그 모든 일이, 그가 보기에는, 한낮의 차가운 빛 아래서 보면 아무 특징도 없는 부동산을 놓고 벌어지는 일들이었다.

가장 놀라운 건, 탐욕이라는 고통에 빠져버린 사람들이 보여주는 절박함이었다. 한 시간마다 전화해서 새로 나온 물건이 있는지 확인하고, 아무 이유 없이 전화하고, 간청하고, 가끔은 흐느끼기도 했다. 사람들은 금방 화를 냈다가 금방 뉘우치고, 종종 자신들의 개인적인 이야기를 길게 늘어놓으며 그를 즐겁게 해주었다. 보통이라면 그 사람들을 안쓰럽게 여겼겠지만, 정작 당사자들은 모든 과정이 끝나고 집을 구매하고 나면 그 앞에 있었던 극적인 상황들을 머릿속에서 깨끗이 지워버렸다. 자신들이 했던 행동뿐 아니라, 그 행동들을 참고 견뎌주었던 상대방까지 털어버리는 것 같았다.

지난주에 소름끼칠 정도로 친한 척을 하다가 이번 주에 거리에서 마주쳤을 때는 그를 전혀 알아보지 못한 척하는 손님들도 있었다. 그의 눈앞에서는 바닥을 보였지만, 지금은 그 일을 까맣게 잊고 이웃에서 가게를 하고 있는 부부도 있었다. 그렇게 완벽하게 그 일을 잊어버렸다는 사실 자체에서, 그는 종종 그 사람들도 부끄러워하고 있다는 것을 알아차리곤 했다.

부동산 일을 처음 시작할 때는 그런 일들이 불편했지만, 운좋게도 경험을 통해 그런 일을 마음에 담아둘 필요가 없음을 알게 되었다. 손님들에게 자신은 그들의 탐욕이 만들어낸 붉은색 연기 같은 인물, 말하자면 그들이 감정을 쏟아낼 대상에 불과함을 이해하게 되었다. 하지만 탐욕 자체는 계속 그를 혼란스럽게 했다. 가끔은 사람들이 자신들이 가질 수 있을지 확신할 수 없는 것만 원한다는 결론에 이르렀고, 또 가끔은 그보다 더 복잡한 뭔가가 있는 것처럼 보였다.

손님들이 자신들의 탐욕이 좌절되었을 때 오히려 안도감을 느꼈다고 인정하는 일이 자주 있었다. 어떤 부동산 물건을 구할 수 없게 되었다는 이유로 짜증을 부리는 아이처럼 화를 내고 눈물까지 흘리던 손님들이, 며칠 후에 사무실에 차분히 앉아서는 그 물건을 살 수 없게 되어서 다행이라고 말하기도 했다. 그런 손님들은 그 물건은 자신들에게 맞지 않는 것임을 알게 되었다며, 다른 물건은 뭐가 있는지 물어보았다.

대부분의 사람들에게 집을 알아보고 구하는 일은 대단히 적극적인 활동이었고, 그런 적극성에는 어떤 맹목적 태도가 포함되어 있었다. 집착에서 오는 맹목이었다. 의지가 바닥난 후에야 대부분의 사람들은 자신들의 운명을 알아차리곤 했다.

우리는 그의 사무실에 앉아 이런 대화를 했다. 바깥에서는 회색의 지저분한 런던 거리를 배경으로 차들이 느릿느릿 움직이고 있었다. 나는 그가 설명한 부동산 열풍 이야기를 들으니 경쟁에 뛰어들고 싶은 마음보다는, 집을 찾아보려는 생각 자체가 사라져서 그 자리에서 일어나 나가버리고 싶은 마음이 든다고 했다. 뿐만 아니라 나는 경쟁적인 구매에 뛰어들 돈도 없었다. 그가 말한 시장 상황이라면, 나는 결국 어디에서도 살 집을 구할 수 없을 것 같았다.

하지만 동시에, 나는 그의 표현대로 '창의적인 일을 하는 사람들'이, 역시 그가 예의를 갖춰 말한 그 우월한 가치 때문에 주변화되고 만다는 생각에는 반대였다. 내가 듣기로 그는 '상상력'이란 단어를 사용했다. 그런 사람들에게 최악의 선택은 스스로를 보호하기 위해 중심에서 멀어지고, 외부세계에 전혀 변화가 없는 미학적이기만 한 현실에 안주하는 것이었다. 나는 경쟁이 싫었지만, 그렇다고 승리의 기준 자체를 바꿔 버리는 것은 더 싫었다. 비록 얻을 수 없다고 하더라도, 다른 사람들이 모두 원하는 것을 나 역시 원했을 것이다.

중개업자는 나의 그런 말에 놀라는 것 같았다. 내가 주변지역으로 가봐야 한다는 뜻은 아니었다고 말했다. 그저 내가 가진 돈으로 그쪽에서 더 좋은 집을 더 쉽게 구할 수 있을 것이고, 이웃들도 부동산 열풍에 덜 휩싸인 사람들일 거라는 이야기일 뿐이었다고 했다. 그가 보기에 나는 취약한 상태였다. 그가 일하는 세계에서 내가 가진 숙명론 같은 것은 흔하지 않은 태도였다.

어쨌든 내 의지가 확고하다면 보여줄 물건이 하나 있기는 하다고 했다. 관련 서류는 바로 그 자리에 있었다. 지난번 거래가 무산되면서 그날 아침에 다시 시장에 나온 물건이었다. 지역 자치회 소유의 부동산이었는데, 자치회에서는 다음 구매자를 곧바로 찾고 싶어 했고, 그런 마음이 가격에 반영돼 있었다. 보면 알겠지만, 상태는 좋지 않다고, 사실상 거주가 불가능할 정도라고 그는 말했다.

대부분의 손님들은 아무리 다급해도 쳐다보지 않을 물건이었다. '상상력'이라는 단어를 써도 좋다면, 비록 입지는 아주 좋지만 대부분 사람들의 상상력으로는 감당할 수 없을 거라고 그는 말했다. 그래서 내 사정을 들어버린 상황에서는 양심상, 한번 살아보시라고 이야기할 수 없을 것 같다고. 그건 개발업자나 건축업자들, 그러니까 부동산 물건을 객관적으로 볼 수 있는 사람들을 위한 물건인데, 그 사람들이 관심을 가지기에는 수지타산이 맞지 않았다. 그가 처음으로 나와 눈을 마주치며, 그 집이 아이들과 함께 살기에 적당한 집이 아니라는 건 분명하다고 말했다.

몇 주 후, 거래가 끝난 후에, 길에서 우연히 그 중개업자를 만났다. 그는 서류를 한 다발 안고, 손가락에는 열쇠들을 끼운 채 혼자 걸어가고 있었다. 나는 그가 했던 말이 생각나서 일부러 알아본 척을 하려고 했지만, 그는 그저 나를 한 번 쳐다보고는 이내 고개를 돌려버렸다. 그게 초여름이었고 지금은 초가을이다.

점성술사의 메일에서 '잔인함'이란 단어를 봤을 때 그 일이 떠올랐다. 그건 또한, 스스로 어떤 모습이 되기를 바라든 상관없이, 우리의 모습은 우리를 대하는 다른 사람들의 태도에 따라 결정될 뿐임을 보여주는 예였다. 점성술사의 메일에는 그녀가 나를 위해 작성했다는 나의 별자리 해석이 링크로 첨부되어 있었다. 나는 돈을 내고 해석을 읽었다.

제러드는 즉시 알아볼 수 있었다. 그는 자동차 사이로 햇살을 받으며 자전거를 탄 채, 나를 알아보지 못하고 지나쳤다. 그는 고개를 빳빳이 들고 있었다. 들뜬 표정을 한 그를 보니 15년 전 저녁, 우리가 함께 지내던 아파트 꼭대기 층 창틀에 발가벗고 앉아 다리를 흔들며 내가 자기를 사랑하는 것 같지 않다고 말하던 모습이 떠올랐다. 그날 저녁도, 그날의 그도 아주 극적이었다. 눈에 띄게 달라진 건 그의 머리뿐이었는데, 길게 자란 검은 머리칼이 시선을 사로잡았다.

며칠 후 그를 다시 만났다. 이른 아침이었는데, 이번에는 길가에 자전거를 세워두고 초등학교 교복을 입은 어린 여자아이의 손을 잡고 있었다. 나는 제러드와 1년 남짓 동거했다. 그의 소유로 된 아파트였는데, 내가 알기로 그는 지금도 거기 살고 있었다. 동거를 끝낼 때 나는, 특별히 기념할 일이나 설명도 없이 그를 떠났고, 다른 사람과 함께 런던을 벗어났다. 그 후 몇 년 동안 그는 시골에 있는 우리 집으로 전화를 걸곤 했다. 목소리가 너무 작고 멀리 있는 것처럼 들려서 실제로 어딘가 도피 중에 전화를 거는 것만 같았다.

그러던 어느 날 그는 몇 쪽에 달하는 긴 손 편지를 보냈는데, 그를 떠난 나의 행동을 이해할 수 없을뿐더러, 그건 도덕적으로도 옳지 않은 행동이었다고 설명하는 내용이었다. 큰아들이 태어난 직후에 지쳐 있던 시절에 받은 편지여서, 나는 끝까지 읽을 수도 없었다. 그 편지에 답장을 하지 않은 것은 내가 저지른 나쁜 짓들 중 하나가 되었다.

인사를 하고 서로 놀랐다는 말을 했는데, 내 쪽에서는 이미 그를 본 적이 있었기 때문에 그 놀라움은 연기였다. 제러드가 자신의 딸을 소개했다.

"클라라요."

내가 이름을 묻자 아이는 분명하고 높은, 그리고 조금 떨리는 목소리로 대답했다.

제러드는 나의 아이는 몇 살인지 물었다. 마치 나 역시 부모라는 점을 암시함으로써, 자신이 부모가 되었다는 적나라한 사실이 조금은 누그러들기라도 하는 것처럼 말이다. 그는 어디선가 나의 인터뷰 기사를 읽었는데—솔직히 그건 꽤 오래전 일이었다—서식스 해변에 있는 우리 집에 대한 묘사를 보고 많이 부러웠다고 했다. 사우스 다운즈는 그가 제일 좋아하는 곳이었다. 그런 나를 여기 도심에서 다시 만나서 아주 놀랐다고, 그는 말했다.

"클라라랑 나도 언젠가 사우스 다운즈에서 산책한 적 있는데, 그렇지 클라라?"

그가 말했다.

"응."

아이가 대답했다.

"런던을 벗어나면 그리로 이사 가야겠다는 생각을 종종 하거든. 다이앤도 내가 부동산 홍보물을 읽으면서 딱 그런 생각을 해보는 것까지는 허락하니까."

제러드가 말했다.

"다이앤은 우리 엄마예요."

클라라가 품위 있게 설명해주었다.

우리는 가로수가 늘어선 넓은 길에 서 있었다. 길가의 빅토리아풍 집들이 사회적 지위가 있는 사람들이 사는 동네임을 보증해주는 것 같았다. 그 앞을 지나면서 가지치기가 잘된 울타리와 커다랗게 광이 나는 정면의 창들을 볼 때마다, 나는 근거 없는 안정감과 완벽히 배제되었다는 느낌이 동시에 들었다.

제러드와 내가 함께 지냈던 아파트는 그 근처였다. 그쯤에 이르면 동네 분위기가 조금 떨어지기 시작하는데, 그보다 조금 더 동쪽으로 가면 낡고, 차들이 북적이는 지역이 나온다. 그곳의 집들은 여전히 근사하지만, 여기저기 완벽하지 않은 부분이 있었고, 울타리도 좀더 단정하지 못했다. 아파트는 에드워드풍 대저택의 위층에 방들을 산만하게 흩어놓은 것 같은 구조였다. 그 아파트에서 보이는 전망은 건강한 것과 지저분한 것을 딱 구분해놓은 것 같았는데, 제러드는 종종 그러한 구분을 결정하는 사람처럼 보이기도 했고, 그 안에 갇힌 사람처럼 보이기도 했다.

건물 뒤로는 서쪽으로 팔라디오식 전망이 드러났다. 잘 정리된 정원과 키가 큰 나무들, 그리고 잘생긴 저택들이 우아한 모습을 드러냈다. 반대로 건물의 앞쪽으로는 황폐한 도심의 전경이 펼쳐졌다. 아파트가 언덕에 있었기 때문에 거기서는 아무런 장애물 없이 그런 풍경을 볼 수 있었다. 한번은 제러드가 멀리 보이는 야트막한 건물을 가리키며 여성전용 교도소라고 알려주었다. 우리 아파트에서 그 건물이 너무 잘 보여서, 밤이면 감방 사이의 복도를 오가는 수감자들이 피우는 담배의 노란 불빛까지 볼 수 있을 정도였다.

우리 옆 담장 안에서 운동장의 소음이 점점 더 커졌다. 제러드는 클라라의 어깨에 손을 얹고, 몸을 굽혀 클라라의 귀에 대고 낮게 뭔가를 속삭였다. 꾸중을 하는 게 분명했다. 나는 그가 보냈던 편지와 거기에 나열되어 있던 나의 단점들을 떠올렸다. 클라라는 작고 약하고 예쁜 존재였지만, 제러드가 귓속말을 하는 동안 요정 같은 그 얼굴에 떠오른 순교자 같은 표정을 보니, 아이가 아버지의 감성적인 면을 물려받았음을 알 수 있었다. 고쳐야 할 것들을 이야기하는 아빠의 말을 흥미롭다는 듯이 듣고 있는 아이는, 영리해 보이는 갈색 눈을 동그랗게 뜨고 먼 곳을 바라보았다. 아빠의 마지막 말에 알겠다는 뜻으로 고개를 살짝 끄덕인 후에, 아이는 뒤로 돌아 교문 안의 다른 아이들 무리 속으로 멀어졌다.

나는 제러드에게 아이가 몇 살이냐고 물었다.

"여덟 살, 하는 짓은 열여덟 살이야."

제러드에게 아이가 있다는 사실이 놀라웠다. 나와 함께 지내던 시절에 그는 자신의 어린 시절에 겪었던 어려움들을 해결하지 못하고 있었기 때문에, 그랬던 그가 이제 본인이 아버지가 되었다는 사실을 믿을 수 없었다. 그것만 제외하고는 전혀 바뀌지 않은 것 같았기 때문에 그 사실이 더 낯설게 느껴졌다. 갸름한 얼굴과 속눈썹이 길고 부드러운, 아이의 눈 같은 그 눈은 그대로였다. 왼쪽 바짓가랑이는 언제나처럼 자전거

클립을 끼워 접혀 있었다. 등 뒤로 맨 바이올린 케이스는 그를 알아보는 표시와도 같아서, 아직도 그걸 메고 다니냐고 물어볼 생각도 들지 않았다. 클라라가 보이지 않게 되었을 때 제러드가 말했다.

"네가 돌아왔다는 이야기를 들었어. 그 말을 믿어야 할지 말아야 할지 몰랐는데."

그는 내가 어디에 집을 샀는지, 어느 거리에 살고 있는지 물었고, 내가 대답하는 동안 그대로 서서 고개를 끄덕였다.

"나는 이사도 안 했어. 이상하지, 너는 항상 뭔가를 바꾸고 나는 아무것도 바꾸지 않는데, 결국 우리는 같은 곳에서 만났다는 게."

그가 말했다.

몇 년 전 잠시 캐나다에서 지낸 적이 있었다고, 그는 말을 이었다. 그것만 빼면 다른 일들은 모두 예전과 똑같다고 했다. 그는 그렇게 떠난다는 것이 어떤 느낌인지, 알고 지내던 것들에서 벗어나 어딘가 다른 곳으로 간다는 게 어떤 느낌인지 궁금했다고 말했다. 내가 떠나고 얼마 동안은, 매일 아침 출근하려고 집을 나설 때면 아파트 입구 옆에 있던 목련 나무를 바라보곤 했는데, 나는 더 이상 그 나무를 볼 수 없겠구나 하는 생각에 이상한 기분이 들었다고 했다. 둘이서 함께 산 그림도 있었는데—그 그림은 지금도 정확히 같은 자리에, 뒷마당 쪽으로 난 커다란 창문 사이에 걸려 있었다—거실에 앉아 그 그림을 볼 때면 내가 어떻게 그 그림을 두고 떠날 수 있었는지 궁금했다고 했다.

처음에는 그런 대상들—목련 나무, 그림, 내가 두고 간 책이나 물건들—이 버려진 희생양이라고 생각했지만, 시간이 지나면서 그런 생각들은 바뀌었다. 그런 대상들, 그러니까 남겨두고 온 것들을 다시 보면 내가 상처를 받을 거라고 생각했던 시기가 있었지만, 시간이 좀더 지나자, 이제는 내가 반갑게 그것들을 다시 볼 수 있을 거라는 느낌이 들기 시작했다고 그는 말했다. 그는 그것들을 모두 보관하고 있었고, 공교롭게도 목련 나무까지, 베어버리자고 말하는 다른 입주민들도 있었지만, 여전히 같은 자리에 있었다.

교문 근처에 교복을 입은 아이들과 부모들이 몰려들면서 소음 때문에 이야기를 하기가 어려웠다. 제러드는 계속 자전거를 이리저리 움직여야 해서, 손잡이를 잡고 가볍게 옆으로 치웠다.

다른 학부모들은 대부분 엄마들이었다. 개를 데리고 나온 여자, 유모차를 끌고 나온 여자, 깔끔하게 차려 입고 서류가방을 들고 있는 여자, 아이들 책가방과 도시락 가방, 악기 가방을 들고 있는 여자들도 있었다. 여자들의 목소리가 뒤섞이고, 그 소리는 담장 안쪽에서 아이들이 운동장으로 몰려나오며 울리는 소음 사이에서 더 크게 들렸다. 피할 수 없을 정도로 커지는, 거의 히스테리에 가까운 그 소리는 점점 커지다가 학교 종이 울리면서 갑자기 멈췄다. 잠시 후 어떤 여자가 제러드에게 큰 소리로 인사를 했고 그도 흥겹게 답했다. 그런 흥은 사회에 대한 불신을 위장하는 그만의 방식이었다.

그는 혼잡한 교문 앞을 벗어나 도로로 자전거를 내렸다. 막 황갈색으로 단풍이 든 나뭇잎이 주차해둔 차들 주변에 떨어져 있었다. 우리는 길을 건넜다. 따뜻하고 나른한, 바람 한 점 없는 오전이었다. 방금 빠져나온 교문 앞과 대조적으로, 길 건너편은 너무 조용하고 정적이어서, 마치 시간이 멈춘 것만 같은 느낌이 들었다.

제러드는 몇 년째 클라라를 학교에 데려다주고 있지만, 교문 앞은 여전히 불편하다고 했다. 아내 다이앤은 일이 많았을 뿐 아니라, 학교 문화를 그보다 더 못마땅해했다. 그는 남자였기 때문에 적어도 그런 불편함을 어느 정도 숨길 수도 있었다. 클라라가 더 어렸을 때, 놀이터에 데리고 나가거나 오전의 커피 모임에 나가는 것도 그의 몫이었고, 덕분에 그는 부모 노릇이 아니라 다른 사람들에 대해 많이 배우게 되었다.

그는 아기 엄마들 모임에서 여자들이 자신에게 적대적이어서 놀랐다고 했다. 딱히 자신이 남성적이라고 생각한 적은 없었고, 가깝게 지내는 여자 친구들도 있었다. 10대 때 그와 가장 친했던 친구는 미란다였는데—"너도 아마 기억하겠지만"이라고 그가 말했다—당시 두 사람은 거의 쌍둥이처럼 지냈고, 종종 한 침대에서 자거나 함께 옷을 갈아입어도 전혀 어색하지 않았다.

하지만 엄마들의 세계에서 그의 남성성은 갑자기 일종의 낙인이 되었다. 다른 엄마들은 돌아가며 자신을 원한과 경멸의 대상으로 여겼는데, 그로서는 모임에 나가든 안 나가든 그런 상황을 바꿀 수 없을 것 같았다. 그는 어린 클라라를 돌보며 자주 외로움을 느꼈고, 자신의 성장 과정을 새롭게 보게 되었다. 그건 직접 아이를 기르면서 새로 얻게 된 관점이었다.

아내 다이앤은 다시 전업으로 일을 시작했고, 그는 종종 아내가 엄마 역할에 무관심하고 엄마들의 활동에 반감을 드러내는 것을 보며 놀라기도 했지만, 시간이 지나면서 그런 지식—양육활동과 그 결과들—이 그녀에게는 전혀 필요 없는 것임을 알게 되었다. 여자로 지낸다는 게 어떤 것인지는 아내도 알 만큼은 알고 있었다. 알아야 할 사람, 배워야 할 사람은 그였다. 그는 다른 사람을 돌보는 법, 책임감을 가지는 법, 관계를 만들어가고 유지하는 법을 배울 필요가 있었고, 아내는 그가 그런 것들을 배울 수 있게 해주었다. 아내는 딸 클라라를 온전히 그에게 맡겼는데, 그건 대부분의 다른 여자들이라면 할 수 없는 일일 거라고 그는 확신했다. 어려운 일이었지만, 그도 끝까지 해내야만 했다.

"이제 나도 엄마들이 좋아하는 아빠가 된 거지."

그는 개와 유모차를 끌고 흩어지기 시작하는 여자들을 턱으로 가리키며 말했다.

우리는 학교를 뒤로 하고 지하철로 이어지는 완만한 내리막길을 천천히 걸었다. 그쪽 방향으로 가기로 한 건 거의 자동적인 반응이었다. 나는 지하철을 탈 일이 없었고, 자전거를 가지고 온 제러드도 마찬가지였을 것이다. 하지만 나름 복잡한 재회였기 때문에—그렇게 오랜 시간 후에—상황을 확실히 파악하기 전에는 중립적인 지대에 머물러야 한다는, 공공장소를 따라 움직여야 한다는 암묵적인 합의가 우리 둘 사이에 이루어진 것 같았다.

"도시에서의 삶이 지닌 익명성이 얼마나 편안한 것인지 잊고 있었어. 여기선 늘 자신을 설명해야 할 필요가 없으니까."

내가 말했다.

도시는 해석이 가능한 활동 공간, 또는 인간들의 행동 유형을 모아둔 사전 같은 공간이었다. 그 사전을 활용하면 자아의 신비 같은 것도 절반 정도는 해석할 수 있었고, 덕분에 사람들은 일종의 속기 같은 간략한 표현만으로도 효과적으로 의사소통을 할 수 있었다. 전에 살았던 시골에서는 사람들 한 명 한 명이 모두 특별했고, 종종 그들의 행동이나 의도를 전혀 이해할 수 없는 경우들이 있었다. 자신을 설명하려는 과정에서 의도가 전달되지 않거나 오해를 받는 경우도 많았고, 근거 없는 가정들이 난무하고, 너무 많은 말이 의미를 제대로 담아내지 못했다고, 나는 말했다.

"네가 떠난 게 언제였지? 그러니까, 15년쯤 된 것 같은데?"

제러드가 물었다.

일부러 애매하게 묻는 그의 태도는 어딘가 부자연스러웠다. 그는—자신의 의도와 달리—분명한 사실을 모르고 있는 척했지만 실은 꽤나 익숙했고, 그런 모습 앞에서 나는 옛날에 그를 대했던 나의 태도에 대해 통렬한 죄책감이 들었다. 다시 한번 그가 거의 바뀌지 않았음을 깨달았다. 다만 조금 더 속이 채워진 것뿐이었다. 옛날의 그는 스케치 같은 사람, 윤곽뿐인 사람이었다. 나는 그가 실제 모습 이상의 누군가가 되어주기를 바랐지만, 그 여분의 것을 어디서 찾아야 할지는 알 수 없었다.

하지만 화가가 스케치뿐인 형상에 색을 채워 넣듯, 시간이 그에게 밀도를 제공해주었다. 그는 손가락으로 머리칼을 자주 쓸어넘겼다. 아주 건강하고 적당히 그을려 있었고, 젊었을 때도 좋아했던 파란색과 빨간색이 섞인 헐렁한 격자무늬 셔츠를, 갈색 목덜미가 잘 보이게 풀어헤치고 있었다. 오래 입고 여러 번 세탁을 했는지 셔츠의 색이 바래지고 흐릿했는데, 나는 그게 옛날에 늘 입고 다니던 바로 그 셔츠가 아닌지 궁금했다.

그는 늘 검소했다. 낭비나 과소비를 보면 정말로 화를 냈는데, 그런 행동을 하는 사람들을 보며 자신도 모르게 그들을 판단하기도 했다. 하지만 언젠가는, 자신이 욕했던 그런 무의미한 사치와 소모적인 행동들에 스스로 빠져드는 환상을 품기도 한다고 고백한 적이 있었다.

나는 내가 없는 동안에도 동네는 별로 달라지지 않은 것 같다고 말했다. 이웃들이 아침에 옷을 깔끔하게 갖춰 입고 집을 나와 일터로 갈 때, 잠시 걸음을 멈추고 주변을 둘러보면서 희미하게 미소 짓는 모습을 보기도 했다. 마치 뭔가 즐거운 일을 떠올리는 것 같았다. 제러드가 웃었다.

"자기 모습에 만족하는 사람들에 둘러싸여 지내면, 본인 역시 자기 모습에 만족하지 않기가 쉽지 않겠지."

그가 말했다.

떠나는 일의 장점은 더 쉽게 달라질 수 있다는 점임을, 그는 이제 이해할 수 있었다. 그리고 바로 그 점이 그가 늘 두려워했던 일이었다. 어딘가 다른 곳에서 지내면서 자신이 과거의 모습을 잃어버렸다는 사실을 깨닫는 것 말이다. 다이앤은 캐나다인이라고, 그는 말했다. 그녀는 자신이 자랐던 곳이 아닌 대륙에서 지내는 일이 전혀 문제가 되지 않는 것 같았다. 오히려 그녀는 지구 반대편으로 와버림으로써, 아무 쓸모도 없는 감정적인 문제들—무엇보다도 어머니와의 관계—로부터 벗어날 수 있었다고 믿고 있었다.

하지만 제러드 본인이 런던에 계속 살고 있고, 그 사실이 그라는 인간의 운명을 결정했다는 점에는 어떤 불가피한 면모가 있음을, 그도 인정했다. 대부분의 사람들은 자신이 그랬던 것처럼 스스로의 출신에 발목이 잡히지 않는다는 것을, 그 역시 알고 있었다. 다이앤과 함께 토론토에서 2년 동안 지냈던 적이 있는데, 거기서 해방된 느낌을 얻은 것은 사실이지만—몸이 으깨질 것 같은 중압감에서 벗어난 것 같았다—죄책감은 더 커졌다. 그리고 클라라가 태어나자, 딜레마는 더욱 깊어졌다. 클라라가 자신이 겪었던 것 같은 어린 시절을 겪는다는 상상은 끔찍했지만, 그 아이가 제러드 본인에게는 현실의 대부분인 것들을 까맣게 모르고 평생을 살아간다는 상상은 더 끔찍했다.

나는 다른 사람들이라면 '향수'라고 했을 감정에 대해 왜 그는 '죄책감'이라는 단어를 쓰느냐고, 어찌됐든 그건 실제로는 가족과 관련한 현실들만 사라진 상태 아니었냐고 물었다.

"선택한다는 것 자체가 잘못된 것 같았어. 인생 전체가 선택에 달렸다는 생각이 잘못된 것 같은 느낌이 들더라고."

그가 말했다.

그는 아내 다이앤을 우연히, 영화관에 줄을 서 있다가 만났다. 토론토의 영화학교에서 제안한 연구 장학생으로 6개월 동안 토론토에 간 것이었다. 지원할 때만 하더라도 장학금을 받을 거라고는 기대도 안 했지만, 어느새 그곳에 가 있었다. 영하 20도의 날씨에 기운을 차리려고 예전부터 좋아했던 「살아있는 시체들의 밤」을 보기 위해 영화관을 찾았다. 알고 보니, 다이앤도 공포영화를 좋아했다. 그녀는 CBS*에서 일했는데, 시간을 많이 잡아먹는 일이었다. 둘은 몇 주 동안 불규칙적으로 만났고, 마침 다이앤의 개, 트릭시라는 이름의 덩치가 크고 기운이 센 푸들을 산책시켜주던 사람이 토론토를 떠나게 되

* 캐나다 국영방송.

었다.

개 문제는 이미 다이앤에게 골칫거리였다. 그녀는 유난히 부담스러운 프로젝트로 머리가 복잡한 상황이었는데, 아침 일찍 집을 나서서 밤늦게야 돌아왔고, 트릭시는 산책시켜주는 사람과의 외출만으로는 충분하지 않았다. 다이앤은 개를 무지 좋아했는데, 트릭시가 처한 비참한 상황을 진지하게 고민하고 있었다. 상황이 그렇게 되자 트릭시에게 다른 주인을 찾아주는 수밖에 없을 것 같았다.

"아내 같은 사람에게 그건 자식을 다른 집에 보내는 거랑 다름없는 일이었지."

제러드가 말했다.

제러드는 다이앤을 잘 모르는 상태였지만—그리고 개에 대해서는 전혀 몰랐지만—돕겠다고 했다. 그는 대학에서 야간 수업을 맡고 있었기 때문에 낮 시간에는 어느 정도 여유가 있었다. 학기가 끝나면 런던으로 돌아올 계획이었지만, 당분간은 기꺼이 다이앤의 아파트로 가서, 트릭시의 목줄을 채우고 공원에 데리고 가서 마음껏 뛰고 뒹굴게 해줄 수 있었다.

처음에는 트릭시가 신경 쓰였지만—너무 크고 고집이 센데다가, 말도 안 통했으니—오래지 않아 그는 그 산책이 좋아졌다. 한 번도 가본 적 없는 토론토의 구석구석을 다닐 수 있었고, 하루하루 선택을 해야만 하는 부담감에서도 벗어날 수 있었다. 가끔 커다란 개를 끌고 외국의 도시를 돌아다니는 자신의 모습을 보고 대체 어쩌다 그렇게 된'건지 의아했던 순간들이 있기는 했다.

일주일쯤 지나자 트릭시와의 일상이 자리를 잡았는데, 적어도 그가 아파트 문을 열고 들어갈 때 트릭시가 일어나 으르렁거려도 덜 놀라게 되었다. 트릭시는 기꺼이 그와 함께 나오려 했고, 옆에 딱 붙어서 고개를 들고 당당하게 걸었다. 말없는 짐승이 그렇게 옆에 붙어서 걷는 동안 제러드 자신도 조금은 뿌듯한 기분이 들었다. 다이앤과는 거의 만나지 못했지만 트릭시에 대해서는 점점 더 친밀한 느낌이 들었고, 어느 날인가, 목줄을 꼭 묶어야 할 필요가 없을 것처럼 보였다—사실 그건 트릭시에게는 조금 모욕적인 처사였다—녀석은 그의 발 옆에 딱 붙어서 아주 얌전하고 자제력 있게 걸었다. 그는 더 생각하지 않고 무릎을 꿇고 앉아 목줄의 자물쇠를 풀어주었고, 그길로 트릭시는 도망가고 말았다. 그는 교통이 혼잡한 리치몬드 대로에 그대로 서 있었다. 자동차 사이를 갈색 화살처럼 휑하니 지나는 트릭시가 잠깐 보이는가 싶더니, 녀석은 그대로 영영 사라지고 말았다.

이상한 일이지만, 사방으로 뻗은 토론토의 회색 도로가에 개 목줄을 손에 쥐고 서 있는 동안 그는 처음으로 집에 있는 것 같은 편안함을 느꼈다고 했다. 자신이 무의식중에 돌이킬 수 없는 변화를 불러왔다는 느낌, 자신이 뭔가에 실패하면서 새로운 장이 시작되었다는 느낌이 들었다. 거기 서서 새삼 깨달은 점이지만, 그건 그가 가장 잘 알고 있는, 그리고 친숙한 느낌이었다. 실패함으로써 상실이 생겼고, 상실은 자유로 이어지는 입구가 되어주었다. 어색하고 불편한 입구였지만, 그가 지날 수 있는 유일한 입구이기도 했다. 보통은, 자신을 그런 상태에 이르게 한 어떤 사건의 결과를 통해 꾸역꾸역 그 입구를 지나곤 했다.

그는 다이앤의 아파트로 돌아와 여전히 목줄을 쥔 채 어둠 속에서 그녀가 귀가할 때까지 기다렸다. 그녀는 즉시 상황을 알아차렸다. 이상하게 들리겠지만, 두 사람의 관계는 그때부터 시작되었다고 할 수 있다고 제러드는 말했다. 그는 그녀가 가장 아끼던 것을 망가뜨렸고, 그녀 쪽에서는, 그가 꼭 맡지 않았어도 될 책임을 부여함으로써 그가 실패하는 빌미를 제공했다. 그럴 의도는 아니었겠지만, 둘은 그렇게 서로의 가장 취약한 부분을 발견하고 말았다. 두 사람은 끔찍한 지름길을 통해, 보통은 사람들의 관계가 끝나는 어떤 단계에 도달해버렸고, 거기서부터 시작했다.

"이 이야기는 아내가 나보다 더 잘해."

제러드가 미소를 지으며 덧붙였다.

우리는 작은 공원에 들어섰다. 주택 밀집 지역을 통과해 지하철역으로 가는 지름길이었다. 오전의 그 시간에 공원은 거의 텅 비어 있었다. 어린아이를 데리고 나온 여성 몇 명이 난간을 두른 놀이터에 모여서 놀이기구를 타는 아이들을 지켜보거나, 전화기를 들여다보고 있었다.

제러드와 다이앤은 토론토에 18개월을 더 머물렀고, 그 사이 클라라가 태어난 거라고 제러드는 말을 이었다. 토론토에서는 아주 작은 아파트 하나도 마련하기 어려웠지만, 런던에는 여전히 제러드 소유로 되어 있는 아파트가 있었다. 오래전에 적당한 가격에 사두었던 아파트는 이제 수십만 파운드짜리가 되어 있었다. 뿐만 아니라 클라라에게는 친척들이 필요했다. 다이앤은 아이가 아무 상처도 받지 않고 자라게 하겠다는 건 좋지 못한 취향이라고 생각했다.

"아내 쪽 집안은 거의 망가진 수준이었거든, 거기에 비하면 우리 집 문제는 예방 주사 맞는 정도였지."

제러드가 말했다.

두 사람은 클라라가 3개월 됐을 때 런던으로 왔다. 아이는 자기가 태어난 창백하고 무미건조한 도시에 대한 기억이 전혀 없을 것이다. 제러드가 자신을 포대기에 꼭 안고 걸었던, 바람이 심하게 불었던 호숫가에 대한 기억도, 제러드와 다이앤이 끊임없이 바뀌는 미술가와 음악가와 작가들과 함께 지냈던 전차 선로 옆의 판잣집에 대한 기억도 전혀 없을 것이다.

그 집은 한때 상점으로 쓰던 건물이었는데, 정면으로 난 커다란 진열장도 그대로였다. 유리창 안쪽이 일종의 거실 역할을 해서, 밖에서도 집안사람들이 살아가는 모습을 볼 수 있었다. 집으로 돌아오던 제러드는 그 유리창 안으로 보이는 연극 같은 장면들을 보고—특히 저녁에, 실내에 불이 켜져 있고 상점 앞쪽이 거대한 무대처럼 보일 때 그랬다—놀랄 때가 많았다. 사랑의 장면, 말다툼하는 장면, 고독한 장면, 뭔가에 열중하고 있는 장면, 우정의 장면, 가끔은 지루하고 산만해 보이는 장면도 있었다. 배우들은 모두 아는 사람들이었지만—안으로 들어서면 그도 그런 배우들 중 한 명이 되었다—그는 종종 밖에 서서 취한 듯한 표정으로 그 장면들을 지켜보았다.

어떤 의미에서 그것들은 모두 예술적인 시늉일 뿐이었음을 그는 알고 있었지만, 그에게는 그것이 토론토와 그곳에서 지냈던 자신의 삶을 요약하는 광경이었다. 정확히 말할 수는 없지만 분명히 알아볼 수 있는 어떤 차이가 있었다. 그 차이를 이야기하려고 할 때마다 떠오르는 단어는 '순수함'이었다.

"런던이었다면 그런 장면이 불가능했을 것 같거든. 여기서 내가 아는 사람들 틈에서 그렇게 사는 일 말이야. 모순이 너무 많아. 여기선 점잖은 척할 수가 없어. 모든 게 그 자체로 이미 모방에 불과하니까."

그가 말했다.

그럼에도 그와 다이앤은 돌아왔고, 비록 가식적인 분위기에 숨 막혔다고 해도—"심지어 저 술집도 모순적이야"라고, 그는 한때 지저분한 빌딩에 불과했지만 지금은 있지도 않은 과거의 어떤 모습을 본떠서 새로 단장한 술집 앞에서 말했다—요즘은 연속성이라는 힘에 의지해서 지내고 있었다. 두 사람의 삶은 놀랄 만큼 안정적이었는데, 둘의 능력을 고려하면 기적 같은 일이었다.

표면적으로만 보면, 그의 삶과 관련한 사실들은 내가 그를 알고 지내던 때와 달라지지 않았다. 그는 같은 아파트에 살고, 같은 친구들을 만나고, 언제나처럼 같은 날에 같은 곳에 갔다. 심지어 그때 입었던 옷들도 아직 많이 입고 다녔다. 달라진 것이 있다면 다이앤과 클라라가 함께 있다는 것이었다. 그들이 일종의 관객 역할을 해주었다. 그는 두 사람이 없었다면 자신이 그런 삶을 유지할 수 있었을지 모르겠다고 말했다.

토론토에서 보냈던 시간이 이 연속성을 위한 투자였다는

생각이 점점 더 커지고 있었다. 외국에서 발견한 자원들 덕택에 이곳에서의 존재를 더욱 확고하게 만들 수 있었다. 모험을 감수한 결과로 안정성을 얻을 수 있었다는 점이 재미있었다. 어쩌면 사람들이 주변을 있는 그대로 지키려고 할 때가 바로 쇠락이 시작되는 시점일지도 몰랐다.

"어쩌면 우리는 여전히 상점에서 살고 있는 건지도 몰라. 연출한 무대이지만, 그것 또한 현실이니까."

그가 말했다.

나는 지난여름, 아이들을 데리고 런던에 돌아왔을 때 모든 것이 너무 낯설었다고 했다. 큰아들은 자신이 연극을 하고 있는 것 같은 기분이 든다고 말할 정도였다. 다른 사람들은 그들이 맡은 대사를 하고 자신은 자신의 대사를 하는 상황, 어디에서 무슨 일이 벌어지든 모두 비현실적으로 느껴졌고, 모두 대본에 쓰여 있는 대로 무대 위에 펼쳐지고 있는 것만 같았다고 아들은 말했다. 새로 전학한 학교에서는 이전보다 더 독립적이어야 했다. 전에는 뭐든 나한테 의지하던 아이들이었는데, 여기로 오자마자 금세 게으름을 덜 피웠고, 나로서는 전혀 알 수 없는 방식으로 자신들을 조금 더 다듬어나갔다.

이전의 생활 이야기는 거의 하지 않았기 때문에, 그 생활 역시 비현실적으로 느껴지기 시작했다. 처음 여기에 왔을 때는,

저녁에 동네 거리를 돌아다니며 마치 관광객처럼 구경했다고 나는 제러드에게 말했다. 처음에 아이들은 내 손을 잡고 걸었지만, 언젠가부터는 내 손을 잡는 대신 계속 바지 주머니에 손을 넣고 있었다. 그리고 얼마 후, 아이들은 숙제가 많다며 저녁 산책을 나가지 않았다. 저녁을 급히 먹고는 각자 방으로 올라갔고, 아침이면 아직 어스름한 이른 시간에 집을 나서서, 등 뒤로 무거운 책가방을 철렁철렁 흔들며 지저분한 보도를 따라 걸어갔다.

지인들은 그러한 변화를 반가워했는데, 그들은 그게 꼭 필요한 일이라고 생각했던 게 분명했다. 내가 그렇게 독립 후에 돌아와서 잘 됐다는 말을 너무 자주 들어서, 그들에게 내가 그저 동정의 대상 이상의 어떤 존재가 아닌가 하는 의심이 들 정도였다. 나는 혹시 나를 아는 사람들이 두려워하고 두려워하는 어떤 것, 그들이 떠올리기 싫어하는 어떤 것을 온몸으로 보여주는 사람이었던 걸까.

"나는 네가 모든 일이 완벽하게 풀렸을 거라고 생각했어. 너는 완벽한 삶을 살고 있을 줄 알았다고. 네가 나를 떠났을 때 슬펐던 건, 네가 나를 아주 쉽게 사랑했던 것처럼 다른 사람에게도 쉽게 사랑을 줄 것 같아서였거든. 하지만 너는 사랑하는 사람이 누구냐에 따라 달라지는 거였구나."

제러드가 천천히 말했다.

그제야 과거에 그가 보여주었던 비이성적인 모습과 유치함, 불안정함, 그리고 가끔 드러냈던 과시적인 태도가 떠올랐다. 나는 대부분의 결혼은 그렇게 유지되는 것 같다고, 많은 이야기에서 알 수 있듯, 불신이라는 긴장 속에서 유지되는 것 같다고 말했다. 그러니까, 결혼을 지탱하는 건 완벽함이라기보다는, 어떤 현실들을 피하려는 마음이었다. 내가 그를 떠났을 때 제러드가 그런 현실을 하나 구성해냈다는 건 잘 알겠다고 말했다. 그의 감정이 포악하게 상처를 받았음에 틀림없다. 다른 식의 이야기는 불가능했을 것이다.

하지만 이제 와서 그때를 다시 생각해보면, 그렇게 버려진 요소들—거부된 것들, 혹은 어떤 서사를 구성하기 위해 의식적으로 잊힌 것들—이 점점 더 지배적인 것이 되어버렸다고, 나는 말했다. 내가 그의 아파트에 두고 나온 물건들, 그렇게 버려진 물건들은 시간이 지나면서 다른 의미를 지니게 되었고, 그 의미들이 늘 받아들이기 쉬운 것은 아니었다. 예를 들어 제러드의 상처에 무심했던 나의 태도는, 당시에는 거의 신경 쓰이지 않았지만, 점점 더 내가 저지른 죄인 것처럼 느껴졌다. 새로운 미래를 찾는 과정에서 버렸던 것들이, 이제 그 미래마저 버림받고 나니, 점점 더 강하게 나를 추궁했고, 나는 내가 알아보지 못하고 하나하나 파악하지 못했던 일들에 정확히 비례해서 벌을 받고 있는 것 같은 기분이 들 정도였다. 어쩌면, 결국에는 뭘 구해야 하고 뭘 버려야 할지 분명히 아는 일은 불가능할지도 모른다고, 나는 말했다.

제러드는 걸음을 멈추고 나의 이야기에 귀를 기울였다. 그의 얼굴에 놀라는 표정이 점점 더 번졌다.

"하지만 나는 너 용서했어, 편지에도 썼잖아."

그가 말했다.

그 편지를 받았을 때는 제대로 읽어볼 여유도 없었다고, 나는 대답했다. 그 일에 대한 죄의식에 시달릴 때면, 편지를 객관적으로 읽어볼 수 있었음에도 일부러 읽지 않은 것 같은 생각이 들기도 했다.

"용서했다니까. 너도 나 용서해줬으면 좋겠어."

제러드가 내 어깨에 손을 얹으며 말했다.

우리는 술집 앞에서 함께 멈췄다. 잠시 후 그가 같은 자리에 있던 황량한 건물이 생각나느냐고 물었다.

"젠트리피케이션의 덧칠이라고나 할까. 온갖 곳에서 그런 일이 벌어지고 있어, 우리 인생에도."

그가 말했다.

그가 반대하는 건 개선이라는 원칙이 아니라, 점점 더 획일적으로 되는 상황, 개선 과정에서 따라오는 평준화라고 했다.

"어디에서든 기존에 있던 것들을 몰아내잖아. 그런 다음에 새로 들어온 것들이 마치 처음부터 거기 있었던 것처럼 보이게 만들잖아."

그는 지난여름, 클라라와 함께 몇 주 동안 북부 잉글랜드로 도보여행을 떠났는데, 페나인 웨이를 대부분 돌았다고 했다. 다이앤은 런던에 남아서 일을 해야 했고, 그렇지 않았더라도, 그녀는 걷는 것을 그리 즐기는 편이 아니었다. 둘은 텐트를 들고 다니며 매일 저녁 직접 요리를 해서 먹었고, 강에서 수영을 하고, 폭풍우에 흠뻑 젖고, 햇빛이 비치는 언덕에서 일광욕을 하며, 총 160킬로미터에 달하는 거리를 걸었다. 본인이 보기에 제대로 된 경험으로 기억될 만한 건 그 일밖에 없는 것 같다고 제러드는 말했다. 9월이 되면, 아무것도 변한 것 없는 이곳에서 마치 구속복을 입은 것처럼 다시 일상으로 돌아가야 한다는 사실을 믿을 수 없다고 했다.

나는 방금 봤던 그 약해보이는 아이가 그 정도 거리를 걸었다는 게 놀랍다고 했다.

"보기보다 튼튼한 애야."

제러드가 말했다.

클라라 이야기가 나오자 제러드의 생각이 다른 곳으로 옮겨가는 것 같았다. 그는 갑자기 등 뒤로 손을 뻗어 메고 있던 바이올린 케이스를 치며 말했다.

"이런, 바이올린 갖고 갔어야 하는데."

나는 그게 아이 바이올린인 줄은 몰랐다고 했다.

"역사는 반복되더라고. 내가 아이한테는 바이올린 절대 안 시킬 줄 알았지?"

그가 말했다.

제러드가 바이올린을 그만두겠다고 말했을 때, 그의 어머니가 얼굴에 침을 뱉었다는 이야기가 기억났다. 부모님이 두 분 다 관현악단 단원이었고, 그는 아주 일찍부터 바이올린을 배우고 쉬지 않고 연습해야 했다. 그의 왼손 손가락 두 개는 현을 잡느라 기형이 되고 말았다. 클라라의 선생님은 아이가 남다른 재능을 가지고 있다고 했지만 제러드는, 본인이 그 가능성 때문에 너무도 혹독한 고통을 경험했기 때문에, 아이 역시 그런 삶을 살기를 바라야 하는 건지 확신이 없었다. 가끔은 아이에게 바이올린을 아예 보여주지 않았으면 어땠을까 하는 생각도 든다고 했다.

그걸 보면 우리는 우리 자신이 형성되는 데 가장 큰 영향을 미친 것에 대해서 꼼꼼히 살펴보지 않는 것 같다고, 대신 맹목적으로 거기에 끌려 같은 짓을 반복하는 건 아닌지 모르겠다고도 했다. 어쩌면 미래라는 것은 우리의 상처에만 뿌리를 내리고 자라는지도 모르겠다고.

"아주 솔직히 말하자면, 아이가 음악을 배우지 않고 자란다는 건 상상도 해본 적이 없었거든."

그는 클라라의 바이올린 연주에 관심을 두지 않으려고 애썼다. 자신이 부모에게서 받았던 인상, 그러니까 두 분의 사랑은 그가 그들의 욕망에 얼마나 순응하는지에 따라 달라졌다는 인상을 자신의 아이가 자신에게서 받는 일은 절대로 없게 하겠다고 마음먹었다. 그리고 자신이 바이올린을 그만둔 진짜 이유는, 아마 그 질문, 사랑에 대한 질문에 답을 구했기 때문인 것 같다고 그는 말했다.

학교에 다닐 때 같은 학년에 어떤 남자아이가 있었다고, 그는 말을 이었다. 잘 아는 사이는 아니었고, 음악에는 놀랄 만큼 재능이 없는 아이였다. 그가 음치라는 사실은 끊임없는 놀림거리였다. 특별히 나쁜 뜻이 있지는 않았지만, 조회 시간에 찬송가를 부를 때면 그 아이의 목소리에 대해—아주 잘 들리는 목소리였다—온갖 상스러운 말들이 쏟아졌다. 크리스마스 공식 합창회에서 그 아이는 입 모양만 흉내 내고 소리는 내지 말아달라는 요청을 들어야 했다.

어떤 이유에선지 그 아이가 클라리넷을 배우기 시작했고,

화음이 맞지 않는 소리를 내는 건 여전했지만, 배우려는 의지만큼은 확고했다. 아이는 몇 번인가 학교 관현악단에 입단하고 싶다는 뜻을 밝혔지만, 당시 제러드가 대표 연주자로 활약하고 있던 악단에서는 거절했다. 그렇게 짜증이 날 만큼 느린 속도로 그 아이는 터벅터벅 한 단계씩 지나왔다. 그가 음악을 대하는 방식은 본능적인 방식과는 정반대였지만, 어느 날, 마침내 기초적인 수준에 도달하고 나자, 학교 관현악단도 그를 받아들였다. 비슷한 시기에 제러드는 관현악단 활동을 그만두었고, 그 아이에 대한 생각은 더 하지 않았다.

그로부터 몇 년 후, 마지막 학기에 다니고 있던 제러드는 학교 관현악단이 모차르트의 클라리넷 협주곡 연주회를 한다는 포스터를 보았다. 독주 연주자는 다름 아닌 바로 그 아이였다. 그리고 또 몇 년 후, 제러드는 위그모어 홀에서 열리는 콘서트 광고지에서 다시 그의 이름을 보았다. 지금 그는 유명한 연주자가 되었고, 라디오를 틀면 종종 그가 연주하는 클라리넷 곡이 나오기도 한다고 제러드는 말했다. 이 이야기의 교훈이 뭔지 도무지 모르겠다고, 그가 덧붙였다.

"자연스럽게 할 수 있는 일이 아니라 가장 어렵다고 생각되는 일에 집중하라는 뜻 같기는 한데, 우리가 학교에서 배운 건 자기를 인정해야 한다는 원칙, 그러니까 자신을 받아들이지 못하는 건 아주 극단적인 태도라는 거였잖아."

그는 한쪽 다리를 번쩍 들어 자전거 안장에 올라타고 긴 머리 위로 헬멧을 눌러썼다.

"다시 가서 이걸 갖다줘야겠다. 내가 돌아온 게 옳은 결정이었으면 좋겠어."

그는 진심이 담긴 애정 어린 표정으로 나를 보며 덧붙였다.

나는 아직 모르겠다고 대답했다. 하지만 곧 알게 될 거라고. 아직도 아이들이 잠들고 나면 종종 밤에 산책을 나오는데, 이곳이 얼마나 조용한지, 어둠에 잠긴 거리가 얼마나 텅 비어 있는지 보고 놀란다고 했다. 멀리에서 도시의 소음이 희미하게 들리는 것을 보면, 그 시간에 느껴지는 주변의 침묵은 인간이 만들어낸 것 같았다. 바로 그 느낌, 뭔가 인공으로 만들어진 것 같은 분위기가 바로 문명의 본질인 것 같다고 나는 제러드에게 말했다. 돌아온 기분이 어떠냐고 묻는다면, 우선 드는 감정은 일종의 안도감이었다.

"아내랑 함께 한번 만났으면 좋겠어, 옛날 집도 보고 말이야. 놀랄 거야."

제러드가 말했다.

내가 떠난 후 혼란스러웠던 시기에 가장 먼저 한 일이, 아파트의 내벽을 허물고 전체를 하나의 큰 공간으로 만든 거라고,

그는 말했다. 몇 주 동안 아파트는 잡석과 먼지가 가득한 난장판이었다. 제럴드는 먹지도 자지도 못했고, 이웃들의 불평이 끊이지 않았고, 천장을 지지하기 위한 어마어마한 철제 빔을 계단으로 올려야 했다. 사람들은 그가 완전히 미쳤다고 했지만, 제럴드는 기대에 차 흥분하고 있었다. 그건 아파트 한쪽 끝의 창문 앞에 서서 반대편 창문 너머까지 볼 수 있을 거라는 기대였다. 공사 결과에 대해서는 줄곧 만족하면서 지냈지만, 클라라가 자라면서 그것이 실용적이지 못한 공간이라는 점은 인정할 수밖에 없었다.

"하지만 중요한 건, 지금은 그런 느낌이 들지 않겠지만 런던으로 돌아왔다는 건 아주 큰 기회라는 사실이야"라고, 그는 자전거를 도로에 내리며 말했다. 세계에서 가장 출중한 도시이고, 거기에 적응한다는 건 어떤 식으로든 나를 강하게 만들어줄 거라고 그는 덧붙였다. 나도 머지않아 그걸 깨닫게 될 거라고.

건축업자는 내가 돼지 귀로 실크 지갑을 만들려고 한다고 했다.

"원재료가 문제입니다. 처음부터 없었다고요."

그가 말했다.

그는 주방 창문 너머로 작은 정원을 내다보고 있었다. 거기엔 콘크리트 잔해가 삐죽빼죽 쌓여 있고, 터널처럼 그 아래를 지나는 나뭇가지들이 잔해 더미를 나누고 있었다. 사과나무 한 그루가 떨어져서 썩어버린 사과와 침엽수 사이에 서 있었다. 정원을 장악한 것 같은 침엽수들 때문에 다른 나무들은 이상한 각도로 가지를 뻗었고, 마치 광기나 절망으로 뒤틀려 그대로 굳어버린 것만 같은 모습이었다. 몇몇 나무들은 담장 너머 옆으로 가지를 뻗었고, 한가운데 정원이 나뉘는 부분에서 끊어섰다.

절반으로 나뉜 정원의 먼 쪽이 우리 정원이었는데, 뒷문에서 시작하는 좁은 통행로를 따라 뻗어 있었다. 가까운 쪽 정원은 아래층, 지하에 사는 사람들 소유였다. 다양한 단계로 썩어가는 물건들이 가득 쌓여 있어서, 어떤 것이 장식용 물건이고 어떤 것이 버린 물건인지 구분하는 건 의미가 없었다. 찢어진 비닐과 가구들, 찌그러진 냄비, 깨진 화분, 녹슨 새 모이통, 쓰러진 철제 빨래 건조대가 썩은 나뭇잎과 뒤섞여 길게 늘어져 있었다. 뿐만 아니라 다양한 조각상이 있었는데, 낚싯대를 든 채 조각이 난 남자들과 턱을 늘어뜨린 갈색 불도그가 있었고, 그 모든 것 가운데에 커다란 검은색 날개를 받침대 위로 펼친 낯선 모습의 천사상이 버티고 서 있었다.

그쪽 정원은 비둘기와 다람쥐들이 점령하고 있었다. 지저분하고 아무도 관심을 두지 않는 것 같았지만 새 모이통은 매일 누군가 가득 채워주었다. 짐승들이 가득 쌓인 먹이를 놓고 작은 전쟁을 벌였고, 모이통이 비고 나면 다른 곳에 자리를 잡고 다시 같은 일이 반복될 때까지 기다렸다. 병든 것처럼 보이는 회색 비둘기들이 온종일 바깥쪽 창틀이나 홈통에 앉아 있었다. 가끔 다른 소리가 나거나 움직임이 느껴지면 녀석들이 연약한 날개를 퍼덕이며 하늘로 날아올랐다가 다시 자리를 잡는 소리가 창 너머로 들렸다.

지하로 이어지는 뒷문이 우리 집 주방 창문 바로 아래 있었다. 하루에 두 번, 그 문이 열리면 기운이 없고 다리를 저는 개 한 마리가 지저분한 정원으로 나오고 이내 문이 닫혔다. 나는 녀석이 부서진 콘크리트 계단을 힘겹게 올라와 마당에서 찔끔찔끔 오줌을 싸는 모습을 지켜봤다. 오줌 줄기는 계단으로 다시 흘러내렸고, 녀석은 그렇게 계단 맨 위에 잠시 앉아 있다가, 안에서 고함소리가 들리면 짜증이 날 정도로 느린 속도로 왔던 길을 되돌아갔다.

두 층 사이의 바닥은 아주 얇아서 아래층에 사는 사람들의 말소리가 또렷하게 들렸다. 특히 주방에서는 아래층 사람들의 고함소리에 깜짝깜짝 놀랄 정도였다. 60대 후반의 부부였다. 남편을 길에서 한 번 마주친 적이 있는데, 자기들이 그 건물에서 가장 오래된 입주민이라며, 거의 40년째 거기서 살고 있다고 했다. 뿐만 아니라, 두 사람은 자치회와 직접 계약한 가장 오래된 세입자였다. 위층에 살던 사람들이 나가면서 자기들이 그 영예를 차지하게 되었다고 했다.

"그 사람들은 아프리카 사람들이었거든."

그가 쉰 목소리로 무슨 음모라도 꾸미듯이 속삭였다.

위층이 비자마자 자치회에서는 그 집을 팔려고 했다고, 부동산 중개업자가 말했었다. 관리가 문제였다. 오래된 건물은 늘 어딘가 탈이 나게 마련이었다. 하지만 자치회 입장에서 그 부동산은 얼른 처분할 수도 없는 물건이었다고, 중개업자는 아래층을 가리키고 윙크를 하며 덧붙였다.

"어쩌면 오래 안 걸릴지도 모르죠. 언젠가 선생님이 아래층까지 접수해서 건물을 통으로 한 채로 개조하면, 그때는 돈방석에 앉으시는 겁니다."

그가 말했다.

아래층 사람들은 자기들 머리 위에 누가 살고 있다는 사실이 탐탁지 않았던 모양이다. 이사를 하고 이틀인가 사흘이 지났을 때, 바닥이 큰 소리를 내며 울렸다. 우리는 할 말을 잊고 서로 얼굴만 쳐다보았고, 잠시 후 둘째가 무슨 일이냐고 물었다. 그 말을 하자마자 다시 아래층에서 큰 소리가 났다. 두 번째 듣고 나니, 아래층 사람들이 불만의 표시로 일부러 천장을 두드리고 있다는 것을 분명히 알 수 있었다.

"벌레들이 가득할 텐데."

건축업자는 주방을 둘러보며 말했다. 울퉁불퉁한 바닥에 주방 가구들이 삐뚤빼뚤 놓여 있었다. 문을 새로 칠하기는 했지만, 안쪽은 조각이 났고 세월이 흐르면서 회색으로 변해버렸으며, 선반은 받침대 위에 헐렁하게 붙어 있었다. 벽면은 여드름처럼 점들이 툭툭 튀어나온 벽지로 발라놓았는데, 거기에도 페인트를 칠하는 바람에 벽지가 오래된 석고 덩어리를 묻힌 채 벽에서 떨어져 흘러내렸다. 건축업자는 혀처럼 흘러내린 벽지를 쥐고는 다시 벽에 붙였다.

"여기저기 미봉책으로 막아놓으셨네. 지금부터는 건드리지 말고 그냥 두세요."

그가 이 사이로 숨을 들이마시며 말했다.

그는 친절하면서도 뭔가 고통으로 힘들어하는 듯한 표정, 마치 울음을 터뜨리기 직전의 아기 같은 표정을 하고 있었다. 그가 근육으로 두툼한 팔로 팔짱을 끼고 생각에 잠긴 듯 바닥을 내려다보았다. 대머리가 된 뾰족한 정수리 부분에 핏줄이 꿈틀거리는 것이 보였다.

"정확히 내가 이야기했던 대로, 페인트를 두껍게 바르고 문을 닫아두셨네요."

그가 한참 후에 그렇게 말하며 바닥에 발을 통통 굴렀다. 가운데 부분이 심하게 꺼진 바닥에는 나무처럼 보이게 무늬를 입힌 비닐 장판이 깔려 있었다.

"이 밑에 뭐가 있을지 생각만 해도 무섭네요."

아래층에서 부산스럽게 뭐라고 중얼거리는 소리가 들렸다.

"최소한 바닥은 어떻게 좀 해야 할 것 같아요."

내가 건축업자에게 말했다. 방음장치가 필요했다. 다른 방법이 없었다. 그대로 둬서는 안 될 일이었다.

그는 말없이 바닥을 내려다보았다. 여전히 팔짱을 낀 채, 내 말을 생각해보는 것 같았다. 그가 갑자기 가운데 꺼진 자리로 가서 살짝 뛰어보았다. 이내 아래층 사람들이 미친 듯이 천장을 두드려댔다. 건축업자가 숨을 헐떡이며 웃었다.

"오래된 빗자루네요."

그가 말했다.

그가 나를 똑바로 쳐다보았다. 그는 작고 촉촉한 파란색 눈을 늘 반쯤 찡그리고 있었는데, 마치 눈이 부시거나, 보고 싶지 않은 것을 너무 자주 봐온 사람 같았다. 그는 내 직업이 뭐냐고 물었고, 나는 작가라고 대답했다.

"돈은 좀 갖고 계시죠? 선생님을 위해서 드리는 말씀입니다. 정말, 돈을 빨아들이는 공사거든요."

그가 물었다.

그는 다시 창 쪽으로 다가가 아래층 사람들이 쓰는 정원을 내다보며 고개를 설레설레 저었다.

"도대체 이런 사람들은 어떻게 사는 건지."

나는 처음 중개업자가 이 집을 보여줬을 때, 이곳에 살던 사람을 만났다고 이야기했다. 부인은 마지막 남은 짐을 싸고 있었다면서, 한참 후에야 문을 열어주었다. 나중에, 그 부인이 정문 쪽 창의 커튼 틈으로 우리를 지켜보고 있었다는 걸 알았다. 중개업자가 창문에 대고 우리가 누구인지 밝히고, 문을 열어달라고 설득했다. 그녀는 몸집이 작고, 겁을 먹은 것처럼 쪼그라든 여성이었고, 말을 할 때도, 목소리가 속삭이는 수준을 넘어서지 않았다.

하지만 중개업자가 먼저 떠나자 그녀도 조금은 적극적인 모습을 보였다. 우리는 2층에 있는 침실로 갔다. 그녀는 주름진 벽을 배경으로 침대 끄트머리에 걸터앉았다. 아래층 사람들이 어떤지 물었을 때 그녀는, 주름진 얼굴에 갈색 눈을 동그랗게 뜬 채, 내 얼굴을 똑바로 쳐다봤다. 여자가 남자보다 더 심해요, 그녀가 말했다. 옆집 사람들은 친절한 사람들이라고 그녀는 덧붙였다. 대학교수라고, 자랑스럽게 말했다. 아래층 사람들과 문제가 생기면 늘 그분들이 와서 도와주었다고 했다. 그녀는 내 얼굴을 찬찬히 살핀 다음 덧붙였다.

"그래도 부인에게는 다를 수도 있겠네요."

어디로 이사 가실 예정이냐고 물었더니 그녀는 가나로 돌아간다고 했다. 자녀들은 모두 출가해서 각자 아파트에서 살고 있었다. 그녀는 나도 가나에 가본 적이 있는지 물었고, 나는 없다고 했다.

"아름다운 곳이죠."

그녀가 말했다. 얼굴의 주름이 펴지고 살짝 들뜬 것 같았다.

오래전부터 돌아가기를 꿈꿨다고 했다. 막내딸 주얼이 마지막까지 집에서 함께 지냈는데, 이제 그 딸도 공부를 마치고 독립했다고 말했다. 의학을 공부했는데—"정말 정말 오래 걸렸다"고 그녀는 양손으로 볼을 감싼 채 즐겁다는 듯 앞뒤로 몸을 흔들며 탄식했다—드디어 끝이 난 것이다. "이제 자유시네요"라고 내가 말하자 그녀의 주름진 얼굴에 작은 미소가 퍼졌다.

"네. 자유예요."

그녀가 환하게 웃는 얼굴을 작게 끄덕이며 말했다.

"불쌍한 아줌마네. 그래도 그분이 선생님한테 경고를 안 한 건 아니네요."

건축업자가 말했다.

역겨운 고기 냄새가 주방을 채웠고, 그는 인상을 찌푸렸다.

"아래층에서 점심을 준비하고 있는 것 같아요. 건축업자를 들이면 아래층 사람들하고 사이가 더 나빠질 텐데요."

그가 말했다. 그는 두껍고 털이 많은 팔을 다시 팔짱을 끼고, 손가락으로 허벅지 부분을 톡톡 두드렸다.

그는 이사를 온 후에 내가 아래층 사람들하고 이야기를 해 본 적은 있는지 물었다.

"모스 부호 주고받은 건 빼고 말입니다."

그가 다시 발을 구르며 덧붙였다. 이번에는 좀더 힘을 줘서 구르는 것 같았다. 아래층에서 고함 소리와 꽥꽥거리는 듯한 알 수 없는 소리가 들리고, 잠시 후, 그 고함소리에 대답하듯 천장을 두드리는 소리가 이어졌다. 처음 이사 왔을 때 인사를 하려고 아래층에 내려가 문을 두드렸다고 나는 말했다.

"아래층은 어떻습디까? 짐작으로는 거의 지옥이나 다름없을 것 같은데. 천장 높이를 볼 때, 거기 사람들은 탄광의 생쥐들처럼 살고 있을 텐데요."

그가 물었다.

사실, 가장 인상적이었던 건 그 냄새였다. 나는 초인종을 누르고 나서 안에서 개가 짖는 동안 문 앞에서 기다렸는데, 그 냄새는 현관 앞까지 진동했다. 마침내, 한참 후에야, 안에서 사람이 움직이는 소리가 들리고 길에서 만났던 남자가 문을 열어주었다.

"누구예요, 존? 존, 누구냐니까?"

안에서 여자 목소리가 들렸다.

내가 아이들 이야기를 꺼내기 전까지 두 사람은 충분히 예의를 갖추고 나를 맞아주었다. 특히 아내 쪽은—이름은 폴라였나—불편한 기색을 숨기려고 하지 않았다. "농담이죠"라고 내 눈을 똑바로 바라보며 천천히 말했다. 우리는 그 집 거실에 있었다. 천장이 축 처지고 누렇게 변색된, 위압적인 복도를 지날 때 문틈으로 침실이 보였다. 바닥에 매트리스가 깔려 있고 그 위에 지저분한 시트와 담요, 빈 술병들이 놓여 있었다. 거실은 물건들이 제멋대로 어질러져 있는, 동굴 같은 곳이었다. 폴라는 갈색 벨루어 소파에 앉아 있었다. 몸집이 다부지고, 거친 회색 머리를 얼굴을 따라 동그랗게 깎은 뚱뚱한 여인이었다. 커다란 덩치와 부드러운 살집은 분명 폭력의 원천일 것 같았는데, 아니나 다를까, 여인은 갑자기 몸을 홱 돌리며 기운이 없는 개를 사납게 후려쳤다. 내가 온 후로 계속 낑낑대던 녀석은 한 대 맞고 나서 잽싸게 방 반대편으로 몸을 피했다.

"닥쳐, 레니!"

여인이 소리쳤다.

어질러진 물건 사이로, 커다란 흑백사진이 든 액자가 텔레비전 위에 놓여 있는 것이 보였다. 수영복 차림으로 당당하게 해변에 선 여인의 사진이었다. 사진 속 여인은 키가 크고, 늘씬하고 놀랄 만큼 근사했다. 자꾸만 그 사진으로 눈길이 갔던 건 지저분한 거실에서 잠시나마 눈을 돌려 위안을 얻고 싶어서이기도 했지만, 왠지 사진 속 여인이 익숙했기 때문이었다. 그리고 마침내, 눈앞에 있는 퉁퉁한 얼굴에서 똑같이 뾰족한 코와 각진 볼을 확인하고 나서야, 그 여인이 바로 폴라라는 것을 깨달았다.

남자 쪽, 그러니까 존이 좀더 달래듯이 말했다.

"아시겠지만, 우리가 애들한테 너무 오래 시달려서요."

그가 쉰 목소리로 말했다. 그의 피부는 생기가 하나도 느껴지지 않는 청회색이었고, 백발이 된 머리는 헝클어져 있었다. 귀는 물론, 얼굴에 있는 커다란 사마귀에서도 하얀 털들이 길게 자라 있었다. 여인도 각진 볼을 높이 들고 입을 꼭 다문 채 고개를 끄덕였다.

"맞아요, 존."

그녀가 말했다.

"그 흑인 애들이 얼마나 시끄러웠는지 상상도 못하실 거예요. 말 좀 해줘요, 존."

여인이 말했다.

"말 좀 해주라고."

그걸 끝으로 여인은 더 이상 말을 하지 않았다. 고개를 빳빳이 들고 입을 닫은 채 내가 나올 때까지 그렇게 앉아 있기만 했다.

"집 안에서는 최대한 가볍게 움직이려고 신경을 썼지만, 아들들한테 그런 습관을 강제로 수입시킬 수는 없었죠. 그렇게 살던 애들이 아니니까."

내가 건축업자에게 말했다.

건축업자는 말없이, 생각에 잠겼다.

"일단 문제가 있으면 바로 알 수는 있습니다. 한 번 더 겪고 싶지는 않아요."

마침내 그가 말했다. 지난 10년 사이에 심장발작을 두 번이나 겪었다고 했다.

그는 다른 건축업자에게도 견적을 받아봤냐고 물었고, 나는 그렇다고 대답했다. 말끔하게 차려입고 비싼 차를 타고 와서는 자기가 꽤 유명하다고 말했던 폴란드인 건축기사가 있었다. 젊고 효율적이고 말을 잘하는 젊은이들이 만든 건축회사의 직원들은 티 한 점 없는 청바지와 스웨이드 신발 차림으로 집 안을 둘러보며 노트북에 뭔가를 입력하더니, 일이 너무 많아서 1년 안에는 공사를 시작할 수 없겠다고 했다. 건축업자는 그 사람들이 부른 가격을 물었고, 나는 알려주었다. 그는 눈을 굴리며 고개를 살짝 뒤로 젖혔다.

"그건 배선이랑 벽을 새로 바르는 비용만 포함된 겁니다."

그가 말했다.

"그런데 이건…"

그가 다시 바닥에 발을 구르며 덧붙였다.

"닥쳐봐야 알아요. 말씀드렸듯이, 뭐가 나올지 모릅니다."

그는 대략적인 금액은 말해줄 수 있지만, 이런 종류의 일에는 늘 추가로 돈이 든다고 했다. 공사비가 아주 높아지지 않도록 최선을 다하겠지만, 그래도 내가 어떤 일을 벌이려고 하는지 확실히 알려주고 싶다고, 그것뿐이라고 했다. 그는 말을 하면서 주방을 한 바퀴 돌아보고, 벽을 두드려보고, 창틀을 확인하고, 드라이버로 벽면의 굽도리널을 조금 뜯어서 뒤쪽을 살펴보았다. 아래층에서 다시 천장을 두드리는 소리가 났다.

"장담하건데, 제가 별별 이웃사람들을 다 봤습니다. 이 집처럼 사람들이 아래위로 사는 경우에는, 그건 영역의 문제니까."

그가 어깨 너머로 말했다.

그의 직원들이 일하고 있는 현장에 와서 장비를 빼앗으려는 사람들도 있었다. 법적으로든 다른 방식으로든 수도 없이 협박을 받았다. 자신들의 불행이나 질병, 파산, 또는 인생 전체가 모두 건축업자 탓이라고 비난하는 사람들이 있었는데, 왜냐하면 어떤 사람들은—그가 아래층을 가리키며 말했다—절대 책임감이라는 것을 느끼지 못해서, 항상 비난의 대상이 될 누군가를 찾아야 하기 때문이었다. 그가 비난받을 일이 아니라는 것, 그는 그저 다른 누군가의 목적과 욕망을 대변하고 있고 사기 일을 하고 있을 뿐이라는 것이 명백한 상황이었지만, 그럼에도 그가 공격의 대상이 되었다.

"뒤쪽도 좀 볼까요?"

우리는 우리 집 소유의 정원 반쪽으로 나가 집 뒷면을 살폈다. 문을 열자 놀란 비둘기 떼가 퍼드덕거리며 구름처럼 우리 주변으로 날아들었다. 건축업자가 손을 가슴에 얹으며 말했다.

"놀라서 기절할 뻔했네."

그가 숨을 헐떡이고 어색하게 미소를 지으며 말했다.

한바탕 소동을 벌였던 지저분한 비둘기들은 다시 창틀이나 벽돌벽을 교차하는 배수로에 자리를 잡았다.

"세상에."

건축업자가 인상을 찌푸리며 말했다.

"수백 마리는 되겠네요. 저는 비둘기가 싫어요. 끔찍합니다."

그가 몸을 부르르 떨며 덧붙였다.

사실 비둘기들이 그렇게 한데 모여 다니며 횃대에 앉아 뭔가를 기다리는 모습에는 고약한 면이 있었다. 녀석들은 종종 싸우기도 했는데, 서로를 쪼고 몸싸움을 하다가 한바탕 날아오르고, 다시 발을 내려놓을 곳을 찾아 미친 듯이 경쟁했다. 양쪽에 있는 다른 집들은 중간에서 벌어지는 소동에는 관심 없다는 듯 무심하게 서 있었다. 깔끔하게 페인트칠을 한 제대로 된 외벽이 보이고, 깔끔한 정원에는 바비큐 장비와 옥외 가구들과, 향기로운 화단이 있었다. 가끔, 여름이면, 저녁에 어두운 주방에 앉아 옆집 사람들을 지켜보곤 했다.

주방 창문 너머로 그쪽 정원이 보였다. 그쪽 가족은 날씨가 따뜻할 때면 자주 밖에서 저녁을 먹었다. 아이들은 늦은 시간까지 정원을 뛰어다니며 놀았고, 어른들은 야외 테이블에 앉아 와인을 마셨다. 가끔 영어를 쓸 때도 있었지만 보통은 프랑스어나 독일어로 이야기했다. 친구들과 자주 어울렸는데, 아직 익숙하지 않은 주방의 어둠 속에 앉아 바깥에서 들리는 외국어 수다를 들을 때면, 나는 종종 혼란스러웠다. 그럴 때면 내가 누구인지, 나는 삶의 어떤 단계에 있는 건지 잊어버리곤 했다.

아래층의 불빛이 황량한 정원에 새어나올 때도 있었는데, 그건 폐허나 공동묘지에서 나오는 불빛 같았고, 그 한가운데에 유령 같은 검은색 조각상이 버티고 서 있었다. 그 두 가지 극단—혐오스러운 것과 목가적인 것, 죽음과 삶—이 고작 몇 미터 떨어진 곳에서, 서로에게 아무런 영향을 미치지 못한 채 나란히 있는 게 너무 이상해 보였다.

오른쪽은 교수 부부네 정원이었다. 자갈을 깐 통행로가 만들어내는 기하학적인 구조와 추상 조각상, 양치류가 많은 어딘가 비밀스러운 식물들이 사변적이고 명상적인 분위기를 풍기고 있었다. 가끔씩 두 사람 중 한 명이 그늘 아래 벤치에 앉아 책을 읽고 있는 모습을 볼 수 있었다. 한번은 그들이 담장 너머로 내게 말을 걸어, 우리 집 정원의 사과를 좀 나눠줄 수 있는지 물었다. 이전 주인은 곧잘 주곤 했다고 했다. 쓸쓸하게 서 있는 사과나무는 브램리 종인 것 같았다. 놀랄 만큼 좋은 사과가 열렸는데, 교수 부부는 매번 넉넉하게 받아서 겨울 내내 애플파이를 만들어 먹었다고 했다.

"고생을 자초하셨네요. 그 정도는 알겠습니다. 말씀드렸듯이, 벌레가 가득할 거예요."

다시 집 안으로 들어왔을 때 건축업자가 말했다.

그가 뭔가를 묻는 듯한 표정으로 나를 바라보며 말을 이었다.

"이 모든 과정을 직접 겪어야 한다는 게 수치스럽게 느껴질 수도 있겠죠. 다시 시장에 내놔버릴 수도 있잖아요. 다른 바보가 덥석 물게요. 어디 새로 개발된 깨끗한 지구에 있는 새집을 사세요—장담하건데, 이 집은 떠날 때까지 수리할 일이 끝이 없을 거예요."

나는 그는 어디에 살고 있는지 물었다. 그는 헤링게이 구에 어머니와 함께 살고 있다고 했다. 이상적이라고 할 수는 없지만, 솔직히, 하루 종일 다른 사람들 집에서 일을 하다 보면 정작 본인 집에 신경 쓸 기운이 남아나지 않는다고 했다. 그와 그의 어머니는 잘 맞는 편이었다. 어머니는 아들을 위해 저녁 준비를 할 수 있어서 행복했는데, 이전까지 그의 식단은 엉망이었다. 운동 부족은 말할 것도 없었다.

"사람들은 건축 일이 육체노동일 거라 생각하지만, 저는 대부분 자동차에서 시간을 보냅니다."

그가 말했다. 그는 젊었을 때 육군에서 복무한 적도 있었다—지금까지 체력이라고 할 만한 게 남아 있다면 그 덕이었다. 이제 심장이 위험한 상황이었기 때문에, 건강에 대해서도 생각해야 했다.

"온종일 일하고 나서, 밤에 잠자리에 누워 완전히 곯아떨어지기 전에 삼십 초 정도 두려움에 떠는 것도 생각이라고 할 수 있다면 그렇다는 거죠."

주방 벽 너머에서 트롬본 소리가 들렸다. 그 시간이면 늘 들리는 소리였다. 옆집에 사는 다문화 가정의 딸이었는데, 늘 그렇게 규칙적으로 단조롭게 연습을 하기 때문에 나는 그 아이가 어느 부분에서 실수를 하는지까지 외울 지경이었다.

"벽이 한 겹으로 되어 있는 이런 집에서는, 모든 소리가 곧장 벽을 통과한다니까요."

건축업자가 고개를 설레설레 저으며 말했다.

나는 그가 언제 군복무를 마쳤는지 물었고, 그는 15년쯤 전이었다고 대답했다. 복무 중에도 이런저런 일들을 많이 봤지만, 군대에서는 아무리 상황이 꼬여도—심지어 외국에 주둔했을 때에도—문제를 구성하는 요소들은 기본적으로 익숙한 것들이었다. 반면 건축업을 하면서 겪은 일들은 완전 신세계였다.

"특별히 무슨 뜻이 있는 건 아니지만, 매일 누군가의 집에 드나들다보면 그 사람들의 삶에 대해 많은 걸 알게 됩니다."

그가 팔짱을 끼고 몸을 돌려 창밖을 내다보면서 말했다.

"근데 재미있는 건 자의식이 아주 강해서 처음에 행동을 조심하던 사람들도, 1, 2주쯤 지나면 건축업자들을 없는 사람 취급한다는 거예요. 그러니까 우리가 눈에 띄지 않는다는 사실이 아니라."

그는 미소를 지어보이며 말을 이었다.

"해머로 벽을 허물고 있는데 눈에 띄지 않을 수가 없죠. 그냥 우리도 눈과 귀가 있다는 사실을 집주인들이 잊어버린다는 뜻입니다."

나는 상대는 나를 볼 수 없는데 나는 그를 볼 수 있다면 꽤 흥미로울 것 같다고 했다. 가끔은 아이들도 그런 취급을 받곤

했다. 분명 현장에 있지만 아무도 그 존재를 신경 쓰지 않는 그런 사람.

건축업자는 씁쓸하게 웃었다.

"사실입니다. 적어도 이혼 절차가 진행되기 전까지는 그렇죠. 막상 절차가 시작되면 모두들 아이들의 마음을 얻으려고 하고요."

그가 말했다.

어떤 면에서는 고객들이 그도 사람이라는 걸 가끔씩 잊어버리는 것 같다고, 그는 잠시 후 덧붙였다. 사람이 아니라 고객들 자신의 마음을 대변하는 대상이 된다는 이야기였다. 이런저런 일을 해달라고 부탁할 때도 있었는데, 마치 하인을 부리는 것 같았다. 대부분은 사소한 일들이었지만, 어떤 부탁은 너무 뻔뻔해서 자기 귀를 의심할 정도였다고 했다. 개 산책, 세탁소에서 옷 찾아오기, 막힌 변기 뚫기는 물론이고 한 번은—그가 미소를 지었다—여주인 부츠를 벗겨달라는 부탁을 들은 적도 있었다. 너무 꽉 끼어서 본인이 직접 벗을 수가 없다나 어쩐다나. 실제로 뒤를 좀 닦아달라는—그는 지저분한 말을 써서 미안하다고 했다—부탁을 들은 적은 없지만, 그런 상황이 절대 벌어지지 않을 거라고 장담할 수 없었다.

"물론 군대에서도 그런 일들은 있습니다. 일단 누군가 다른 사람에게 권력을 행사하는 자리에 올라가면, 무슨 일을 할지 아무도 모르니까요."

그가 말했다.

하지만 여기서는 힘의 균형이 좀 다르다고 했다. 고객들이 건축업자들을 싫어하고 불쾌하게 여길 수 있지만, 그들을 필요로 하고 있다는 것도 사실이었다. 건축업자의 일을 본인들이 직접 할 수는 없을 테니까.

"우리 할머니도 군에 계셨는데요. 혼자 뭘 할 수 없는 사람들이 너무 많은 걸 볼 때마다 놀란다는 말씀을 하셨던 게 기억납니다. 불을 피울 줄 모르고, 계란도 삶을 줄 모르고, 심지어 혼자 옷도 입을 줄 모른다는 거예요. '애들처럼 말이야'라고 할머니는 말씀하셨어요. 솔직히 말해서, 애들이 어떤지는 할머니도 잘 모르셨던 것 같긴 하지만."

그가 말했다.

그가 아는 건축업자들 중에는, 그런 분위기에서 아주 근본적인 무례함을 경험하는 사람들도 있었다. 그렇게 동료 인간으로 대접받지 못한다는 감정이 들면 위험해질 수도 있다. "선생님 같은 분은 그런 부류는 아니겠지만"이라고 그는 덧붙였다. 하지만 어떤 무심함, 다른 사람들의 이상과 꿈을 실현시켜주는 일에만 몰두한 결과 생겨난, 거의 무기력에 가까운 무심함은 위험하기도 하다. 고객들이 지닌 강박을 세심하게 받아주는 일, 그들이 욕망하는 것과 실제로 가능한 것 사이의 경계에서 작업하는 것은 지치는 일이었다. 며칠 전에 깔았던 타일을, 집주인이 색깔을 마음에 들어 하지 않는다는 이유로 모두 들어낸다거나, 폭포 앞에 서 있는 기분을 내고 싶다는 주인의 요청에 맞춰 욕실 공사를 하고 퇴근하는 날이면, 자신을 돌보거나 자기 일을 할 기력이 남아나지 않았다. 자신의 재력으로는 꿈도 못 꿀 정도로 화려한 주방을 통째로 뜯어낸 적도 있었다. 아주 비싼 원목 바닥을 까는 동안 주인은 그를 내려다보며 조심하라는 말만 했다. 어떤 고객은 자신이 뭘 원하는지도 모른 채, 그가 무슨 말을 해주기만 기다렸다. 마치 오랫동안 그 일을 해온 그에게 일종의 권위가 있기라도 한 것처럼 말이다.

"재미있죠. 고객들이 제 의견을 물어보거나, 저라면 본인들 집을 어떻게 꾸밀지 물어볼 때가 있거든요. 그럴 때마다 저는 점점 더 완전히 텅 빈 공간을 상상합니다. 실내의 모든 각은 직각이고, 어떤 가구나 색도 눈에 띄지 않는, 심지어 조명도 없는 그런 공간이오. 하지만 실제로 그렇게 말할 수는 없죠. 제가 아무 관심이 없다는 인상을 주면 안 되니까요."

그가 말했다.

그는 묵직한 손목시계를 보며 가봐야 한다고 했다. 집 앞 도로에 차를 그대로 세워두고 왔는데, 이 동네의 주차단속이 어떤지는 그도 잘 알고 있었다. 그와 함께 밖으로 나왔을 때, 잿빛 오후는 고요했다. 우리는 함께 계단 끝에 서서 내 집을 돌아보았다. 밖에서 보면 주변의 다른 집들과 똑같아 보였다. 회색 벽돌로 지은 아담한 빅토리아식 3층집, 건물 앞에는 현관문으로 이어지는 계단과 지하로 내려가는 계단이 나란히 있다. 지하의 입구는 현관 바로 아래에 있기 때문에 그리로 이어지는 계단은 마치 터널, 또는 동굴 입구 같았다. 지면보다 살짝 높은 1층의 창문은 활 모양으로 돌출되어 있어서 집 안에서 그 앞에 서면 마치 허공에 떠 있는 것 같은 기분이 든다. 조금 떨어진 곳에 있는 집의 여주인이 바로 그 자리에 서서 우리를 바라보고 있었다.

"이쪽에서 보니 그렇게 나빠 보이지 않네요, 그렇죠? 거의 티가 안 나요."

건축업자가 말했다.

그는 거기 서서, 손을 엉덩이에 대고, 거친 숨을 내쉬며, 공사 하나가 취소됐다고, 그래서 내가 원하기만 하면 바로 인부 두 명을 불러서 우리 집 공사를 시작할 수 있다고 했다. 그게 아니면 다음에 공사를 할 수 있는 때는 크리스마스 무렵이었다. 대략적인 공사 금액을 말했다. 다른 업자들이 부른 가격의 절반이었다. 그는 잠시, 눈을 가늘게 뜨고 건물의 외벽을 살폈다. 빠트린 건 없는지, 공사를 마치면 어떤 모습이 될지 가늠해보는 것 같았다.

그의 시선이 현관 문 위, 사람 얼굴을 한 석고 부조에서 멈췄다. 이 동네 집에는 모두 그렇게 얼굴들이 하나씩 있었고, 집집마다 얼굴이 달랐다. 어떤 집은 여자 얼굴이고 어떤 집은 남자 얼굴인데, 마치 문 앞에 선 사람을 심문이라도 하는 것처럼 내려다보는 표정을 하고 있었다. 옆집의 부조는 소녀처럼 머리를 땋아 내린 여자 얼굴이었다. 우리 집은 눈썹이 짙고, 이마가 툭 튀어 나오고, 뾰족한 수염까지 기른 남자 얼굴이었다. 어딘가 가부장적이고 제우스를 생각나게 하는 얼굴이라고, 나는 생각했다. 그 얼굴이, 마치 종교화에서 인간 세상의 대혼란을 내려다보는 수염 난 신처럼, 아래를 내려다보고 있었다.

건축업자는 인부들이 월요일 8시 정각에 도착할 거니까, 망치고 싶지 않은 물건이 있으면 미리 치워두라고 했다.

"운이 좋으면 몇 주 안에 공사를 마칠 수 있을 겁니다."

그는 그물 같은 커튼이 쳐진 지하의 네모난 창을 내려다보았다. 안에서 개 짖는 소리가 희미하게 들렸다.

"저건 못 건드리겠지만요."

그가 말했다.

그는 지낼 곳을 얼른 마련할 수 있겠는지 물었다. 그 집은 얼마 동안 공사장이 될 판이었다. 먼지와 쓰레기가, 특히 공사 초기에 많이 나올 거라고 했다. 나는 어떻게 해야 할지 모르겠지만, 두 아들은 아빠 집에서 지내면 될 거라고 했다. 건축업자는 인상을 쓰며 내 얼굴을 쳐다봤다.

"아이들 아빠가 가까이 지내시나요?"

아이들만 없으면 어떻게든 해볼 수 있다고, 그는 말했다. 모든 사람의 부담이 그만큼 줄어드니까. 공사 내내 침실 하나는 마련할 수 있었다. 나머지 부분의 작업을 모두 마치면 내가 다른 방으로 옮겨가고, 그 침실을 맨 마지막에 작업하면 된다고 했다. 그가 차에 올랐다. 차 안은 빈 종이컵과 음식 포장지, 각종 서류 뭉치로 지저분했다.

"말씀드렸듯이, 이 직업은 운전할 일이 많아서요."

그가 쓸쓸한 목소리로 말했다. 하루 종일 차를 타고 다니며, 세 끼를 모두 차 안에서 해결하는 날들도 있다고 했다.

"내가 버린 쓰레기를 깔고 앉는 셈이죠."

그는 고개를 설레설레 저으며 그렇게 말한 다음, 시동을 걸고 문을 닫았다.

"월요일 8시입니다."

그가 차창을 내리고 차를 출발시키며 말했다.

나는 데일에게 흰머리를 없애줄 수 있는지 물었다.

밖은 어두워지고 있었고 미용실의 커다란 창문을 때리는 빗줄기가 책에서 흘러내리는 잉크처럼 보였다. 그 너머 도로에서는 차들이 엉금엉금 기어가고 있었다. 차들은 모두 전조등을 켠 상태였다. 거울 속에서 데일은 내 뒤에 서서, 방금 말린 긴 머리를 한 줌 들었다가 다시 내려놓았다. 그는 거울 속의 내 모습을 탐구하듯 열심히 들여다보았다. 그의 얼굴에 뭔가 불길한 표정이 떠오르는 것이 보였다.

"조금 밝은 부분이 있어도 괜찮아요."

그가 나무라듯 말했다.

옆자리 손님 뒤에 서 있던 다른 미용사가 졸린 듯한 눈을 반쯤 감으며 미소를 띠고 말했다.

"저도 염색해요. 많은 사람이 한다고요."

"염색을 하면 구속되는 거랑 비슷해서요. 6주에 한 번씩 꼭 미용실에 오셔야 하거든요. 죽을 때까지요."

데일이 말했다.

좀 전의 다른 미용사가 옆에서 나른한 미소를 띠고 나를 쳐다보며 덧붙였다.

"많은 사람들이 그건 문제가 아니라고 생각한다고요. 그게 아니라도 삶은 대부분 구속이니까. 적어도 기분이라도 좋게 해준다면 그건 의미가 있지."

데일은 전에도 염색을 해본 적이 있는지 물었다.

염료가 축적되면서, 겉으로 보기에도 머릿결이 합성 섬유처럼 되고 윤기를 잃어버린다고 했다. 염색한 머리가 부자연스러워 보이는 건 색이 아니라 그런 축적된 염료 때문이라는 것이다. 사람들은 생기 있는 빛깔을 원해서 가정용 염색 키트를 계속해서 사지만, 그럴수록 점점 더 머리는 떡 진 가발처럼 될 뿐이라고 했다.

하지만 사람들은 흰머리가 자연스럽게 섞인 머리보다 그런 모습을 더 선호한다. 사실, 머리에 관해서라면, 일반적으로 가짜가 진짜보다 더 진짜처럼 보이는 것 같다고 데일은 말했다. 사람들이 거울 속에서 보는 모습이 이미 자연적인 모습이 아닌 이상, 대부분의 사람들에게, 머리칼이 상점 진열장의 마네킹처럼 보인다고 해서 문제가 될 것은 없었다. 그런가하면 데일이 담당하고 있는 고객 중에 백발이 된 머리를 허리까지 기르고 다니는 할머니도 한 분 있다고 했다. 그가 보기에 그 머리는 할아버지들의 수염처럼 그녀의 지혜를 보여주는 것 같았다. 그의 말에 따르면, 그 할머니는 갈기 같은 백발로 강한 기운을 뿜으며, 무슨 여왕처럼 자태를 뽐낸다고 했다. 그가 다시 내 머리칼을 쥐고 들어 올렸다. 우리 둘은 거울 속에서 서로를 바라보았고, 잠시 후 그가 다시 내 머리칼을 내려놓으며 말했다.

"고객님의 자연스러운 권위가 중요하다는 이야기였어요."

옆자리 여자는 무표정한 얼굴로 『글래머』 잡지를 읽고 있었다. 촘촘하게 은박지를 입힌 여자의 머리 위로 미용사의 손가락이 열심히 움직이며 머리카락을 한 가닥씩 잡고 염색약을 바른 다음 은박지 안으로 접어 넣었다. 미용사가 부지런히, 조심하면서 일하는 동안, 고객은 한 번도 그를 올려다보지 않았다.

미용실은 지붕이 높고, 새하얗고, 환한 조명이 있는 공간이었다. 바닥은 흰색이고, 벨벳을 덧댄 가구들이 있고, 기다란 거울들이 섬세한 조각이 들어간 흰색 틀 안에 끼워져 있었다. 나뭇가지처럼 팔이 많이 달린 샹들리에에서 나온 빛이 실내를 비추고, 사방에 있는 거울에 눈부시게 반사되고 있었다. 음침한 상점들과 패스트푸드 음식점, 그리고 공구상 사이에 있는 미용실이었다.

거울에 비친 데일의 표정은 확고했다. 본인은 짙은 색의 대걸레처럼 치렁치렁한 머리에 회색으로 줄무늬를 넣은 모습이었다. 나이는 40대 중반쯤, 키가 크고 말랐으며, 우아하고 자세가 곧은 무용수의 분위기가 풍겼다. 짙은 색의 몸에 꼭 맞는 스웨터를 입고 있어서 마른 하체 위로 배가 동그랗게 나왔다는 것을 짐작할 수 있었다.

"아시겠지만 염색을 한다고 사람들을 속일 수 있는 게 아니에요. 뭔가 숨길 게 있다는 걸 확실히 드러낼 뿐이죠."

그가 말했다.

나는 공적인 자리에서는 원하는 것을 숨기는 게 더 나을 것 같다고 했다.

"왜요? 자기처럼 보이는 게 그렇게 끔찍한 일일까요?"

데일이 말했다.

그건 모르겠지만 많은 사람들이 두려워하는 일인 것은 분명하다고, 나는 대답했다.

"지당한 말씀이지만,"

데일이 침울하게 말했다.

"많은 사람들이 그건 거울에 비친 모습이 자기처럼 보이지 않기 때문이라고 하죠. 그럼 저는 물어봐요. '왜 그렇게 보이는 걸까요?'라고요. 저는, 그런 말을 하는 분들에게 필요한 건 탈색이 아니라 태도를 바꾸는 거라고 말씀드려요. 그건 일종의 압박인데, 사람들이 두려워하는 건."

그가 다시 내 머리칼을 들고 뿌리 부분을 살피며 말했다.

"원하지 않는 사람이 되는 거죠."

미용실 반대편에 있는 유리문이 요란하게 열리고 열두세 살쯤 돼 보이는 남자아이가 갑자기 들어왔다. 아이가 문을 닫지 않은 바람에 차갑고 축축한 공기와, 차들이 내는 시끄러운 소음이 따뜻하고 환한 실내에 그대로 밀려들었다.

"문 좀 닫아줄래요?"

데일이 불평 섞인 목소리로 말했다.

아이는 당황한 표정으로 그 자리에 얼어붙었다. 외투도 없이, 그냥 회색 교복 셔츠와 바지 차림이었는데, 셔츠와 머리가 비에 젖어 있었다. 잠시 후, 한 여인이 아이를 따라 들어왔고, 조심스럽게 문을 닫았다. 그녀는 키가 아주 크고 마른 몸매에, 커다랗고 평평한, 조각 같은 얼굴이었는데, 마호가니색 머리는 턱선에 정확히 맞춰서 섬세하게 자른 모양이었다. 여인을 보자 소년은 손을 들어 자신의 머리를 이마 옆으로 넘겼다. 여인은 군인들이 입을 것 같은 양모 코트를 벗지 않고 마치 위험물을 살피는 것처럼, 잠시 그대로 서서 실내를 훑어본 다음 소년에게 말했다.

"가 봐, 가서 네 이름부터 말해야지."

소년은 간청하는 듯한 표정으로 여인을 올려다보았다. 셔츠 옷깃 부근의 단추가 풀려 있어 앙상한 가슴이 살짝 내비쳤다. 손은 옆으로 내렸는데, 항의하듯 손바닥은 벌리고 있었다.

"어서."

여인이 말했다.

데일이 내게 샴푸를 먼저 하고 오라고 했다. 그 사이 자신은 염색 색상표를 보며 내게 어울릴 만한 색이 있는지 살펴보겠다고, 너무 어두운 색은 아닌 것 같고, 갈색이나 붉은색이 도는 가벼운 색을 찾아보겠다고 했다.

"고객님의 자연스러운 모습은 아니지만, 그럼 좀더 현실적으로 보이실 것 같네요."

그는 건너편에서 바닥을 쓸고 있던 종업원에게 고객님 안내를 부탁한다고 크게 말했다. 종업원은 즉시 하던 일을 멈추고 빗자루를 벽에 기대 세웠다.

"거기 두지 말고! 사람들이 걸려서 넘어질지 모르잖아."

데일이 말했다.

다시 한번 즉시, 종업원은 빗자루를 다시 집어 들고 그 자리에 그대로 섰다.

“벽장에. 그냥 벽장 안에 둬.”

데일이 피곤하다는 듯 말했다.

잠시 사라졌던 종업원이 빈손으로 나타나서는 내가 앉은 의자 옆으로 다가왔다. 나는 자리에서 일어나 그녀를 따라 따뜻하고 어둑어둑한 샴푸실로 내려갔다. 그녀는 나일론 천을 내 어깨에 둘러주고 세면대에 기댈 수 있게 수건을 깔아주었다.

“괜찮으세요?”

그녀가 물었다.

샤워기에서 쏟아지는 물은 온수와 냉수가 번갈아 나왔다. 나는 눈을 감고, 그렇게 이어지는 순환에, 한 온도가 다른 온도로 바뀌는 반복에 몸을 맡겼다.

종업원이 샴푸를 바르고 자신 없는 손길로 문질러주었다. 얼마 후, 그녀가 머리에 빗질을 해주었고, 나는 누군가 수학 문제를 다 풀기를 기다릴 때처럼, 가만히 기다렸다.

“다 됐습니다.”

마침내 종업원이 그렇게 말하고 한발 뒤로 물러났다.

나는 그녀에게 고맙다고 인사하고 다시 자리로 돌아왔다. 데일은 분홍색 플라스틱 접시에 염색약을 열심히 섞고 있었다. 좀 전의 소년이 내 옆자리에 앉아 있고, 『글래머』를 읽던 여자는 뒤로 물러나 소파에 앉은 채, 여전히 머리에 은박지를 매달고 무표정한 얼굴로 잡지를 한 장 한 장 넘기고 있었다. 그 옆에 소년과 함께 들어왔던 여인이 앉아서 휴대폰 화면을 만지고 있고, 그 옆에 책이 한 권 펼쳐진 채 놓여 있었다. 다른 미용사 한 명이 안내 데스크에 팔꿈치를 괴고 기댄 채, 커피 한 잔을 앞에 놓고 안내 직원과 이야기하고 있었다.

"새미, 손님 기다리시잖아."

데일이 안내 데스크의 미용사를 불렀다.

새미는 접수원과 몇 마디 더 주고받은 후에 느릿느릿 자리로 돌아왔다.

"자, 어떻게 하면 될까, 이제?"

그녀가 갑자기 소년의 어깨를 짚으며 말하는 바람에 소년은 자신도 모르게 몸을 움찔했다.

"직접 나서지 않으면 모든 일이 엉망이 돼버릴 것 같은 기분 혹시 아세요?"

데일이 내게 물었다.

나는 그 반대가 사실인 것 같다고 말했다. 사람들은 무슨 일을 해야 할지 말해주는 사람이 없을 때 능력을 더 잘 발휘하는 것 같다고.

"그럼 제가 잘못하고 있는 거네요. 이 건물에서는 제가 도와주지 않으면 물도 제대로 안 나오니까."

데일이 말했다.

그는 은색 클립을 꺼내 내 머리에 고정했다. 염색약을 바르고 최소 30분은 기다려야 하니까, 바쁜 일은 없기를 바란다고 그는 말했다. 그가 클립을 하나 더 꺼내서 다른 부분을 고정했다. 그가 작업하는 동안 나는 거울에 비친 그의 얼굴을 바라봤다. 세 번째 클립을 꺼낸 그는 클립을 입술에 물고 내 머리를 또 한 가닥 골라냈다.

"사실 저는 특별히 서두를 게 없어요. 저녁 데이트가 방금 취소됐거든요. 다행이죠. 그렇게 됐네요."

그가 갑자기 말했다.

옆자리에 앉은 소년이 가만히 앉아 거울에 비친 자신의 모습을 골똘히 살폈다.

"어떤 머리 하고 싶어요? 모히칸? 까까머리?"

새미가 말했다.

소년은 어깨를 움찔하고는 고개를 돌렸다. 부드럽고 연약한 얼굴에 길고 둥그런 코 때문에 생각에 잠긴 듯한 인상을 주는 표정이었다. 도톰한 분홍색 입술 주변에는 조금 어색하지만 은밀한 미소가 늘 숨어 있는 것 같았다. 마침내 소년이 뭔가 웅얼거렸다. 너무 작게 말해서 거의 들리지 않을 정도였다.

"그게 뭔데?"

새미가 물었다.

그녀는 소년 쪽으로 고개를 숙였지만 소년은 다시 입을 열지 못했다.

"이상하게 들리겠지만, 안심이 되네요."

데일이 계속 말했다.

"그런데, 제가 정말 좋아하는 사람이거든요."

그는 클립으로 머리를 고정하는 동안 잠시 말을 멈췄다.

"요즘은 점점 더 그런 생각이 자주 들어요."

그는 다시 말을 멈추고 머리를 한 가닥 고정했다.

"그러니까 좋은 점보다는 문제가 더 많다는 생각이오."

"뭐가요?"

내가 물었다.

"아, 모르겠어요, 그냥 나이 때문인지도 모르죠. 그저 제가 감당을 못할 것 같은 기분이랄까."

혼자 저녁을 보낸다는 생각이 너무 끔찍하게 여겨졌던 때도 있었다고, 그는 말을 이었다. 너무 바보 같다는 생각이 들어서, 그런 느낌을 피하기 위해 아무 데나 가서 무슨 짓이든 하곤 했다고 했다. 하지만 지금은 금방 자기 자신으로 되돌아온다고 했다.

"그리고 만약 그런 문제를 가지고 있는 다른 사람들을 만나면, 말씀드렸듯이, 감당을 못할 것 같거든요."

나는 거울에 비친 그의 짙은 손가락을, 세심하게 움직이는 그 손가락과 집중하고 있는 길고 좁은 얼굴을 바라봤다. 그의 뒤로 접수원이 전화기를 들고 다가오고 있었다. 그녀가 그의 어깨를 톡톡 두드리고는 말했다.

"선생님 전화요."

"메시지 남기라고 해. 지금 손님이랑 있잖아."

데일이 말했다.

접수원이 돌아가고 그는 어이없다는 표정을 지었다.

"저는 이 직업이 창의적인 일이라고 주장하고 있거든요. 하지만 가끔은 정말 그럴까 하는 생각이 들더라고요."

그가 말했다.

창의적인 사람들을 많이 알고 있다고, 그는 잠시 후에 말을 이었다. 우연히 알게 된 사람들이었다. 특히 그중 한 명은, 배관공으로 일하면서 남는 시간에 조각을 한다고 했다. 다양한 길이의 파이프, 밸브, 와셔, 배수 설비, 쓰레기 망 같은, 배관 일을 하면서 쓰는 부속품들만을 가지고 만든 조각품이었다. 그는 금속을 가열해 다양한 각도로 꺾을 수 있는 토치도 가지고 있었다.

"자기 집 차고에서 그런 작업을 하는 거예요. 실제로 근사한 작품들인데, 핵심은, 본인이 약을 하고 제정신이 아닐 때만 조각 작업을 한다는 거죠."

데일이 말했다.

데일은 머리를 새로 한 가닥 집어서 클립으로 고정했다.

무슨 약이냐고, 내가 물었다.

"결정형 메타암페타민이오. 나머지 시간 동안 이 친구는 정말 평범한 녀석이거든요. 그런데 말씀드렸듯이, 남는 시간에는 메타암페타민에 잔뜩 취해서는 차고에서만 지내는 거예요. 그 친구 말이, 어떨 때는 아침에 차고 바닥에서 잠이 깰 때도 있는데, 주변에 자신이 만든 조각품들이 늘어져 있지만 정작 본인은 그걸 만든 기억이 전혀 없답니다. 하나도 기억이 안 난다는 거예요. 정말 이상하죠. 자신의 보이지 않는 어떤 부분을 보는 것처럼요."

데일이 핀셋 같은 손가락으로 마지막 클립을 끼우며 말했다.

그는 그 친구를 좋아했다—이야기의 앞부분에서 그 친구에 대한 잘못된 인상을 심어준 것 같다고 덧붙였다. 주변에는 40대가 되어서도 스물다섯 살 때처럼 지내는 사람들이 아주 많았다. 솔직히 나이 든 남자가 미친 듯이 파티를 쫓아다니고, 여기저기 얼굴을 들이밀고, 새신랑처럼 정신없이 춤을 추는 모습을 보는 건 조금 우울한 일이라고 그는 말했다. 개인적으로, 그것보다는 더 근사한 일이 있었다.

그는 허리를 펴고 손끝으로 내 어깨를 살짝 짚은 채, 거울을 통해 자신이 방금 마친 작업을 지켜보았다.

"그러니까, 그런 생활—파티, 마약, 밤샘 놀이—은 기본적으로 반복되잖아요. 그런다고 뭐가 되는 것도 아니고, 그럴 의도도 없죠. 그런 생활이 대변하는 건 자유니까."

그는 분홍색 플라스틱 접시를 집어 들고는 붓으로 내용물을 섞었다.

"계속 자유로우려면, 변화를 거부해야 하는 거죠."

그가 붓에 갈색 염색약을 묻히며 말했다.

나는 그게 무슨 뜻이냐고 물었고, 그는 붓을 들고 잠시 멈춰서 거울 안의 내 눈을 똑바로 바라보았다. 잠시 후 그가 시선을 피하며 머리 한 가닥을 쥐고 조심스럽게 염색약을 발랐다.

"뭐, 사실이잖아요. 그렇지 않나요?"

그가 마음이 상한 듯 말했다.

나는 잘 모르겠다고 대답했다. 사람들이 스스로를 자유롭게 할 때는 보통 자신을 제외한 모든 것을 바꾸어버렸고, 자유로운 상태를 유지한다는 게 반드시 같은 상태를 유지하는 것도 아니었다. 사실, 자유를 얻은 사람들이 종종 가장 먼저 하는 일이, 그들을 가두고 있던 무언가를 다른 식으로 해보는 것이었다. 다른 말로 하자면, 뭔가를 바꾼다고 해서 그들이 얻으려고 그렇게 애를 썼던 무언가가 사라지는 것은 아니었다.

"회전문 같은 거네요. 안에 있는 것도 아니고 밖에 있는 것도 아닌 상태. 그렇게 빙빙 돌아가는 상황에 원하는 만큼 머무르는 것, 그동안은 스스로 자유롭다고 말할 수 있는 거죠."

데일이 말했다.

그는 염색을 마친 머리 가닥을 내려놓고 다른 가닥에 염색약을 발랐다.

"제 말은, 자유가 과대평가를 받고 있다는 것뿐이에요."

옆자리에서는 새미가 소년의 헝클어진 짙은 머리칼을 만지작거리며 길이와 머릿결 상태를 확인하고 있었다. 소년은 놀란 듯 눈으로 좌우를 살피며, 양손으로 의자의 금속 팔걸이를 꼭 잡고 있었다. 새미가 소년의 머리를 한쪽으로 쓸었다가 반대쪽으로 쓸어본 다음, 거울 속 소년의 눈을 똑바로 바라보며 빗으로 머리 한가운데에 가르마를 탔다. 소년은 순간 당황한 표정을 지었고, 새미가 웃음을 터뜨렸다.

"그냥 이렇게 할까, 어때?"

새미가 말했다.

"놀라지 마, 농담이야. 그냥 양쪽 길이가 똑같은지 보려는 거야. 너도 머리 길이가 들쭉날쭉한 채로 다니기는 싫지, 그렇지 않니?"

소년은 말없이 다시 시선을 돌렸다.

"그런 걸 뭐라고 하죠? 눈부실 정도로 엄청난 영감을 받아서 세상이 완전히 새롭게 보이는 경험이오."

데일이 물었다.

나도 잘 모르겠다고 했다. 몇 개의 단어가 떠올랐다.

데일이 붓을 수선스럽게 털며 말했다.

"무슨 길이랑 관련이 있는데."

"다마스쿠스 가는 길."

내가 말했다.

"저도 다마스쿠스 가는 길을 경험했어요. 작년 12월 31일에요. 저는 새해가 오는 게 죽기보다 싫거든요. 그래서 12월 31일도 그만큼 싫었죠."

그가 말했다.

친구들이 그의 아파트에 모였다고 했다. 다들 외출을 준비하던 중에, 그는 자신이 새해맞이를 싫어한다는 사실을 떠올렸고, 어쩌면 친구들도 모두 싫어할지도 모른다고, 다만 그걸 입 밖에 내서 말할 준비가 안 되어 있는 것일 뿐인지도 모른다고 생각했다. 다들 외투를 챙겨 입을 무렵 그가 자신은 집에 그냥 있겠다고 선언했다.

"나갈 엄두가 안 나더라고요."

그가 말했다.

"왜요?"

내가 물었다.

그는 잠시 아무 말 없이 내 머리에 염색약만 발랐다. 나는 그가 내 질문을 못 들었거나, 듣고도 무시하는 거라고 생각했다.

"그냥 소파에 앉아 있다가, 갑자기 그런 생각이 들었어요."

그는 접시에 붓을 문지르며, 갈색 염색약을 조심스럽게 묻혔다.

"그때 한 친구가. 사실 잘 아는 친구는 아니었는데, 그 친구가 마약을 테이블에 가지런히 늘어놓고 흡입하고 있었거든요. 갑자기 그 친구가 안됐다는 생각이 들더라고요. 뭐 때문에 그런 생각이 들었는지는 모르겠지만, 머리도 다 빠진, 불쌍한 친구였어요."

그가 말했다.

그는 클립으로 고정되어 있던 머리를 한 가닥 더 풀고 염색약을 발랐다. 나는 그가 고른 붓질로 머리칼 전체에 약을 바르는 모습을 지켜봤다. 그는 뿌리 부분부터 시작해서 머리끝으로 갈수록 더 세심하게 작업했는데, 마치 초반에 힘을 빼지 않기 위해 애를 쓰는 것만 같았다.

"얼굴은 작고 포동포동했는데."

데일이 붓을 허공에 든 채 말했다.

"대머리와 그런 재미있는 얼굴 때문에 그런 느낌이 들었던 것 같아요. 저는 그 친구가 아기처럼 보인다고 생각했죠. '아기가 왜 우리 집 소파에 앉아서 코카인을 들이켜고 있는 거지?'라는 생각이 들더라고요. 한번 그런 생각이 들고 나니 멈출 수가 없었죠. 갑자기 거기 있는 모든 친구가 그렇게 보였어요. 약에 취한 것 같다고 할까."

그는 다시 붓을 접시에 대고 염색약을 묻혔다.

"그렇게까지 정신을 놓을 수 있다면 좋을 텐데."

새미는 소년의 머리 위로 신중하게 가위질을 했다.

"너는 어떤 거 좋아해?"

그녀가 소년에게 물었다.

아이는 어깨를 으쓱하고, 수줍은 듯 입가에 미소를 지어보였다.

"축구? 아니면 거 뭐냐, 엑스박스. 남자아이들은 다 그거 좋아하지 않나, 그렇지? 너도 친구들이랑 엑스박스 하고 그러니?"

그녀가 물었다.

아이는 다시 어깨를 으쓱했다.

모두들 그가 미쳤다고 생각했다고, 데일은 말을 이었다. 친구들이 모두 클럽에 가는데 혼자 집에 남아 있겠다니. 그는 몸이 아픈 척해야 했다. 옛날에는 그 생각만으로도 끔찍했다, 새해 전날 밤을 집에서 보내다니. 하지만 이번에는 그런 생각을 얼른 떨쳐버릴 수 있었다. 그런 건 지나갔다는, 모두 지나갔다는 느낌이 갑자기 들었다. 다마스쿠스 가는 길에 그가 깨달은 것은 자신의 집에 모여 있던 사람들이 모두—그 자신까지 포함해서—성인이 아니라는 사실이었다. 그들은 몸만 자란 아이들이었다.

"그렇다고 잘난 척하려는 건 아니고요."

그가 덧붙였다.

"우리 딸도 네 또래야. 너는 몇 살이니, 열한 살? 열두 살?"

옆자리에서 새미가 소년에게 물었다.

소년은 대답하지 않았다.

"너도 비슷해 보이는데."

새미가 말했다.

"우리 딸이랑 친구들은 온통 화장이랑 남자아이들 이야기밖에 안 하거든. 그런 이야기하기에는 조금 어리다고 생각하지, 그렇지? 하지만 말릴 수가 없단다. 여자아이들이 뭐가 문제냐 하면,"

그녀가 말을 이었다.

"남자아이들처럼 취미가 많지 않다는 거야. 그만큼 할 일이 없는 거지. 남자아이들이 나가서 축구하는 동안 여자아이들은 둘러앉아서 수다를 떠는 거야. 애들 사이의 관계가 벌써 얼마나 복잡한지 들으면 너는 못 믿을 거야. 다 그 수다 때문이야. 여자아이들도 나가서 뛰어놀 수 있다면 그런 정치 따위에 빠질 시간도 없을 텐데."

그녀는 소년의 뒤로 돌아가면서 계속 가위질을 했다.

"여자아이들이 가끔은 되게 심술궂지, 그렇지 않니?"

소년은 눈을 들어 미용실에 함께 온 여성을 쳐다봤다. 그녀는 이제 휴대폰을 내려놓고 책을 읽고 있었다.

"엄마?"

새미가 물었다.

소년이 고개를 끄덕였다.

"엄마는 네가 참 소봉하다고 생각하시겠구나. 우리 딸은 한시도 입을 다물지 않는데. 잠시만 머리 움직이지 말아줄래?"

그녀가 가위를 허공에 들고 말했다.

"머리를 계속 움직이면 내가 머리를 찌를 수도 있잖아. 그럼 안 돼지. 우리 딸은 잠시도 말을 멈추지 않는데, 아침부터 밤까지 전화기를 붙들고 그렇게 친구들이랑 수다를 떨거든."

새미가 말을 하는 동안 소년은 머리는 움직이지 않은 채, 마치 시력검사를 하는 것처럼 눈만 상하좌우로 움직였다.

"네 나이 때는 친구가 전부니까, 그렇지?"

새미가 말했다.

이제 밖은 완전히 깜깜했다. 미용실 안에 조명이 모두 켜졌다. 음악이 흐르고, 거리에 지나가는 차들이 내는 소음이 희미하게 들려왔다. 한쪽 벽에는 유리로 된 선반이 있고, 거기 손도 대지 않은 다양한 헤어 제품들이 판매를 위해 진열되어 있었다. 바깥에서 트럭이 지나갈 때면 유리병이나 용기들이 놓인 자리에서 가볍게 흔들렸다. 바깥이 점점 더 어둑해진 반면, 미용실 안은 모든 것이 반사되고 있었다. 어디를 봐도, 이미 거기 있는 것들의 반영만 눈에 띄었다. 가끔 밤에 그 미용실 앞을 지나며 안을 들여다볼 때가 있었다. 거리의 어둠 속에 서서 보면 미용실은, 무대의 밝은 빛 아래 등장인물들이 이리저리 움직이는 극장 같았다.

연말의 그 사건 후에, 데일은 아는 사람을 만나거나 누군가와 대화를 할 때—고객이나 길거리에서 마주친 사람처럼 알지 못하는 사람과 이야기를 나누는 경우가 점점 더 늘었다—마다 상대가 몸만 성인이고 실제로는 어린아이인 것 같다는 느낌 때문에 말 그대로 지쳐갔다. 그는 상대의 몸짓과 식상한 태도에서 신체적으로나 감정적으로, 그러한 면모를 보았다. 심지어 안정적인 관계의 짝이 있는 사람들마저도—과거에는 그런 동반자 관계의 친밀함을 부러워하곤 했었다—이제는 놀이터에서 놀고 있는 단짝동무 아이들처럼만 보였다. 몇 주 동안 그는 인간에 대한 안쓰러움을 막연하게 느끼며 지냈다.

"40대 중반의 어떤 남자가 자루 같은 옷을 걸치고 종을 치며 방황하는 모습이라고 할까요."

참 사람을 무기력하게 만드는 기분이었다고, 그는 말했다. 실제로 그는 며칠 동안 앓았고, 지친 몸으로 미용실에도 겨우 출근할 수 있었다. 사람들은 그가 우울증에 빠진 거라고 했다.

"그랬을지도 몰라요."

데일이 말했다.

"하지만 내가 뭔가 해야만 하는 일을 하고 있는 중이라는 건 알았죠, 그 시기를 지나면 뭔가가 나올 거고, 죽는 한이 있어도 돌아갈 수는 없다는 건 알았어요."

마침내 그는 어떤 공백을, 정화된 것처럼, 머릿속이 깨끗하게 비워지는 느낌을 받았다. 작년 마지막 밤을 떠올려보면, 그 때 자신의 거실에 있던 거대한 무언가를, 다른 사람들은 모두 모른 척했던 그 무언가를 그는 느꼈던 것 같다고 말했다.

나는 그게 무엇이었냐고 물었다.

데일은 이제 내 뒤쪽에 쭈그리고 앉아 뒷머리를 염색하고 있었기 때문에 나는 그의 얼굴을 볼 수 없었다. 잠시 후 그가 한 손에는 플라스틱 접시를 다른 손에는 붓을 들고 일어났다.

"두려움이죠."

그가 말했다.

"그리고 제 생각에 저는 거기서 도망치지는 않았던 것 같아요. 가만히 앉아서 그 두려움이 사라지기를 기다린 거죠."

그는 마치 완성된 작품을 살피는 화가처럼 내 머리의 염색 상태를 살폈다.

"이제 얼마 안 남았어요, 색이 자리를 잡을 때까지 조금만 기다리면 돼요."

괜찮으면 잠시 전화 한 통만 하고 오겠다고 그는 말했다. 지금 조카와 함께 지내고 있는데, 저녁 약속이 취소되어서 일찍 돌아갈 거라고 이야기해줘야 한다고 했다.

"운이 좋으면, 조카가 알아서 저녁을 챙겨먹을 준비를 이미 마쳤을 수도 있고요."

조카가 어디에서 온 거냐고 물었더니, 스코틀랜드라고 했다.

"어디 멋진 곳이거나 그런 건 아니에요."

그가 말했다.

"저희 누나가 무슨 이유에선지 어디 이름도 없는 구석진 곳에서 지내는 바람에."

본인도 한 번 가본 적이 있는데, 이틀쯤 지나니 진지하게 양들에게 말을 걸고 싶어졌다고 했다.

조카는 재미있는 친구라고, 데일은 말했다. 사람들은 모두 조카가 자폐증이나 아스퍼거 증후군, 또는 나머지 사람들과 다른 누군가를 가리킬 때 말하는 그런 증세라고 판정했다. 조카는 학교를 중퇴해서 졸업장 같은 건 하나도 없었다. 그가 찾아갔을 때는 실업자 상태였고 바위틈에 앉아 재밌다는 듯이 채석장만 내려다보고 있었다.

"다행스럽게도, 요즘 들어 조금 달라지기는 했어요. 며칠 전에는 파스타 소스를 만들 때 신선한 채소를 쓰는지, 아니면 '단지'—데일은 손가락으로 따옴표 흉내를 내며 말했다—마른 잎만 쓰는지 물어보더라고요."

나는 조카가 어쩌다 런던에 오게 되었는지 물었다. 데일은 누나와 이야기를 한 후에 그렇게 결정했다고 했다. 조카가 요즘 들어서 혼란스러운 말들을 하곤 한다고 했다. 자신의 영혼이 엉뚱한 몸에 갇혀 있다느니, 자신이 엉뚱한 사람 안에 살고 있다느니 하는 그런 이야기였다.

"몇 달 동안 말을 한 마디도 안 하다가 갑자기 입을 열고 그런 말을 했다는 거예요."

데일이 말했다.

"누나는 어떻게 해야 할지 몰랐고, 무슨 뜻인 것 같으냐고 저한테 물었어요."

그는 어깨를 으쓱해보였다.

"저는 미용사이지 심리학자가 아니잖아요."

그가 흘러내린 내 머리칼을 들어 올리며 말을 이었다.

"하지만 어떤 직감이 오더라고요. 조카에게 짐을 싸서 기차만 타고 오면 저랑 같이 런던에서 지낼 수 있다고 했죠. 같이 지낼 사람이 필요한 건 아니라고 조카에게 말했어요. 나는 지금 내 삶이 좋다. 근사한 아파트에 근사한 직업도 있고, 그걸 그대로 유지하고 싶다. 그러니 조카도 자기 몫을 해야 한다고 했죠, 내가 무슨 자선 사업가는 아니니까 일도 하지 않는 사람을 그냥 재워줄 수는 없다고요. 대신 자유롭게 지내도 좋다고, 그리고 런던은 넓은 곳이니까 여기서도 조카가 찾는 것을 찾을 수 없다면 어디에서도 찾을 수 없는 거라고 했어요. 그리고 일주일 후에 초인종이 울려서 나가보니 조카가 서 있더라고요."

데일이 말했다.

짐작은 하고 있었기 때문에 많이 놀라지는 않았다고 했다. 그의 누나가 이틀 전에 귀띔해주었던 것이다.

"아이에게 어울리지 않을 거라고 생각하는 물건을 치우라고 누나가 시간을 준 거죠."

그 이틀 동안 그는 자신의 제안을 후회했다. 아파트의 방들을 모두 살피며 깔끔하게 정리정돈이 잘 돼 있는지 확인했다. 그는 그 집의 평화로운 분위기와, 아무 때나 드나들 수 있는 자유와, 퇴근해서 돌아왔을 때 모든 것이 집을 나설 때와 똑같은 상태에 있는 것을 좋아했다.

"다른 사람이 늘 그 집에 있다는 생각, 내가 말을 걸고 뒤치다꺼리를 해줄 사람, 기본적으로는 내가 책임져야 할 누군가가 있다는 사실 때문에요. 왜냐하면 열여섯 살은 사실 어린아이나 다름없는 데다가, 이 친구는 평생 스코틀랜드의 작은 마을을 벗어나 본 적이 없었으니까요. 무슨 뜻인지 아시죠? 내가 잠시 정신이 나갔었나 보다 하고 포기했죠."

데일이 말했다.

두려워하던 일이 실제로 벌어졌냐고 물었을 때, 그는 잠시 말이 없었다. 거울에 비친 모습을 보니 그는 늑대처럼 날씬한 몸에 유난히 눈에 띄는 올챙이배에 양손을 포개고 서 있었다.

"물론 처음에는 그런 순간들이 있었죠."

그가 말했다. 집안일을 처리하는 자신의 방식을 조카에게 가르쳐야 했지만, 금방 배우는 사람은 드물었다. 그 점에 대해서라면 미용실에서 신입을 훈련시켜왔던 그가 누구보다도 잘 알고 있었다. 시간이, 시간과 꾸준함이 필요하다고 그는 말했다. 이제 두 달이 지났는데, 둘은 그럭저럭 잘 지내고 있었다. 조카는 정비소의 견습생 일자리를 구했고, 조금이나마 사회적 관계를 만들어가고 있으며, 종종 데일과 함께 클럽에 가기도 했다.

"파이프나 슬리퍼를 치워야 하고, 가끔은 억지로 집에서 나와줘야 할 때도 있지만, 누군가와 함께 사는 삶은, 혼자 지내는 것과 절대로 같을 수 없죠. 뭔가를 잃게 마련이고, 그걸 되찾을 수 있을지 확신도 없죠. 언젠가는 조카도 떠날 테고, 그러고 나면 녀석이 그리울 것 같아요. 뭔가 꽉 차 있는 것 같던 집이 어딘가 빈 것 같겠죠. 제가 내어준 것보다 더 많은 걸 잃게 될 거예요. 하지만 사람들이 오는 걸 막을 수는 없고, 그럴 때마다 그게 나에게 어떤 의미가 될지 그 사람들에게 물어볼 수도 없으니까요."

데일이 말했다.

그가 전화기를 가지러 안내 데스크로 간 사이에 나는 옆자리의 소년을 바라봤다. 헝클어져 있던 머리가 이제는 짧게 정리되어 있었다. 아이는 자주 엄마 쪽을 바라보며 뭔가를 묻는 듯한 표정을 지어보였지만, 엄마는 완전히 자신의 책에만 빠져 있었다.

"색 잘 나왔어요. 오늘 밤에 어디 가세요?"

새미가 나를 보며 말했다.

나는 아니라고, 대신 내일 저녁에 일이 있다고 했다.

"데일 선생님이 제대로 했다면 2, 3일 후에 아주 예뻐지니까. 괜찮을 거예요."

새미는 소년을 보며 말을 이었다.

"너는 어떤가 한번 보자."

그녀가 소년의 어깨를 짚고 거울 속의 얼굴을 빤히 들여다보았다.

"마음에 드니?"

소년은 대답이 없었다.

"어서, 네가 보기엔 어때?"

소년의 엄마가 책에서 고개를 들고 이쪽을 보았다.

"여기 제대로 된 신사 분이 있네. 아주 신비로운 남자야."

새미가 말했다.

의자 팔걸이를 잡고 있는 소년의 손마디가 하얗고, 찌푸린 좁은 얼굴 역시 창백했다. 새미가 손을 떼자마자 소년은 자리에서 벌떡 일어나 목에 두르고 있던 가운을 찢듯이 벗어버렸다.

"잠깐만! 이 안에 비싼 물건들도 많단 말이야. 너도 알잖아."

새미는 손바닥을 가슴 앞으로 들어보인 채 뒤로 물러나며 말했다.

소년은 의자에서 일어나 어색한 동작으로 돌진하듯 유리문을 향해 다가갔다. 아이 엄마는 여전히 책을 들고 자리에서 일어나 소년이 문을 열어젖히는 모습을 지켜봤다. 비가 오는 어두운 거리를 지나는 차들이 보였다. 소년이 문을 어찌나 세게 열었는지 유리문이 한참을 돌아가서 결국 헤어 제품들이 가지런히 진열된 선반에 가서 부딪히고 말았다. 소년은 열린 문 앞에 얼어붙은 듯 서 있었다. 창백했던 얼굴이 달아오르고, 머리칼이 거꾸로 선 것만 같았다. 그런 표정으로 소년은 선반에 쌓여 있는 병이나 용기들이 엄청난 소리를 내며 미용실 바닥에 폭포처럼 쏟아지고, 그대로 박살이 나는 광경을 지켜보았다.

침묵이 흐르고 모두들 하던 동작을 멈추고 서 있었다. 데일은 전화기를 들고 있었고, 새미는 소년이 팽개친 가운을 들고 있었고, 아이 엄마는 손에 책을 쥐고 있었으며, 심지어 『글래머』 잡지를 읽고 있던 여성도 고개를 들었다.

"이런 씨발, 세상에."

새미가 말했다.

소년은 문 앞에서 튀어나가 비에 젖은, 어두운 거리로 사라졌다. 아이 엄마는 잠시, 깨진 병과 유리들 사이에 그대로 서 있었다. 그녀는 돌처럼 차가운 표정을 잃지 않았다. 그녀는 눈도 깜짝하지 않고 새미를 노려보다가, 가방을 집어 들고, 들고 있던 책을 넣은 다음 아들의 뒤를 좇아 걸어 나갔다. 문은 그대로 열려 있었다.

나무들이 축복이면서 골칫거리이기도 하다고, 로렌은 말했다. 도시 어디에서나 어둠 속에 버티고 선 도깨비나 거인 같은 나무들이 있었다. 빌딩 사이로, 혹은 도로를 따라 늘어선 장미 덤불은 꽤나 극적이긴 하다고 그녀 역시 인정했다. 우리가 걷고 있는 보도에는 두꺼운 나무 둥치들이 줄지어 있었고, 그 아래서 움직이는 뿌리들 때문에 보도블록이 울퉁불퉁 요동치고 있었다. 몇몇 곳에서는 뿌리가 아예 뚫고 나왔는데, 제멋대로 뻗은, 사람의 팔뚝보다 굵은 뱀 같은 그 뿌리들이 블록 사이에 꽉 끼어 있었다. 나무들은 보행자에게 위험하기도 하다고, 로렌은 말했다. 해마다 이 무렵에는 낙엽이 떨어졌는데, 도시 중심부에 낙엽이 2, 3인치 높이로 쌓이면 길이 아이스링크처럼 미끄러워진다고 했다.

아무튼 런던에서 오는 여정은 즐거웠느냐고 그녀가 물었다. 지선支線이 늘 문제였다. 런던의 열차들은 꼭 환승 기차를 놓치기 좋을 만큼 몇 분씩만 연착했다. 늘 그랬는데, 작가들이 늦게 나타나면—당사자들 잘못은 아니지만—문학 행사를 진행하는 것은 어려워지게 마련이었다. 하지만 그렇게 접근성이 좋지 않은 덕분에, 그 도시가 아름다운 것도 사실이었다. 깊은 숲과 골짜기 사이로 난 구불구불한 도로나, 아무것도 없지만 품위 있는 고지대로 점점 더 깊이 들어가는 기차 안에서 가끔씩 스쳐 지나듯 보이는 강물과 언덕은 장관이었다. 그녀는 종종 편리하다는 이유로 차를 몰고 오기도 하지만, 기차로 오는 편이 더 근사했다.

우리는 울퉁불퉁한 보도를 서둘러 걸었다. 왼쪽, 오른쪽, 다시 왼쪽으로 방향을 바꾸는 동안 로렌은 손목에 찬 줄이 가는 시계를 자주 들여다보았다. 가로등 불빛이 머리 위의 나뭇잎을 비추고 있었다. 비가 몇 방울 떨어지기 시작했다.

"괜찮을 것 같아요."

로렌이, 다시 시계를 보며 말했다. 내가 걸음이 빨라서 다행이라고, 어떤 작가들은—나쁜 뜻은 없지만—그렇지 못한 경우도 있다고 했다. 가서 단장을 하고 사람들과 인사할 시간은 있을 것 같았다. 다른 참석자들이 대기실에서 나를 기다리고 있다는 연락이 왔다고, 그녀는 말했다.

우리는 도심에 있는 협회처럼 생긴 건물에 도착했다. 정면의 문이 열려 있어 사람들로 붐비는 로비의 불빛이 거리까지 새어나오고 있었다. 로렌이 건물 입구에 서서 안쪽을 가리켰다. 대기실은 왼쪽 두 번째 방이라고, 쉽게 찾을 수 있을 거라고 했다. 로렌은 다른 작가를 데리러 다시 호텔로 가야 했다. 그녀가 가방에서 작은 우산을 꺼냈다.

"여기서는 이게 없으면 아쉬울 거예요."

그녀가 말했다. 행사가 잘 되길 바란다고, 보통은 잘 진행된다고 했다.

"관객들이 아주 열정적이거든요. 제가 보기엔, 다른 일이 없어서 그런 것 같기도 하지만."

그녀가 미심쩍다는 듯이 덧붙였다.

대기실의 무거운 나무문을 열자마자 열기와 소음이 밀어닥쳤다. 사람들은 원형 테이블 주변에서 먹고 마시는 중이었고, 남자 네 명이 테이블에 앉아 있었다. 뒤에서 문이 소리를 내며 닫히고 사람들이 모두 고개를 돌려 나를 쳐다봤다. 남자들 가운데 한 명이 자리에서 일어나 손을 내밀며 다가왔다. 남자는 자기가 행사 사회자라고 소개했다. 내가 짐작했던 것보다 훨씬 젊고, 날씬하고 호리호리했는데, 악수를 할 때는 거의 아플 정도로 내 손을 세게 쥐었다.

나는 늦어서 죄송하다고 했고, 남자는 전혀 문제될 게 없다고 대답했다. 실은 천막에서 전기 문제가 생겼다고 했다. 오전에 비가 왔는데, 젖으면 안 되는 뭔가가 젖어버린 것 같다고, 적어도 그가 이해하기에는 그렇다고 했다. 문제가 뭐든, 꽤 심각한 것 같았다. 하지만 사람들이 지금 손을 보고 있고, 그 말은 행사가 예정된 시간보다 15분 늦게 시작될 거라는 뜻이었다. 그와 다른 참석자들은 기다리는 동안 술을 한 잔 하고 있었다. 그렇게 하면 안 되는 일이겠지만—점보제트기의 승무원들이 이륙 전에 술을 마시는 것과 같았다—다른 사람들은 걱정하지 않아도 될 것 같다고 했다. 어쨌든 사람들은 그들을 보러 온 것이니까.

"솔직히, 여기선 딱히 진행이라고 할 것도 없어요. 질문 하나 가지고 몇 시간 동안 이야기할 수 있는 사람들이니까."

우리는 테이블에 도착했고, 모두들 자리에서 일어나 악수를 하고 다시 자리에 앉았다. 테이블 위에는 와인 한 병과 잔 네 개가 놓여 있었다. 사회자는 자신이 앉았던 자리로 나를 안내하고는, 잔을 하나 더 가지러 갔다. 테이블의 남자들 중에 내가 이전에 만난 적이 있는 사람은 한 명뿐이었고, 나머지는 모르는 사람들이었다. 만난 적이 있는 사람의 이름은 줄리언이었다. 덩치가 크고 살집도 많은데, 이상하게 어린이 같은, 거인 어린이 같은 느낌을 주는 사람이었다. 목소리가 크고, 서

투른 행동이나 실수를 저지를 것만 같은 분위기를 풍겼지만, 실제로는 아주 빠른 말투로 날카로운 풍자를 날리기 때문에, 당하는 쪽에서는 자신도 모르는 새 꽤 노골적으로 모욕을 당하고 만다.

나는 이전에 그를 만났을 때 그런 재능이 언제든 튀어나올 준비가 되어 있는 모습을 보고 놀랐다. 마치 끓는점에 이른 그 재능이, 언제든 공격 대상을 찾아서 깎아내릴 기회만 기다리는 것 같았다. 그 커다란 덩치에 불편한 분위기가 늘 묻어 있는 것 같았고, 그는 두꺼운 다리를 꼰다든지, 꼰 다리를 푼다든지, 테이블 위로 몸을 숙인다든지, 의자에 앉아 몸을 이리저리 뒤튼다든지 하면서 그 분위기를 떨쳐내려는 것처럼 보였다.

그는 최근에 참석했던 다른 문학 행사에 대해 옆 사람과 이야기를 나누고 있었다. 그 행사에서는 어린 시절에 대해 쓴 회고록을 낭독했다고 했다. 양아버지와의 관계, 자신이 태어나기도 전에 임신한 어머니를 버리고 떠나버린 친아버지에 대한 책이었다.

"그러니까 적어도 개인적인 이야기는 아닌 거죠."

그가 그렇게 말하고, 다른 사람들이 웃을 수 있게 잠시 기다렸다.

낭독이 끝나고 관객 한 명이 다가와서는, 행사장 구석으로 그를 끌고 가 사실은 자신이 그의 아버지라고, 그러니까 줄리언의 생물학적 아버지라고 놀랄 만한 주장을 했다. 줄리언은 코를 찡긋하고는 말을 이었다.

"뭔가 수상한 냄새가 나서, 사실이 아니기를 바랐을 뿐이죠."

남자는 집에 가면 부자 관계를 증명할 문서도 있다고 했다. 줄리언의 어머니 이야기를 하고, 자신이 그의 어머니를 얼마나 좋아했는지, 둘이서 얼마나 행복한 시간을 보냈는지에 대해서 이야기했다. 남자가 이야기를 하는 동안, 또 다른 관객이 다가와서 줄리언의 팔을 톡톡 두드리고는, 정확히 똑같은 주장을 했다. 그런 사람이 난데없이 둘이나 나타난 거였다. "『맘마미아』 같았다니까요. 장소가 비 내리는 선더랜드라는 것만 달랐지."

"유명한 행사는 아니고요. 선생님은 안 좋아하실 거예요."

그가 나를 보며 말했다.

그는 자신이 행사에 전문으로 팔려 다니는 작가가 된 것 같다고 했다. 솔직히 말하면 초대장, 특히 자기 이름이 적힌 초대장을 받는 게 기분 좋아서 가는 거였다. 사람들의 관심을 아무리 많이 받아도 그에게는 충분하지 않았다.

"저희 어머니가 스페인 란사로테섬에 2주씩 다녀오시는 것과 같다고 할 수 있죠. 할 수 있을 때 조금도 남기지 않고 즐기는 거요. 서서히 고르게 선탠을 하는 게 아니라, 통구이가 될 정도로 익어버리고 싶어요. 지금이 햇빛을 즐길 수 있는 때라면, 미친 듯이 즐기려고요."

그가 말했다.

그는 손을 들어 공기를 움켜 쥔 다음, 씹어 먹듯 입으로 가지고 갔다.

줄리언이 이야기를 하는 동안 사회자는, 그가 하는 말에 내가 발끈하지는 않는지 불안해하며 지켜봤다. 그는 작은 얼굴이 잘생겼고, 조금 교활해보였으며, 밝은 눈은 콩알 같았다. 숱이 많은 검은색 머리는 아주 짧게 잘라서 거의 짐승의 털처럼 보였다. 잠시 후 그가 몸을 앞으로 숙이며 내 팔을 가볍게 치고는 다른 작가들—줄리언과 루이스—을 전에 만나본 적이 없는지 물었다. 루이스는 줄리언의 오른쪽에 앉아 있었다. 어깨까지 내려오는 머리는 기름기가 끼었고, 얼굴에도 면도를 하지 않아 짧은 수염이 가득했다. 찢어진 가죽 재킷과 지저분한 청바지가 줄리언이 입고 있는 고급 남색 정장이나 연한 자줏빛 넥타이와 너무 대조적이어서 어떤 면에서는, 단정치 못하고 무관심한 태도에도 불구하고, 일부러 그런 차림을 하고 온 것처럼 보였다. 그는 줄리언을 유심히 관찰했고, 줄리언은 그가 뭔가를 보고 미소를 지을 때마다 누렇고 가지런하지 못한 이가 보인다고 지적을 해주었다.

줄리언의 다른 쪽 옆에 앉은 남자는 훨씬 젊었는데, 천사 같은 얼굴에, 아마빛 곱슬머리를 늘어뜨리고 있었다. 소개를 할 때 그 남자 이름은 듣지 못했다. 줄리언의 남자 친구인 모양이라고 짐작했다. 활처럼 생긴 입술은 양쪽 끝이 살짝 올라갔고, 그건 동그랗게 뜨고 있는 파란 눈도 마찬가지였다. 그는 짙은 청색의 꽉 끼는 코트 단추를 목까지 채우고 있었고, 추위를 타는 것처럼 양손을 주머니에 꼭 넣고 있었다. 남자는 이내 줄리언의 귀에 대고 뭐라고 속삭이고는 자리를 떠났다.

사회자가 시계를 보며 슬슬 움직일 시간이라고 했다. 바깥의 복도에서 그는 줄리언과 루이스를 앞세우고 내 쪽으로 다가왔다.

"이런 일이 불편하지는 않으시죠?"

그는 그렇게 묻고는, 맞은편에서 오는 사람들을 몇 명 지나친 후에 다시 내 옆으로 다가와 말을 이었다.

"저는 관객들 질문을 받을 때가 즐겁더라고요. 하지만 행사가 끝나면 기쁜 것도 사실입니다."

우리는 복도 끝에 있는 문을 열고 들어갔다. 안쪽에 기하학적 모양의 정원이 어둠 속에 펼쳐져 있었다. 직사각형 잔디밭 위로 비가 억수처럼 쏟아졌다. 몇 백 미터 떨어진 곳에 반투명의 대형 천막이 세워져 있었다. 사회자는 어쩔 수 없이 달려야 할 것 같다고 했다. 우리는 비가 내리는 어둠 속에서, 천막 입구까지 이어진 자갈이 깔린 보행로로 내려갔다. 다른 일행들이 앞질러 달려갔고, 줄리언은 재킷으로 머리를 가린 채 비명을 질러댔다. 천막은 보기보다 멀었고, 우리가 달리는 동안 빗줄기는 더 거세게 몰아쳤다. 사회자는 뒤를 돌아보며 내가 제대로 따라가고 있는지 살폈다.

천막 입구에 도착했을 때는 모두 홀딱 젖어 숨을 헐떡이고 있었다. 루이스의 젖은 머리는 쥐꼬리처럼 그의 얼굴에 붙었고, 줄리언의 셔츠는 어깨와 등이 흠뻑 젖어 있었다. 사회자의 뻣뻣하고 꼬불꼬불한 머리에도 물방울이 묻어 있었는데, 그는 몸을 터는 동물처럼 고개를 흔들어 물기를 털어냈다.

천막 입구에서 클립보드를 들고 있던 남자는, 알 수 없다는 듯이, 왜 우리를 지붕 있는 보행로로 안내하지 않았냐고 사회자에게 물었다. 그가 펜으로 가리킨 쪽을 보니, 우리 뒤로 정원 가장자리를 따라 차양이 있는 보행로가 보였다. 사회자는 쑥스럽다는 듯 웃음을 터뜨리며 그런 보행로가 있는 줄 몰랐다고, 아무도 알려주지 않았다고 대답했다. 남자는 말없이 듣고 나서는, 주최 측에서 관객들이—참석자들은 물론이고—홀딱 젖은 채 입장하게 내버려둘 리가 없지 않느냐고 했다. 안타깝지만 지금 당장은 그로서도 할 수 있는 일이 없었다. 이미 관객들이 입장했고, 우리는 늦은 상태였다. 그 상태 그대로—상기된 얼굴로, 젖은 머리를 한 채, 어수선한 상태로—입장해야만 했다.

남자는 검은 커튼을 두른 가설무대의 입구로 우리를 안내했다. 커튼 너머에서 관객들이 웅성이는 소리가 들렸다. 무대 뒤편은 합판과 비계가 그대로 드러나 있었지만, 전면의 연단은 반들반들하고 새하얗고, 조명도 환했다. 의자 네 개가 대화를 나눌 수 있는 배치로 놓여 있었고, 그 앞에 마이크가 있었다. 각각의 의자 옆에 작은 테이블이 있었고, 그 위에 물병과 유리잔이 놓여 있었다. 우리가 연단에 올라서자 관객석이 조용해졌다. 조명이 잦아들고, 이내 객석이 어두워지면서 환한 연단이 더욱 강조되는 것 같았다.

"제대로 온 거 맞죠?"

줄리언이 혼란스럽다는 몸짓을 해보이며 어둠을 향해 말했다.

"젖은 티셔츠 경연대회장을 찾고 있는데, 여기라고 하더군요."

관객들이 바로 웃음을 터뜨렸다. 줄리언이 재킷을 벗었다가 짓궂은 표정을 지으며 천천히 다시 입었다.

"촉촉한 작가들이 건조한 작가들보다 훨씬 재미있습니다. 장담하죠."

그가 말을 이었고, 다시 웃음이 터졌다. 어둠 속에서 관객들이 앉은 자세를 고치는 소리가 들렸다.

줄리언이 첫 번째 의자에 앉았고 루이스가 옆자리를 차지했다. 그 옆에 사회자가 앉았고, 나는 맨 끝에 앉았다. 사회자는 줄리언의 말에 다른 사람들과 함께 웃다가, 다리를 꼬고 앉아서는, 인색한 표정으로 천막 안을 매섭게 훑었다. 그가 무릎 위에 놓았던 노트를 펼쳤다. 손글씨로 적힌 메모가 보였다. 루이스는 누런 이를 살짝 드러낸 채 줄리언을 보고 있었다.

"가끔 제가 너무 앞서간다는 이야기를 듣곤 합니다. 저는 제가 그러고 있는 줄 모르니까, 이야기를 해주셔야 합니다. 어떤 작가들은 수줍음이 많다고 하는데, 저는 아닙니다. 여러분들은 조용한 작가들을 보고 싶으시겠죠. 고통 받는 영혼, 예술가, 사람들의 관심이 두렵다고 말하는 작가들 말입니다. 루이스 씨처럼요."

줄리언이 관객들에게 말했다.

관객들이 웃음을 터뜨렸다. 루이스도 웃었다. 이가 조금 더 드러났고, 희뿌연 빛이 섞인 파란 눈은 줄리언의 얼굴을 바라보고 있었다.

"루이스 씨는 글쓰기 과정 자체를 즐기는 부류라고 할 수 있습니다. 마치 학교생활을 즐긴다고 말하는 사람들처럼요. 저로 말하자면, 글쓰기 자체를 싫어합니다. 글을 쓰는 동안은 따뜻한 물에 발을 담그고 어깨 마사지를 받아야만 할 것 같아요. 저는 나중에 따라오는 사람들의 관심 때문에 글을 씁니다. 만찬을 기다리는 개처럼요."

줄리언이 말했다.

사회자는 차분한 표정으로 자신의 노트에 집중하고 있었다. 끼어들 기회를 놓친 것처럼 보였다. 그가 없이도, 행사는 마치 기차처럼 출발해버렸다. 머리에서 흐른 물이 내 뒷목으로 떨어졌다.

"모든 작가는 관심받기를 원하는 사람들입니다."

줄리언이 계속 말했다.

"그게 아니라면 우리 작가들이 지금 여기 무대 위에 있을 이유가 없겠죠? 사실, 어린 시절에는 누구의 눈에도 띄지 않았던 존재들이었지만, 지금은 사람들이 돈을 내고 보러 오는 정도가 된 거예요."

자신들의 작업에 복수라는 유치한 감정이 담겨 있지 않다고 말하는 작가들은, 그가 보기에는, 거짓말쟁이였다. 글쓰기는 자신의 손으로 직접 정의를 실현하는 방법일 뿐이다. 증거를 보고 싶으면, 여러분이 뭔가를 솔직하게 밝히는 것을 두려워할 누군가를 떠올려보면 된다.

"제가 책을 쓰고 있다고 말했을 때 어머니의 첫마디는 '너는 늘 어려운 아이였지'였습니다."

관객들이 웃음을 터뜨렸다.

그의 어머니는 오랫동안 그의 글쓰기에 대한 이야기를 하지 않으려 했다. 아들이 자신에게서 뭔가를 빼앗아간 것 같은 느낌이 들었다고 했다. 그러니까 두 사람이 공유했던 어떤 이야기뿐 아니라, 그 이야기에 대한 소유권 자체를 말이다.

"부모들이 종종 그런 문제를 겪습니다."

줄리언이 말했다.

"아이가 자신들의 삶에 대한 말없는 증인이 되어주었는데, 그 아이가 자라서 비밀을 온 세상에 떠들기 시작하면 마음에 들지 않는 거죠. 저는 차라리 개를 키우라고 말합니다. 사람들은 아이를 가지지만, 실제로 그들이 필요로 하는 건 애완견이에요. 자신들을 사랑해주고 말을 잘 듣지만, 자기 말은 한 마디도 하지 않는 존재 말입니다. 개가 좋은 점이 뭐냐 하면,"

그가 말을 이었다.

“여러분이 무슨 말을 하든, 녀석은 절대, 말대꾸를 하지 않는다는 거죠. 이제 제가 슬슬 달아오르는 것 같은데요. 실제로 제 옷도 거의 다 마른 것 같습니다.”

그가 얼굴에 부채질을 하며 말했다.

루이스가 어린 시절 지냈던 곳은—그의 책을 읽지도 않고 그 자리에 참석한 뻔뻔한 사람들을 위해서 말하자면—북쪽 지역에 있는, 여행책자나 역사책에도 나오지 않는 작은 마을이었지만, 지역의 복지 관련 문서에는 끊임없이 등장하는 곳이었다. 현대적인 가난의 모습이랄까. 모두들 복지수당으로 생활하고, 지루함과 싸구려 음식 때문에 비만에 빠지고, 텔레비전이 가정의 가장 중요한 구성원이 되는 그런 곳이었다. 그 지역 남성들의 평균수명은 50대였다.

“안타깝게도 제 양아버지는 그런 수치를 무색하게 만드셨지만요.”

그가 말했다.

루이스가 태어났을 때 그의 어머니는 지역자치회 소유의 주택을 제공받았다.

“어머니 인생에 제가 생기면서 얻은 부수입 가운데 하나였죠.”

그가 말했다. 머지않아 이런저런 남자들이 어머니에게 구애를 하기 시작했다. 어머니가 받은 집은 모퉁이에 있는 이상적인 집이었고, 이웃집들에 비해 욕실이 크고, 지저분한 외부 공간도 더 넓었다. 구애자들이 말 그대로 동네에 줄을 설 정도였다. 양아버지가 집에 들어오던 때에 대한 기억은 없었다. 그때 그는 아직 갓난아기였다. 무슨 일이 벌어지고 있는지 알기도 전에 그 일에 상처를 받는다는 게 최악의 상황 아니겠냐고 줄리언은 말했다. 어떤 의미에서 그는 의식을 지닌 존재가 되기 전에 이미 불량품이었다. 그에게 자기 자신이 되는 과정은, 크리스마스 선물 상자를 열어봤더니 안에 있는 것이 이미 망가져 있는 것을 발견하는 상황과 비슷했다.

"저희 집에서는, 그런 일이 다반사였습니다."

그가 말했다.

머지않아 어머니와 양아버지 사이에서 아이들이 두 명 더 태어났다. 그렇게 의붓여동생들이 생기자, 외부인으로서의 그의 존재, 원치 않는 짐 같은 존재는 일상생활에서 거의 기정사실처럼 받아들여졌다.

"재미있는 건,"

그가 말을 이었다.

"부모들이 자식들에게 무슨 짓을 할 때는, 마치 아무도 보고 있지 않다고 생각한다는 거예요. 아이는 그저 확장된 부모

일 뿐이죠. 그런 존재에게 말을 걸 때는 자신들에게 말을 거는 겁니다. 그런 존재를 사랑하는 건 자기 자신을 사랑하는 것이고요. 미워할 때는, 자기 자신을 미워하는 겁니다. 다음에 무슨 일이 벌어질지 자식들은 전혀 모르죠. 왜냐하면 무슨 일이 벌어지든 그건 자식이 아니라 부모 쪽에서 나오는 거니까요. 그래 놓고 나중에는 그 일 때문에 자식들을 비난하죠. 하지만 자식 입장에서는 그런 일이 자신에게서 비롯되었다는 생각을 피할 수가 없습니다."

양아버지가 그를 때리는 일은 거의 없었다고, 줄리언은 말했다. 매질은 주로 어머니 몫이었다. 양아버지의 잔인함은 좀 더 세련되고 다양한 형태로 드러났다. 줄리언의 열등함에 대해 길게 늘어놓는가 하면, 그가 밥을 먹고 옷을 입을 자격이 있는지, 심지어 집 안에 있을 자격이 있는지 계속 따졌다.

"내가 차지하는 양이 너무 많지 않은지 일일이 계산하는 양아버지의 모습을 보면 거의 미안한 마음이 들 정도였거든요."

줄리언이 말했다. 그런 강박이나 잔인함도 일종의 관심이었다. 그런 행동 때문에 자신이 특별한 사람이라는 생각이 줄리언에게 깊이 각인되었다. 무슨 일이 벌어지든 그의 존재가 부각되었기 때문이었다. 그리고 그의 양아버지는 그 사실을 점점 더 견디지 못하게 되었고, 결국 양아버지가 그에게 매를 대지 않은 건, 줄리언은 이제 와서야 그 점을 깨달았는데, 한 번 매를 대기 시작하면 멈출 수 없을 것 같았기 때문이었다.

옛날 집 마당 구석에 아무도 쓰지 않는 창고가 있었다. 양아버지는 집안일을 직접 하는 사람은 아니었기 때문에, 창고에는 잡동사니만 가득했다. 언제부터 그 창고가 자기 방이 되었는지는 줄리언 자신도 정확히 기억하지는 못했다. 어머니가 선생님에게 절대로 이야기하면 안 된다고 했던 것을 보면, 아마 학교에 다니기 시작한 후인 것 같았다. 어쨌든 어느 순간부터인가 줄리언은 집 안에 들어갈 수 없었다. 창고를 정리한 다음 바닥에 매트리스를 깔았다. 식사는 가져다주었고, 그는 창고 안에 갇혀 지냈다.

"많은 작가들이 창고를 좋아하죠."

줄리언이 생각에 잠긴 듯 말했다.

"작업실로 사용하고, 그곳의 은밀함을 좋아합니다."

그는 잠시 말을 멈췄고, 객석에서 희미한 웃음소리가 들렸다가 잦아들었다.

"'자신만의 창고', 정말 이런 제목을 고려한 적이 있습니다."

그가 덧붙였다.

창고에서 지내던 시절에 느꼈던 감정에 대해서는 길게 이야기하고 싶지 않다고 했다. 여덟 살 무렵, 무슨 이유로 그렇게 되었는지는 기억나지 않지만, 그는 다시 집 안에서의 잔인한 일상으로 되돌아올 수 있었다. 창고 시절의 두려움, 신체적인 불편함, 살아남기 위해 택했던 동물적인 적응들, 그런 것들은 모두 그의 책에 담겨 있었다. 그걸 글로 쓰는 건, 가슴에 꽂힌 칼을 뽑는 것처럼, 고통이면서 동시에 위안이었다. 그렇게 하고 싶지 않았지만, 그대로 두면 장기적으로는 더 큰 고통이 될 것임을 알고 있었다.

그는 가족들에게 그 글을 보여주기로 했다. 어머니와 의붓여동생들에게. 처음에 어머니는, 그건 모두 꾸며낸 이야기라며 비난했다. 그도 어느 정도는 어머니의 말을 믿을 뻔했다. 솔직한 태도의 문제가 뭐냐 하면, 그의 말에 따르면, 다른 사람들이 거짓말쟁이일 수도 있음을 서서히 깨닫게 된다는 점이었다. 의붓여동생들 중 한 명이 자신이 기억하고 있는 것들을 이야기함으로써 그를 도와줄 때까지 그랬다.

그다음엔 몇 달간의 협상이 이어졌다. 진실과화해위원회 같은 상황이 벌어졌지만, 그들에게는 코피 아난이 없었다. 유쾌하지 않은 상황이 몇 번 벌어졌다. 가족의 동의를 반드시 받아야 하는 상태는 아니었지만 가능하면 받고 싶었다. 왜냐하면 그 이야기가 그만의 진실, 그만의 관점으로 남는 것으로는 충분하지 않았기 때문이었다. 관점이란, 이혼을 하면서 소파를 둘로 잘라서 각자 가지는 부부 같은 것이라고 그는 말했다. 소파 자체는 없어지지만, 적어도 공평한 처사라고는 할 수 있었다.

열네 살 때, 학교에서 돌아오던 줄리언은 낯선 두 남자를 발견했다. 외국인 두 명이 동네 상점 앞에 서 있었다. 둘 다 태국에서 왔다고 했다. 근처 교외지역에 집을 샀는데, 일종의 국가 소유 주택으로 어마어마하게 큰 정원이 있는 집이었다. 일주일에 한 번씩 정원 잔디를 깎아줄 사람을 구하는 광고를 붙이기 위해 마을에 온 거라고 했다. 줄리언은 두 이국적인 사람들 앞에서 걸음을 멈추었다. 지긋지긋할 정도로 뻔하던 우중충한 회색빛 풍경 속에 나타난 현현顯現인 것만 같았다.

상점은 문을 닫은 상태였는데, 두 남자는 언제 다시 문을 여는지 그에게 물었다. 그런 다음, 그로서는 평생 단 한 번도 받아본 적이 없는 눈빛으로, 혹시 잔디 깎는 일에 관심이 없는지 물었다. 정원이 꽤 커서 아마 잔디를 모두 깎으려면 일주일에 한 번씩 온종일 매달려야 할 것 같다고 남자들은 말했다. 학교에 가지 않는 주말에 하면 되고, 하겠다고만 하면 본인들이 차로 데리러 오고 데려다주는 것은 물론 점심까지 제공하겠다고 했다.

그 후로 2년 동안 그는 매주 토요일마다 거대하고 고요한 잔디밭을 깎으며 보냈다. 오르락내리락, 오르락내리락, 그렇게 잔디깎이 기계를 밀고 있으면 마치 자신의 삶을 천천히 되돌아보고, 다시 풀어 처음으로 되돌아가고 있는 것 같은 기분이 들었다. 땀이 아주 많이 나고, 공짜 점심을 제공받는 것만 빼면 치료를 받는 것과 비슷했다고, 그는 말했다. 점심식사는—저택의 식당에서 먹는, 섬세하고 풍미가 가득한 식사였다—그 자체로 하나의 교육인 것만 같았다.

줄리언을 고용한 집주인들은 아주 교양 있고, 여행을 많이 다닌 남자들로, 예술품과 골동품을 수집하고, 여러 언어에 능통했다. 줄리언이 두 남자의 관계, 성인 남자 둘이서 여자라고는 찾아볼 수 없는 곳에서 호화로운 삶을 사는 것의 의미를 이해하기까지는 꽤 시간이 걸렸다. 얼마 동안은 바뀐 환경에 놀라느라 그 관계에 대해 궁금해할 여유가 없었지만, 그러다가, 서서히 두 사람이 소파에 나란히 앉아 식전 커피를 마시는 모습이나, 대화 도중에 강조를 할 때 한 사람이 다른 사람의 팔에 살짝 손을 갖다 대는 모습이나, 마침내—이때쯤엔 두 사람이 그에 대해서도 잘 알게 된 무렵이었는데—둘 중 한 명이 일이 끝나고 집으로 돌아가는 줄리언을 태워주려고 나올 때 둘이서 살짝 입을 맞추는 모습까지 보게 되었다. 그건 단순히 줄리언이 처음 목격하는 동성애가 아니었다. 그는 처음으로 사랑이란 것을 보았다.

창고 이야기를 처음 한 것도 두 사람에게였다. 종종 그 이야기를 글로 쓴 것은 용감한 행동이었다는 말을 들었지만, 일단 한 번 이야기를 하고 나니, 듣고 싶어 하는 사람이라면 누구에게든 떠들고 다녔다.

"필요한 건 한 가지뿐입니다. 일단 한 번 연 문을 계속 열어두는 것이오."

그가 말했다. 오랫동안, 그러니까 런던으로 거처를 옮기고 자기 자신이 되기로 한 후에, 그는 정리되지 않는 삶을 살았다. 그는 잡동사니로 가득한 찬장 같았다. 문을 열면 모든 것이 쏟아져 나왔다. 다시 자신을 추스를 때까지 시간이 걸렸다. 그리고 아무렇게나 떠들어대는 일, 이야기하는 일이 그중에서도 가장 엉망진창이었다. 말을 조절한다는 건 곧 화를 조절하고 창피함을 조절하는 일이었는데, 그런 상황을 뒤집어서, 엉망진창인 경험을 붙들고 조리가 맞는 뭔가를 만들어내는 일은 어려웠다. 그렇게 한 후에야, 자신에게 일어난 일보다는 나은 뭔가를 해냈음을 알게 되었다. 그때서야 이야기가 그를 통제하는 것이 아니라 그가 이야기를 통제하게 되었다. 그에게 있어 언어는 하나의 무기였고, 최전방의 방어선이었다. 그가 용감한 사람은 아니었을지 몰라도, 비열한 짓에는 확실히 맞섰다.

문제는, 일단 눈에 띄고 나면, 주목을 받고 나면 다시 이전에 그를 가려주던 상자 안으로 되돌아갈 수 없다는 점이었다. 남은 인생은 발가벗은 채 돌아다녀야만 했고, 글을 쓰는 행위가 벌거벗은 임금님의 있지도 않은 옷 같은 것일 수도 있지만, 그보다 더 나쁜 방법들도 많았다. 그런 방법들은 대부분 건강에 끔찍할 정도로 좋지 않고, 훨씬 더 돈이 많이 드는 방법들이라고, 그는 덧붙였다.

"아무튼, 여러분의 시간을 제가 너무 많이 뺏은 것 같습니다."

그가 객석을 향해 말했다. 그로서는 내키지 않지만 다른 분들에게도 발언 기회를 줘야 할 것 같다고 했다. 뿐만 아니라, 자신이 어리석게도 자기 이야기를 빠짐없이 다 해버리는 바람에 몇몇 관객들은 그의 책을 읽지 않아도 되겠다는 생각을 할 수도 있겠다고 했다. 솔직히 말하면, 그런 분들이 책을 읽든 말든 일단 사기만 하면 괜찮다고, 나가는 길에 구입할 수 있을 거라는 말로 줄리언이 이야기를 마쳤다.

관객들이 웃음을 터뜨리며, 진심이 전해지는 박수를 쳤다.

"사람들이 저한테 스스로 책을 낸 사람이라고들 하지만,"

그가 박수 소리 사이로 말했다.

"실제로 제가 알게 된 건 모두 이분한테 배운 겁니다."

그가 루이스를 가리켰다.

"오히려 제가 선생 그늘에 너무 오래 가려져 있어서 비타민 결핍에 시달릴 정도였습니다."

루이스가 말했다.

관객들이 다시 웃음을 터뜨렸지만, 이전보다는 조금 덜 열성적이었다.

문제는, 루이스의 말에 따르면, 그의 책이 줄리언의 책과 동시에 나오면서 두 사람이 여러 행사에 늘 함께 불려 다녔다는 것이었다. 기항지마다 마주치는 두 여행자 같았다고 했다.

"가끔은 낯선 곳에서 아는 얼굴을 마주치면 안심이 되기도 하죠. 하지만 그런 순간을 제외하고는 대부분, '안 돼, 다시는 안 보게 해줘' 이럽니다."

루이스가 씁쓸한 어투로 말했다.

여기저기서 희미한 웃음이 터져 나왔다. 알려진다는 건 곧 제약을 받는다는 의미라고, 루이스는 말을 이었다. 어떤 행동을 해도 곧 제지당한다. 지구 끝까지라도 갈 수 있지만 거기서 당신 이름을 아는 누군가를 만난다면, 그건 어디에도 가지 못한 것과 마찬가지다.

"저는 알려지고 싶지 않습니다. 아무도 저를 알아봐주지 않았으면 좋겠습니다."

갑자기 동굴 속 같은 침묵에 빠진 객석을 향해 루이스가 말했다.

그는 느릿느릿, 최면에 걸린 것 같은 단조로운 목소리로 말했다. 몸을 의자에 묻고 있어서, 헝클어진 머리가 얼굴 위로 흘러내리고, 잔 수염이 난 볼은 거의 가슴에 닿을 것 같았다.

책을 쓰면서 그가 바랐던 것은 수치심 없이 자유롭게 자신을 표현하는 일이었다고, 루이스는 말했다. 그런 수치심의 여러 근원들 중 하나가 바로 다른 사람들이 그를 안다는 사실이었다. 하지만 그들이 아는 것이 진실은 아니었다. 진실은, 그가 깨달은 바에 따르면, 자신이 힘겹게 다른 사람들에게 숨기고 있는 무엇이었다. 글을 쓰는 동안, 그를 계속할 수 있게 해준 원동력이 바로 수치심에서 자유로워지고 싶은 그 마음이었다. 그는 자신을 모르는 누군가에게 말을 걸고 있다고 믿으며 글을 썼다.

자신이 그렇게 자주 줄리언과 나란히 무대에 선 데는 다른 이유도 있었는데, 그건 두 사람의 책이 모두 자전적인 글로 분류되기 때문이라고, 루이스는 말했다. 지금 하고 있는 행사를 조직하는 사람들에게 그건 참 편리한 분류였다. 하지만 실제로 그의 책과 줄리언의 책은 공통점이 전혀 없었다. 사실 두 책이 작동하는 방식은 거의 정반대의 원칙을 따르고 있다고 할 수 있었다.

"며칠 전에, 서재에서 정원을 내다보고 있는데, 갑자기 저희 집 고양이 미노가 잔디밭에 있는 게 눈에 띄었습니다. 앞발 사이에 새 한 마리를 잡아서 누르고 있더군요. 새는 기를 쓰며 날갯짓을 했고, 미노는 재미있다는 듯 그 모습을 지켜보고 있었어요. 미노는 자신의 지배력을 즐기면서, 마침내 새의 목을 물어뜯어 그 지배력을 실행할 순간을 기다리고 있었던 거죠. 그런데 갑자기 무슨 소리가 들렸어요. 길에서 뭔가 부딪히거나 터지는 것 같은 소리였습니다. 미노가 고개를 돌리며 방심했고, 새는 그 기회를 놓치지 않고 힘겹게 미노의 앞발에서 벗어나 날아가 버렸습니다."

새가 그 정도로 순간적인 기지를 발휘하는 모습에 루이스는 놀랐다고 했다. 하지만 미노가 나이를 먹은 것도 사실이었다. 더 어렸을 때는 사냥을 하면서, 심지어 잠시 한눈을 파는 사이에도 사냥감을 쥔 앞발에 힘이 빠지는 일 같은 건 절대 없었다. 거기에, 루이스가 자리에서 일어나 문을 열고 미노에게 저리 가라고 소리쳤다면, 직접 새를 구해줄 수도 있었다.

그는 성공에 대해 생각하고 있던 중이었다. 작업실로 사용하던 지하의 지저분하고 답답한 창고에서 쓴 책이 전 세계로 팔려나가면서 그런 곳으로, 본인 소유의 아름다운 정원이 내다보이는 집의 크고 쾌적한 방으로 옮겨올 수 있었다. 그날 아침에 자신이 앉아 있던 미스 반데 로어 의자도 그 성공에 포함되었다. 허벅지 아래로 부드러운 가죽 감촉이 전해지고, 고급스러운 향이 코끝에 전해졌다. 그런 감각은 여전히 그에게는 낯설었지만, 그는 그런 것들 덕분에 자신의 새로운 일부가, 새로운 자아가 자라고 있음을 알고 있었다. 그런 것들과는 전혀 관련이 없는 그였지만, 그 의자에 앉아 있는 동안 그런 관련은 만들어지고 있었다. 그는 적극적으로, 하지만 조금씩 이전의 자신과는 멀어지고 있었고, 같은 속도로 새로운 자신이 되어 가고 있었다.

그는 그런 생각을 마무리 짓고 싶었다. 생각을 완성하고, 그런 환경 변화에 대한 자신의 진짜 감정이 무엇인지 밝히고 싶었다. 그건 자기만족이었을까, 아니면 수치심이었을까. 한때 자신을 작아보이게 만들고 모욕을 주었던 사람들을 물리쳤다는 짜릿한 감정이었을까, 아니면 그들에게서 벗어나 자신의 경험을 그들 손에 던져주고 이익을 취했다는, 그러면서 그들의 비참한 삶은 그대로 남겨두었다는 죄책감이었을까.

그런 생각을 하던 중 그의 눈에 미노가 들어왔고 앞에서 말한 상황이 펼쳐졌다. 미노와 새의 이야기—아주 짧은 사건이었지만—에 빠져 있는 동안, 루이스는 그 사건이 불러일으킨 책임감에 대해서도 의식하고 있었다. 미노의 발밑에서 새가 힘겹게 날갯짓하는 모습을 지켜보았다. 그 이야기를 통제하고 있는 사람은 아무도 없었다. 그는 행동을 통해 거기에 개입할 수도 있었고, 미노가 새를 죽이는 것을 지켜보며 상처를 받을 수도 있었다. 자신이 미노를 알고 있고, 미노가 자기 집 고양이였음에도, 그는 당연히 새와 자신을 동일시했다.

말했듯이, 상황은 금세 정리되었다. 서사 자체가 저절로 상황을 수습했다. 그건 역경에 맞서 승리를 거두는 서사처럼 보였지만—그는 새에게 결단력과 순간적인 기지라는 덕목을 부여해주었다—사실 그 사태를 지켜보는 그의 머릿속에는 그보다 더 심각하고 혼란스러운 무언가가 떠올랐다. 사건 자체는 아무 의미도 없었지만, 그 사건을 바라보는 그의 책임감과 지식 덕분에 전혀 다른 의미를 띠게 되었다.

공식적으로는 자신의 고양이와 동일시되는 그와, 마음속으로는 새와 자신을 동일시하고 있는 또 다른 그가 갈등을 일으켰다. 그 두 자아가 충돌을 일으킬 것 같다는 깨달음에서 책임감의 문제가 발생했다. 그의 일부는 미노를 미워해야 당연했지만, 미노 또한 그의 일부였다.

새가 달아나는 것을 보며, 그는 현실의 잔인함이 무작위로 이루어진다는 것을 떠올렸다. 서사의 힘을 믿는다는 것은 그런 무작위에 대한 허술하고 인공적인 보호막 정도의 역할밖에 할 수 없다. 하지만 그런 깨달음보다는, 그 새가 진실을 상징하고 있는 것 같은 느낌이 더 크게 전해졌다. 환경이 달라졌음에도 그는 과거의 세상에서 그가 어떤 모습이었는지 잘 기억하고 있었다. 특히 그는 자기 자신의 새를 고양이처럼 대했다. 그가 기억하는 한 그는 자신 안에서 자유롭게 풀려나야 할 뭔가가 갇혀 있음을 의식하고 있었다. 대단히 연약한 뭔가가 자유를 잃고, 능력을 발휘하지 못하고 있었다. 새를 잡고 있는 미노처럼, 그는 오랫동안 그 뭔가를 통제하고 있었다. 아무 생각 없이, 마치 처음부터 그래왔던 것처럼.

가죽 향이 코끝에 맴도는 쾌적한 서재에 앉아 정원에서 벌어지는 사건을 바라보며, 그렇게 편안한 마음으로 과거의 정신상태를 다시 떠올리는 동안, 실제로 그는 그 상태에 빠져들고 있었다. 새는 새로운 덫에 걸려들었고, 다시 한번 그의 안에서 미친 듯이 날갯짓을 하고 있었다. 결국, 녀석은 뭔가를 배우지 못했고, 한 번 익힌 것을 계속 담아두지 못했다. 길들여진 녀석은 본성까지 바뀌어버렸고, 더 이상 자유롭지 않았다.

그의 책은 전 세계로 팔려나갔다. 하지만 초기의 충격과 호평들이 지나간 다음에는, 거의 불평만이 쏟아졌다. 그의 책에서는, 독자들이 보기에는, 아무 일도, 적어도 책으로 쓸 만한 사건들은 전혀 벌어지지 않는다는 불평이었다. 줄리언의 책이 훨씬 더 그들 입맛에 맞았다. 독자들이 극단적인 것들을 기꺼이 받아들이는 모습, 자신들의 경험 바깥에 있는 것들을 받아들이려 안달하는 모습은 늘 그를 놀라게 했다. 그런 극단적인 것에 대한 호감은 허구라는 막을 통해 더욱 커지게 마련이지만, 루이스 본인은 바로 그 막을 숨기지 않고 드러내고 싶었다.

사람들은 줄리언의 경우에는 사건을 꾸며낼 필요가 없었을 거라고 믿는다. 본인의 경험 자체가 워낙 압도적이었기 때문에 그런 부담감에서 자유로웠을 거라는 이야기였다. 그런 경우에는 현실이 환상을 대신해, 사람들로 하여금 본인들의 삶과 관련한 사실들에서 벗어날 수 있게 해준다.

사실 루이스 본인도 줄리언의 책을 아주 좋아하는데, 그건 단지 두 사람이 동료 여행자 같은 관계가 되었기 때문만은 아니었다. 많은 작가들은 진실이—혹은 더 정확히 말하자면 사실이(진실과 사실은 완전히 다른 것이니까)—삶의 현실에서 먼 것일수록, 그것을 뒷받침해줄 구조 같은 건 필요 없다고 생각하는 것 같다. 증명해야 할 무언가가 실제로 일어나버렸다면, 그 자체로 제시하면 되는 것이고, 만약 그 일이 일어나는 과정이 유별나고 기괴해서 사람들의 관심을 끌었다면, 그 일을 설명해야 할 필요는 더욱 줄어드는 것이라고 그들은 생각한다.

하지만 다른 작가들과 달리 줄리언은 극단적인 일이 있었다면, 그만큼의 책임감도 따르는 것임을 이해한 것 같다. 고층 건물을 짓는 건축가가 마당의 창고를 짓는 건축업자보다 더 격렬하게 고민해야 하는 것과 같은 이치였다.

루이스의 책은 그의 일상적 존재의 바닥에 깔린 진실에 대한 글이었고, 사람들은 먹고, 마시고, 똥 싸고, 오줌 싸고 섹스하는—혹은 더 자주는 자위하는 일이었다. 자신의 동성애 성향을 인정하는 데 어려움을 겪고 있는 그는 자신의 몸이 아닌 다른 사람의 몸과 뒤엉키는 일에 제약을 받고 있었다—일에 대한 묘사가 단조롭고, 역겹고, 심지어 공격적이라고 느꼈지만, 그럼에도 계속해서 그의 책을 샀다. 그는 마치 사람들이 성서를 사는 것과 같은 이유와 조금은 비슷한 것 아닐까 궁금했다. 절대 읽지는 않지만 집에 한 권은 둬야 할 것 같은 그런 책 말이다. 자신의 책을 성서에 비유할 생각은 없지만, 스스로에 대한 진실을 거부하려는 마음—어쩌면, 그렇게 거부해야만 하는 필요성일지도 모르지만—이 복수에 관한 책을 사게 하는 것일지 모른다는 생각도 들었다. 물론, 사람들은 그 책을 무시함으로써 다시 한번 거부하게 된다.

사람들이 자신들도 매일 하고 있는 행위들을 역겹다고 말하는 것은 놀랍기도 하고, 조금은 슬프기도 한 일이다. 사실 그는 책에 등장하는 그런 부분에 대한 묘사에는 흥미가 없었다. 그에게 그런 묘사는 글에서 수치심을 제거하기 위한 정지 작업에 불과했다. 마치 구성을 위해 잡초를 제거하는 작업 같은 것이었다. 사람들이 그의 책을 끝까지 읽지 못하는 이유가 1,000쪽이 넘을 정도로, 불필요하게 길기 때문이라는 이야기도 자주 들었다. 그에 대한 대답은 간단했다. 그가 흥미롭게 생각하는 점은, 책에서 발췌한 부분을 낭독해달라는 부탁을 받을 때마다, 시간이 작동하는 방식을 자신만의 방식으로 재현해보려 했던 부분이 아닌 다른 부분을 고르게 된다는 점이었다. 똥 싸고, 오줌 싸고, 멍하니 앉아서 창밖을 내다보는 시간 동안, 삶이 의미 있게 정리되어 드러나는 순간은 드물었다. 그 사실을 재현하면서 책을 쓰는데 거의 5년이 걸렸다.

하지만 언제나 낭독을 위해 고르는 부분은 좀더 드물었던, 다른 부분들이었다. 그런 습관이 의미하는 바는 또한, 그가 자기기만에 얼마나 쉽게 빠질 수 있는지를 보여준다는 것이었다. 미노와 새의 일화에서 알 수 있듯이, 그는 변화가 곧 진보라는 잘못된 믿음에 빠져 지내는 자신의 모습을 종종 발견하곤 했다. 세상은 똑같은 모습을 유지하면서도 동시에 아주 다르게 보일 수 있었다. 시간은 모든 것을 바꾸어놓는 것처럼 보이지만, 동시에 변화가 필요한 것들은 하나도 바꾸지 않기도 했다.

그가 자주 낭독하는 부분은 어린 시절, 그러니까 다섯 살 무렵에, 어머니와 함께 집에서 몇 킬로미터 떨어진 곳에 있는 동물원에 갔던 이야기였다. 두 사람은 버스를 타고 간 작은 농장에서, 동물들을 구경하며 돌아다녔다. 어느 순간 말 한 마리가 그의 눈에 띄었다. 말은 진흙투성이 우리 안에서 담장 밖을 내다보고 있었다. 그는 무슨 일 때문엔가 뒤처진 어머니를 버려두고 혼자 말에게 다가가서는, 담장을 조금 타고 올라가 말의 콧잔등을 쓰다듬어주었다. 처음에는 짐승 앞에서 조금 긴장했지만, 녀석은 수동적이고 순한 말이어서 그가 쓰다듬는 동안 물러나지 않았다. 어머니가 다가오는 기척이 느껴졌고, 어머니가 자신을 보고 있다는 것도 알 수 있었다. 자신이 상황을 통제하고 있는 모습이 어머니에게도 인상적이었을 거라고 생각했던 기억이 났다. 하지만 그의 옆으로 다가온 어머니는 말의 눈에 난 상처를 보고 작게 비명을 질렀다.

"네가 그런 거니?"

놀란 어머니가 물었다. 그는 그때까지 의식하지 못하고 있던 말의 눈을 바라보았다. 말의 눈은 마치 뭔가에 찔린 것처럼 충혈되고 부풀어 올라 있었고, 눈물까지 흐르고 있었다. 너무 놀란 그는 어머니의 추궁에 반박도 못했을 뿐 아니라, 시간이 지나면서, 자기가 정말 말에게 아무 짓도 안 했는지조차 확신할 수 없었다. 어머니가 자신이 말의 눈을 찔렀다고 하는 말을 듣고 보니, 정말 자기가 그랬는지 안 그랬는지 자신이 없었다. 두 사람은 집으로 돌아왔고, 루이스는 그날 오후와 저녁에 점점 더 불안감이 커졌다.

다음 날 아침, 그는 어머니에게 상점에서 과자를 사 먹게 용돈을 좀 달라고 했다. 토요일이면 언제나 받아왔던 용돈이었다. 어머니가 용돈을 주었고 그는 집을 나섰다. 하지만 그는 상점으로 가는 대신 전날 어머니가 데리고 갔던 길을 기억하며 버스정류장으로 향했다. 버스가 도착하고 그는 용돈으로 차비를 냈다. 창가에 앉아서 바깥을 내다보는 동안, 버스가 정류장을 하나씩 지나면서 그는 점점 더 무서웠다. 전날 외출에서 보았던 풍경들이 하나도 보이지 않았던 것이다. 하지만 마침내 제대로 된 정류장에 도착하자 기억이 되살아났다. 정류장 바로 옆에 뚱뚱한 요리사가 체크무늬 앞치마를 두르고 있는 그림이 걸린 카페가 있었다.

버스에서 내린 그는 동물원의 정문을 지나, 잔디밭을 가로질러 갔다. 어제 그 말이 여전히 담장 뒤에 서 있었다. 조심스럽게 말에게 다가갔다. 녀석의 수동성은 이제 항복의 표시로, 순한 태도는 자포자기한 모습처럼 보였다. 어머니는 말이 눈의 상처 때문에 앞을 볼 수 없게 될 수도 있다고 했다. 하지만 어머니는 그 일을 이내 잊어버렸는지 동물원 직원들에게 알리지 않았고, 심지어 집에 돌아온 후에 아버지에게도 말하지 않았다. 담장을 오르며, 루이스는 말의 눈을 살폈다. 다친 눈이 어느 쪽이었는지 정확히 기억나지 않았다. 열심히 고민했지만, 자신이 정확히 뭘 찾고 있는지도 확신할 수 없었다.

결국 포기하고 다시 버스를 타고 집으로 돌아왔다. 아들이 사라진 것을 발견한 부모님은 거의 히스테리에 가까운 상태였다. 어디에 다녀왔는지 말한 후에도 두 분은 화를 멈추지 않았다. 나중에 부모님은 그 이야기를 자랑스럽게 하곤 했는데, 특히 어머니는 그 사건 이후로는, 다섯 살짜리 아이를 만날 때마다 그 사건을 기준으로 판단했다.

루이스는 종종 외상外傷에 관한 질문을 받는다고 했다. 그가 공공장소에서 그 사건을 이야기하는 이유는 그것이 자신의 외상에 대해서가 아니라, 삶 자체에 내재해 있는 외상에 대해 시사하는 바가 있기 때문이었다. 그는 자신이 다시 글을 쓸 수 있을지 확신이 없었다. 세상에 대한 그의 관계는 충분히 역동적이지 못했다. 그의 책은 아마 홀로서기를 해야 할 것이다. 그 책의 후속작은 나오지 않을 것이다. 그건 그에게 자식이 없을 가능성이 큰 것과 마찬가지였다. 물론 그의 성적 지향성을 감안하더라도 가능성이 전혀 없다고는 할 수 없었지만 말이다. 스스로 작가라고 칭하고 싶은 마음도 딱히 없었다. 그가 책을 한 권 완성할 수 있었던 건 순전히, 이미 말했지만, 그 글을 쓰는 동안 자신이 알려지지 않을 거라는 믿음이 있었기 때문이다.

이제 그런 상황은 불가능해졌다. 언젠가, 지금 사람들이 읽고 있는 그 책이, 벗어놓은 뱀의 허물처럼, 더 이상 자신에게 개인적인 의미를 지니지 않게 되는 날이 올 거라고 생각한다고, 그는 말했다. 그는 완전히 솔직해질 수 있었던 그런 상태, 온전히 자신의 경험 속에 존재했던 그런 상태로 돌아갈 수 있기를 바란다고 했다. 하지만 그 경험을 펼쳐놓을 공간으로 글쓰기를 선택함으로써, 역설적이게도 글쓰기로는 돌아갈 수 없게 되어버렸다.

"마치 제 침대 위에 똥을 싸놓은 개 같은 존재죠."

그는 그렇게 말하며 처음으로, 나를 똑바로 바라보았다.

전날 미용사 데일이 정성껏 드라이해준 머리에서 떨어지는 물방울이 계속 목덜미를 적시고 있었다. 옷도 축축하고, 신발에도 물이 차 있어서 발이 미끄러웠다. 무대 위의 조명 때문에 앞이 거의 보이지 않았다. 그 조명 너머로 흐릿하게 보이는 관객들의 타원형 얼굴들이, 풀밭에서 자라는 풀처럼 상하좌우로 움직였다. 나는 낭독할 글을 가지고 왔다고 말했고, 구석에서 사회자가 계속하라는 몸짓을 해보였다. 가방에서 종이를 꺼내 펼쳤다. 한기 때문에 종이를 든 손이 떨렸다. 관객들이 자세를 바로 잡는 소리가 들렸다. 나는 내가 쓴 글을 소리내 읽었다. 글을 다 읽고 종이를 다시 접어 가방 안에 넣을 때, 관객들의 박수 소리가 들렸다.

사회자는 꼬고 있던 다리를 풀고 바르게 앉았다. 그의 갈색 눈, 갈색 단추처럼 짙은 그 눈이 자주 내 쪽으로 향했다. 사람들은 이미 자리에서 일어나 통로로 나가 집으로 돌아갈 준비를 했다. 빗줄기가 다시 머리 위의 천막을 두드렸다. 사회자는 행사가 늦게 시작되는 바람에, 아쉽지만 따로 질문을 받을 시간은 없을 것 같다고 말했다. 다시 한번, 반쯤만 열성적인 박수 소리가 들리고, 객석의 조명이 들어왔다.

우리는 다시 그린 룸으로, 이번에는 차양이 달린 보도를 걸어서 돌아왔다. 줄리언과 루이스가 앞장서서 걷고, 사회자는 내 옆에서 뒤를 따랐다. 나는 그가 좀 전의 행사에서 자신의 역할에 대해 어떻게 생각하고 있을지 궁금했다. 하지만 그는 천막 안이 추워서 신경이 쓰였다고, 전기가 나간 후에 난방을 할 수가 없었던 모양이라고만 했다. 청중들의 평균 연령을 생각할 때 항의들이 좀 있을 것 같았다.

가끔은, 관객들이 이런 행사에서 뭘 얻어 가는지 궁금할 때가 있다고, 그는 말을 이었다. 몇몇 행사에서 진행을 맡았는데, 온갖 종류의 기이한 일들을 목격했다고 했다. 앞줄에 앉아서 금방 코를 골며 잠드는 사람, 작가가 이야기를 하는 동안 옆 사람과 수다를 떠는 사람, 뜨개질을 하거나 십자말풀이를 하는 사람, 심지어 거기 앉아서 책을 읽는 사람도 있었다.

행사에서는 입장권을 여러 장 사면 할인을 많이 해주기 때문에 사람들은 입장권을 한꺼번에 사는 경향이 있고, 절반쯤은, 입장을 하면서도 자신들이 어떤 작가의 강연에 참석하는지 몰랐다. 어떤 작가는, 제2차 세계대전을 다루는 역사가였는데(그가 친숙한 이름을 말했다), 자신의 책 이야기를 포기하고, 런던 대공습 시절의 노래를 불러 청중들—대부분 노래 가사를 외우고 있었다—의 참여를 북돋우기도 했다. 비가 내리는 중에, 천막 안에서 근사한 합창이 울려 퍼졌다.

나는 청중들이 강연의 작가를 알고 오는 게 그렇게 중요한

지 모르겠다고 했다. 글쓰기 과정의 근본적인 익명성, 독자 한 명 한 명은 낯선 사람으로 작가의 책에 들어와 계속 머무르도록 설득당하는 사람이라는 사실을 다시 한번 상기하는 게, 어떤 면에서는 좋기도 하다.

"오히려 작가들이 이런 행사에서 자신을 노출시키는 것을 두려워하지 않는 게 늘 신기했어요. 쓰기든 읽기든 모두 신체가 배제된 어떤 교환행위이고, 양쪽 모두 실제 몸에서 벗어나는 행위라고까지 할 수 있을 텐데 말이죠. 몇몇 작가들, 줄리언 같은 사람은 이런 행사를 즐기는 것 같잖아요."

내가 말했다.

사회자는 교활해 보이는 눈으로 나를 흘긋 쳐다봤다.

"하지만 선생님은 아니죠."

그가 말했다.

그린 룸에서는, 머리에 기름을 바른 청년이 우리가 있던 자리에 앉아 기다리고 있었다. 우리가 다가오는 것을 발견한 청년이 자기 옆에 있던 의자를 빼주었다. 내가 거기 앉으라는 뜻인 것 같았다. 그가 자신을 소개하고—이름은 올리버라고 했다—강연 내내 우리가 젖은 몸으로 앉아 있는 것을 보고 굴욕에 대해 생각했다고 말했다. 그러니까 아무렇지도 않은 척하기 위해 감내해야 하는 굴욕이었다. 그는 그런 상황에서 강연을 요청받은 것에 대해서 아무도 항의를 하지 않는 것이 놀라웠다고 했다.

"심지어 그렇게 솔직하기로 유명한 줄리언까지요."

나는 루이스의 솔직함은, 내가 이해하기로는, 바로 그런 공적인 상황에 대한 두려움이라고 했다. 그는 자신의 소심함과 가식을 노골적으로 드러내는데, 아무리 냉소적인 태도를 취한다고 해도, 그가 굴욕적인 상황에 취약하다는 것은 일종의 공공연한 비밀이었다.

올리버는 카운터에서 음료를 주문하고 있는 사회자를 의미심장한 눈빛으로 돌아보며 말했다.

"저 사람이 뭔가 조치를 취했어야 해요. 저 사람 잘못입니다."

올리버는 우리 강연의 내용에는 집중하지 못했다고 인정했다. 다른 행사에 여러 번 가봤는데, 줄리언과 루이스는 하는 이야기가 늘 똑같았다.

"두 사람은 프로니까요, 확실히."

줄리언이 자기에게 아주 잘해준다고도 했다. 올리버가 다른 살 곳을 구할 때까지, 현재는 그와 줄리언이 런던에서 함께 지내고 있었다.

전에는 어디 있었냐고 내가 물었더니, 그는 파리에서 지냈다고 했다. 거기서 어떤 남자랑 함께 살았는데, 그 관계는 이제 끝난 모양이었다. 그 관계에서 그는 주로 집안일을 담당했기 때문에, 파트너였던 마르크가 관계를 끝내자고 하고 나니, 정작 갈 곳도 할 일도 없었다.

나는 올리버 또래의 사람이—겨우 스물셋이나 스물넷일 것 같았다—자신을 묘사하는 방식 치고는 꽤 평범하지 않은 것 같다고 말했다.

올리버가 어딘가 씁쓸한 미소를 지었다. 우리 강연을 듣는 동안, 그런 형식적 모습이 작가들의—또는 예술가들의—주된 특징이 된다면 얼마나 바보 같은 일인가, 하는 생각이 갑자기 들었다고 했다. 친밀감이 생기려면 내용보다 인물 자체가 더 중요했다.

"그런 생각을 하면, 일자리를 찾는 게 덜 무섭더라고요. 줄리언은 그저 내가 즐길 수 있는 일을 찾으면 되는 거라고 했어요. 그게 뭔지는 중요하지 않다고."

그가 슬픈 듯이 말했다.

파리에서 3년을 보내기 전에 그는 1년 동안 배낭여행으로 유럽을 돌아다녔다. 그전에는, 학생이었다. 배낭여행을 마친 후에 대학에 진학할 예정이었지만, 파리를 경유해 집으로 돌아오는 길에 마르크를 만났다. 지금이 되어서야, 그는 그 여행을 점점 더 자주 떠올리고 있다고 했다. 마르크를 만나는 순간 그 여행에 대해서는 잊어버렸고, 그와 지내는 동안은 다시 생각하지도 않았다.

어쩌면 다시 집이 없는 신세가 되고 나서 그 생각도 다시 떠오른 것인지 모른다. 마치 다시 어떤 처지에 놓이고 나서, 그 자리에 자신의 일부가 남아 있었던 것처럼 옛날의 일들이 기억나는 것처럼 말이다. 자신이 머물렀던 호스텔들과, 전 세계에서 온 또래의 남녀들과 함께 잠을 잤던 도미토리, 그들이 드나들던 싸구려 식당과 시장들, 혼잡했던 버스정류장과 기차역이 생각났고, 여행 자체도 다시 기억났다. 한 문화와 기후에서 다른 문화와 기후로 느릿느릿 천천히 변해가던 모습. 그 모든 것이, 아주 작은 세세한 면까지 다시 떠올랐다.

어느 날 밤, 그는 그날 만난 많은 사람과 함께 니스의 해변에 있었다. 모두 술을 마시며 이야기했고, 누군가 기타를 연주했다. 어둠 속에서 바다는 고요하게 빛났고, 그들 뒤로 밤의 도시는 소음과 불빛으로 미친 듯이 소란스러웠다. 그는 자신이 산산이 부서지는 느낌과 동시에 어떤 발견의 느낌이 들었다. 세상이 자신에게 보여준 모습에 대한 실망감인 동시에, 세상의 구성요소 일부와 교감하는 것 같은 새로운 느낌이었다.

하지만 그날 밤, 무엇보다도 그가 크게 느꼈던 것은, 자신이 하고 있는 행동에 맥락이 없다는 것이었다. 유럽 어디를 가도, 그가 상상했던 손상되지 않은 문명은 찾을 수 없었다. 대신, 있는 것은 익숙하지 않은 장소에서 흘러가듯 떠다니는 실패한, 혼란 속에 지친 사람들의 모습뿐이었다. 그가 배워온 현실이라는 기준에 비추어보면, 아무것도 현실적으로 보이지 않았다.

그는 그 실패를 자기 자신의 실패라고 생각했다. 안정적이고 여유 있는 집안, 물질적으로나 문화적으로나 사회적으로나 기대가 높은 집안에서 성장했던 그였기 때문이다. 특히 그날 밤 니스에서, 그렇게 파편화된 풍경, 안정감을 느끼기 위해 서로에게 매달리는 길 잃은 청춘들, 자신의 비밀을 드러내지 않은 채 그저 아름답기만 한 말없는 바다, 인간적 광기에 사로잡힌 도시의 풍경은, 그가 알아볼 수 없는 풍경이었다.

바로 거기, 니스에서 누군가 그에게 장 주네의 『도둑 일기』를 빌려주었고, 책에 담긴 거친 미학은 더욱더 그를 혼란스럽게 했다.

"그 책 읽어보셨어요?"

그는 마치 아직 그 책을 읽고 있는 것처럼, 놀라움이 가시지 않는 표정으로 나를 바라보며 물었다.

열아홉 살이었던 그는 아직 동정이었다. 그는 자신의 성 문제를 누구에게도 말하지 않았는데, 그건 어떻게 말하면 좋을지를 몰랐기 때문이었다. 그는 게이 남성으로 사는 것이 가능하다는 것을 몰랐다. 자신의 내부에 있는 무언가가 외적인 현실이 될 수도 있다는 것을 깨닫지 못했다. 니스에서, 여행 중 어디에서나 그랬듯이, 젊은 여자들이 수줍은 몸과 자신 없는 손짓으로 그에게 다가왔다. 이야기를 나누는 동안 그들이 보여준 혼란과 불확실성은 자신을 비추는 거울 같았다. 어느 정도였냐 하면, 마침내 그들은 자신들이 찾는 무언가가 그에게 없다는 것, 그가 자신들의 문제를 해결해줄 수 있을 만큼 충분히 그들과 다르지 않다는 것, 오히려 그 때문에 문제가 더 악화되어버렸다는 것을 이해하는 것 같았다.

장 주네의 세계는 그 모든 것을 거부하는 세계, 후회 없는 자기표현과 이기적인 욕망의 세계였다. 그것은 여성적인 것에 대한 폭력적인 거부와 강탈이었고, 그는 자신감 없는 여성들과 함께 있는 자리에서 그 책을 읽는 것만으로도 죄책감이 들 정도였다. 그 여자들은 그런 식으로 남성성을 공격해본 적이 한 번도 없을 거라고 그는 확신했다. 그녀들은 아마 만족하지 못한 열망으로 고통 받으며 그렇게 살아갈 것이다, 그 역시 그럴 것이었다.

대학을 포기하고 파리에 머물기로 했을 때, 그리고 그동안 있었던 일을 부모님에게 알렸을 때, 부모님은 경멸적인 투로 역겹다고 했다.

"신경 안 썼어요."

올리버가 말했다. 사랑에 대한 갈증이 너무나 컸고, 부모님은 자신을 전혀 사랑하지 않는다고 확신했다. 마르크의 손에 자신을 맡겨버림으로써, 사실상 그는 스스로 고아가 된 셈이었다. 매일 아침 생 제르망의 아름다운 아파트 안을 거닐며, 회화나 기타 예술품이 가득한 방 안에서, 베토벤이나 바그너—마르크가 좋아하는 작곡가여서 그들의 음악을 자주 틀어놓았다—의 음악이 열린 창 너머 거리로 흘러나가는 그곳에서, 그는 종종 자신이 책 속의 주인공, 시련을 견뎌내고 행복한 결말을 맞은 사람이 된 것 같은 기분이 들었다. 니스의 해변에서 밤에 느꼈던 감정과는 모든 것이 완전히 정반대였다.

하지만 그는 종종 그런 모습을 부모님에게 보여주고 싶은 마음이 들었다. 마르크의 고급스러운 취향과 지성, 그의 부, 심지어 그의 차, 아버지가 우러러보던 애스턴 오픈카, 자신이 여름밤에 마르크와 함께 타고 샹젤리제를 질주하던 그 차까지, 그런 것들이 바로 그의 부모님이 추구하던 가치였기 때문에, 그의 현실감에도 깊이 부응하는 것들이었다.

마르크와의 관계가 끝날 수도 있다는 생각은 한 번도 하지 못했다. 끝이 다가오는 것을 감지했던 기억은 있었다, 첫 겨울 기운 같은 느낌, 뭔가 잘못되었다는 어지러운 느낌, 마치 삶의 동력이 되는 무언가가 깊은 곳에서 망가진 것만 같았다. 오랫동안 그는 아무것도 못 들은 척, 못 느낀 척했지만, 그럼에도 마르크와의 생활은 가차 없이 끝을 맞이하고 말았다.

그는 잠시 말을 멈췄다. 울상을 지은 얼굴에 핏기가 없었다. 활처럼 생긴 입술이 어린이처럼 축 처지고, 길고 짙은 눈썹 사이로 커다란 눈이 반짝였다.

"오늘 낭독하신 이야기를 언제 쓰셨는지 모르겠지만,"

그가 말했다.

"그리고 지금도 같은 느낌이신지 모르겠지만,"

놀랍게도 그는 대놓고 그 자리에서 울음을 터뜨렸다.

"선생님이 묘사하신 그 인물이 바로 저예요. 그 여자가 저고, 그 여자의 고통이 저의 고통이었어요. 그 이야기가 저한테 얼마나 큰 의미였는지 직접 말씀드리고 싶었습니다."

커다란 눈물이 그의 볼을 타고 흘러내리며 반짝였다. 그는 눈물을 닦지 않았다. 거기 앉아서, 손을 무릎 위에 놓은 채, 눈물이 흐르게 내버려 두었다. 다른 사람들도 말이 없었다. 줄리언이 몸을 숙이고 커다란 팔로 올리버의 좁은 어깨를 안아주었다.

"이런, 수도꼭지가 또 열렸네. 오늘 저녁은 여기저기 다 물 난리네. 그렇죠?"

줄리언이 말했다.

그가 주머니에서 손수건을 꺼내서 내밀었다.

"자, 어서, 멋쟁이. 나를 봐서라도 눈물 닦고, 이제 춤추러 가자."

다른 사람들도 자리에서 일어났다. 루이스가 재킷의 지퍼를 올렸다. 친구가 그들을 동네 클럽에 데리고 가주기로 했다고, 줄리언이 자줏빛 넥타이를 고쳐 매며 말했다. 클럽에서 무슨 일이 벌어질지 모르지만, 이미 말했듯이, 그는 초대를 거절하는 사람이 아니었다.

줄리언이 손을 내밀었다.

"저희 둘 사이에 선생님이 샌드위치처럼 끼어 있어서 즐거웠습니다. 예상했던 것보다는 딱딱하지 않으시네요. 그리고 더 맛있었습니다."

그가 말했다.

그가 내 손을 놓지 않은 채 덧붙였다.

줄리언은 루이스가 뭔가 잘못한 사람처럼 불안한 눈빛으로 쳐다보는 앞에서 자기 입술에 침을 발랐다. 그가 물러나고 이어서 루이스가 손을 내밀었다.

"들어가십시오."

그가 진지하게, 혹은 진지한 흉내를 내며 말했다.

나는 그들이 떠나고 나서 사회자가 다시 테이블에 와서 앉는 것을 보고 놀랐다. 나는 일부러 남아서 나랑 같이 있을 필요는 없다고 말했다. 다른 사람들과 가고 싶으면 나는 그냥 호텔로 돌아가면 된다고.

"아니, 아닙니다."

사회자는, 본인도 가고 싶은지 아닌지 확신이 없는 목소리로 말했다.

"저는 여기 남겠습니다. 올리버랑만 오래 이야기하셔서, 살짝 질투가 나려던 참입니다."

그가 덧붙였다.

그 말에는 따로 대답하지 않았다. 그는 내가 줄리언과 루이스의 책을 읽었는지 물었다. 그는 재킷 단추를 풀고 자신의 의자에 앉아 다리를 꼬고는, 발을 앞뒤로 흔들었다. 나는 내 쪽으로 다가왔다 물러가는 그의 발을 지켜보았다. 끈으로 묶는 부츠, 새것이었고, 끝이 뾰족하고 발등 부분에 작은 구멍이 나 있는 갈색 가죽 구두였다. 그가 입고 있는 옷도 비싸 보였다. 줄리언의 복장이 너무 화려해서 그때까지는 사회자의 단정하고 딱 떨어지는 재킷과 깃이 뾰족한 짙은 색 셔츠, 부드러워

보이는 고급 원단의 바지가 눈에 들어오지 않았던 모양이다. 그는 집중하는 얼굴로 고개를 자주 갸우뚱거리며, 나를 쳐다보았다.

"어떻게 생각하세요?"

그가 물었다.

나는 두 사람을 좋아한다고, 두 사람의 차이점을 보면 솔직함을 드러내는 데도 한 가지 방법만 있는 건 아니라는 생각이 드는데, 어느 쪽이 진실에 가까운지는 모르겠다고 했다.

"제가 줄리언을 좋아하게 될 줄은 몰랐어요, 그가 나를 좋아하는 것은 말할 것도 없고요."

"줄리언 본인이오? 아니면 그의 책이?"

사회자가 물었다.

적어도 내가 보기에는, 둘은 같은 거라고 말했다.

사회자는 단추 같은 눈에 알 수 없는 광채를 띠며 나를 올려다봤다.

"작가가 하기에는 이상한 말이네요."

그가 말했다.

나는 사회자 본인의 작업 이야기를 해달라고 했고, 그는 잠시 자신이 편집자로 있는 출판사에 대해 말했다. 다음 주에 책임편집자가 며칠 자리를 비우기로 되어 있어서, 혼자 일을 해야 한다고 했다. 일 년에 두어 번 있는 일이고, 그럴 때마다 그는 자신이 책임을 지는 자리에는 어울리지 않는 사람임을 확신—확신 같은 건 필요 없으니까, 그냥 떠올리게 한다고 하는 게 맞겠지만—하기에는 충분했다. 마찬가지로 그의 누나가 가끔씩 조카를 하루나 이틀 동안 봐달라고 부탁할 때가 있는데, 그 역시 그가 필요로 하는 만큼의 부모 역할로 충분했으며, 거기에 더해 그 아이는—조카는 그를 많이 좋아했다—되돌려줄 수 있다는 엄청난 장점도 있었다.

나는 자유를 그렇게 지키고 싶어 하는 것 같은데, 그걸로 뭘 하려는지 물었다. 그는 한 대 맞은 것 같은 표정을 지었다.

"예상 못한 질문이네요."

그가 말했다.

생각해봤어야 하는 질문인 것 같다고, 그는 말을 이었다. 성숙하지 못하기도 했고, 이기심이라는 요소도 아마 있을 거라고 그는 인정했다. 하지만 사실은, 솔직히 말하자면—"솔직함이 오늘밤의 대화 주제니까요"라고 그는 웃음을 터뜨리며 말했다—그건 두려움 때문이었다.

"뭐에 대한 두려움이오?"

내가 물었다.

그는 찡그린 듯한 낯선 미소를 지으며 나를 보았다.

그의 아버지는, 잠시 후 그가 말했다, 공공장소에서 함께 있는 사람들을 대단히 부끄럽게 하는 행동을 하는 경향이 있었다. 식당이나 상점에서, 전철에서, 심지어 학부모들끼리의 저녁식사 자리에서도 그랬다. 아버지가 무슨 행동을 할지 알 수가 없었다. 가족들은 그저 막연한 두려움을 느끼며 그런 상황을 염려할 뿐이었다. 특히 사회자 본인이 누구보다도 두려워했다.

정확히 아버지의 어떤 행동이 그렇게 부끄러웠냐고 내가 물었다.

침묵이 길게 이어졌다.

"모르겠어요, 설명할 수가 없네요."

사회자가 말했다.

나는 앞서 이야기한 누나보다 본인이 더 불안했다고 생각하는 이유는 뭐냐고 물었다.

"모르겠어요. 그냥 그랬다는 것만 알아요."

사회자가 다시 대답했다.

그는 자신이 왜 그런 이야기를 내게 했는지 모르겠다고, 잠시 후 덧붙였다. 보통은 입 밖에 내지 않는 주제라고 했다. 그때까지도 그는 발을 앞뒤로 흔들고 있었고, 나는 날씬한, 부리처럼 생긴 부츠 끝부분이 나타났다 뒤로 물러나는 모습을 지켜봤다. 이야기하는 내내 그는 자신과 내 잔에 와인을 따랐고, 이제 한 병이 다 비었다. 나는 호텔에 돌아가 봐야 할 것 같다고 말했다. 다음 날 아침 일찍 기차를 타야 한다고.

사회자는 나의 그 말에 눈에 띄게 놀랐다. 그가 시계를 들여다봤다. 손목은, 뼈가 아주 튼튼하고, 활력 있어 보이는 검은색 털이 무성했다. 그가 생각을 하고 있다는 건 보였지만, 무슨 생각인지는 알 수 없었다. 다른 일행을 따라 클럽에 가기에 너무 늦은 것은 아닌지 계산하고 있을 거라고 짐작했다. 자리에서 일어난 그는 내가 묵는 호텔이 어디인지 물었다.

"걸어서 바래다드릴까요?"

나는 그럴 필요가 없다고, 다른 일이 있지 않느냐고 한 번 더 말했다.

"저녁 내내 코트를 벗지 않으시던데, 덕분에 코트를 받아드릴 기회가 없었네요."

그가 말했다.

바깥이 너무 어두워서 발 앞의 보도도 제대로 보이지 않았다. 비는 그쳤지만 머리 위 가로수의 나뭇잎에서 굵은 물방울들이 떨어졌다. 어둠 속에서 뿌리가 뱀처럼 구불구불한 커다란 가로수들이 늘어선 것이 마치 숲처럼 뚫고 지나갈 수 없을 것처럼 보였다. 사회자가 휴대폰을 꺼내 손전등처럼 길을 비추었다. 앞이 잘 보이지 않았기 때문에 우리 둘은 가까이 붙어서 걸어야 했다. 팔뚝과 어깨가 스쳤다. 나는 뭔가를 깨닫기 시작했다. 마치 이해할 수 없었던 조각들이 갑자기 제자리를 찾아가는 것처럼, 희미하게 이해가 되었다.

우리는 길을 건넜다. 거기는 호텔의 불빛이 새어나오는 밝은 곳이었다. 내가 정문을 열고, 사회자도 나를 따라 자갈이 깔린 호텔 정원에 들어섰다. 호텔 현관 앞에 넓적한 돌로 만든 계단이 있었다. 나는 계단 앞에서 멈췄다. 바래다줘서 고맙다고 사회자에게 말하고, 돌아서서 계단을 올랐다. 그가 따라왔다. 그가 바로 뒤에 있는 것이 느껴졌다. 제자리를 맴돌다 솟아오르는 매처럼, 어둠 속에서 집중하고 있는 어떤 존재. 내가 돌아서자 그는 두 걸음 앞으로 다가왔다.

그는 가늠할 수 없는 어떤 요소, 혹은 어떤 틈 같은 공간, 사물들이 그곳에 떨어져 깊은 어둠 속에서 산산조각 나버리는 그런 공간을 건너는 것 같았다. 그가 몸으로 나를 문에 밀어붙인 후 키스했다. 따뜻하고 두툼한 혀를 내 입안에 넣고 손으로 내 코트 속을 더듬었다. 날씬하고 단단한 그의 몸은 강압적이라기보다는 끈질겼다. 부드럽고 비싼 그의 옷감과 그 아래 있는 뜨거운 피부를 느낄 수 있었다. 그가 얼굴을 내 얼굴에서 떼고 말했다.

"당신은 10대 같아요."

그는 오랫동안 내게 키스했다. 둘 다 말이 없었다. 설명이나 애틋한 마음 같은 것도 없었다. 내 옷은 아주 낡았고 머리칼은 흠뻑 젖었다는 것이 생각났다. 우리 둘의 몸이 떨어졌을 때, 나는 뒤로 물러나 방문 손잡이를 돌리고 몇 센티미터쯤 열었다. 그도 물러섰다. 미소 짓고 있는 것 같았다. 반짝이는 어둠 속에서 그의 모습은 하얀 빛으로 가득 차 있었다.

"잘 가요."

내가 말했다.

나는 방 안으로 들어가 문을 닫았다.

학생의 이름은 제인이었다. 그녀는 소파에 앉아 있었는데 거기에 먼지가 가득하다는 건—뿐만 아니라 방 안의 모든 상황에 대해—모르고 있는 것 같았다.

"감사합니다."

그녀가 찻잔을 받아 바닥에 조심스럽게 놓으며 말했다.

키가 크고 마른, 가는 몸에 비해 놀랄 만큼 크고 단단한 가슴이 꽉 끼는 청록색 스웨터로 강조되고 있었다. 그녀는 허벅지 위로 라임색 펜슬 스커트를 자주 쓰다듬었다. 화장은 하지 않았는데, 이목구비가 단정하고 선이 또렷한 얼굴은 마치 걱정이 있는 아이의 얼굴 같았다. 밝은색 머리칼을 머리 위로 묶었는데, 덕분에 긴 목이 더 우아하게 보였다.

그녀는 내가 자신과 일하는 데 동의해주어서 고맙다고 말했다. 사람들이 자신을 다른 선생에게 떠맡기지 않을까 의심했다고 했다. 지난 학기에는 어떤 소설가와 일했는데, 그는 다른 작가의 소설 결말 부분을 다시 쓰는 일만 시켰다고 했다. 그전 학기에는 회고록 작가였는데, 개인사가 너무 바빠서 그녀와의 면담에는 사실상 한 번도 제대로 나타나지 않았다. 그는 여자 친구와 지냈던 이탈리아에서 전화로 그녀에게 과제를 내주었다. 그는 늘 섹스에 대해서만 쓰게 했다. 어쩌면 당시 그의 머릿속에 그 생각밖에 없었던 것인지도 모른다.

"그런데, 저는 제가 뭘 쓰고 싶은지 알고 있거든요. 그냥 어떻게 써야 할지 모르는 것뿐이에요."

그녀는 그렇게 말하고는 잠시 멈추고 차를 홀짝였다.

거실 창밖으로 오후의 하늘은 정지된 회색 공백이었다. 가끔씩 거리에서 소리가 들렸다. 자동차 문을 닫는 소리나 행인들의 대화 같은 것들.

나는 늘 방법만이 문제인 건 아니라고 말했다.

그녀가 눈을 크게 떴다. 눈썹이 섬세하고, 진한, 완벽한 곡선이 되었다.

"그럼 뭐가 문제일까요?"

그녀가 물었다.

그녀는 지난 4, 5년 동안 모은 자료만 해도 30만 단어가 넘는다고 했다. 이제 그녀는 실제로 글을 쓰는 작업에 들어가기를 간절히 원하고 있었다. 미국 화가 마스든 하틀리에 관한 책이었다. 미국의 미술관이나 박물관 대부분에 그의 작품이 걸려 있는 것에 비해, 놀랄 만큼 알려지지 않은 화가였다. 나는 그녀가 그런 미술관에서 그의 작품을 직접 본 적이 있느냐고 물었다.

"그림 자체에는 별로 관심이 없어서요."

그녀가 잠시 생각한 후에 대답했다.

화가의 회고전이 열렸던 파리에서 그의 작품을 몇 점 보았다고 했다. 길을 가다가 우연히 미술관 밖에 붙은 전시회 포스터를 봤던 것이다. 포스터 이미지 때문에 즉시 들어가 관람권을 샀다. 이른 아침이었고—미술관은 이제 막 문을 연 참이었다—전시실 안에는 그녀 말고는 아무도 없었다. 그녀는 그림들로 가득한 전시실 대여섯 개를 혼자 둘러보았다. 밖으로 나왔을 때, 그녀는 개인적으로 거의 혁명적인 변화를 겪고 나온 것만 같았다.

그녀가 다시 이야기를 멈췄다. 그녀는 평온한 분위기로 차를 홀짝였다. 마치 내가 뭐 때문에 그런 혁명적인 변화를 겪었는지 이야기해달라고 묻지 않고는 견딜 수 없을 것임을 확신하는 것 같았다. 우리 발밑 아래층에서 이웃들이 움직이는 소리가 들렸다. 문이 열렸다 닫히는 것 같은 소리가 들리고, 가끔 이웃들의 목소리가 올라갔다가 내려갔다.

나는 그녀에게 파리에는 무슨 일로 갔었냐고 물었다. 그녀는 강좌가 있어서 며칠 들렀다고 했다. 그녀는 직업 사진가였고, 종종 단기 강좌를 맡아달라는 제안을 받을 때가 있었다. 돈 때문에 하는 일이었지만, 그렇게 집에서 떠나 있는 일이 종종, 당시에는 알아보지 못했지만, 뭔가를 위한 준비 단계가 되기도 했다. 그런 여행 덕분에 자신의 삶과 거리를 둘 수 있었다. 그래서 평소처럼 삶에 빠져 지내는 대신, 그 삶을 볼 수 있었다.

가르치는 일을 특별히 즐기는 것은 아니었다. 수강생들은 보통 요구하는 것이 많고 자아도취에 빠져 있어서, 강좌가 끝나고 나면 그녀는 완전히 녹초가 되었다. 시작할 때는 수강생들에게 뭔가를, 좋은 것, 그들의 삶을 바꿀 수 있는 뭔가를 주고 있다는 느낌이 있었다. 녹초가 된 느낌은 우선 현기증이 날 것 같은 탈진처럼 다가왔다.

나흘이나 닷새 동안 계속해서 자신을 쏟아내다 보면, 다른 일도 벌어졌다. 그들—수강생들—을 좀더 객관적으로 볼 수 있게 되었고, 그녀에게 도움을 바라는 그들의 태도도 분석적인 것이 아니라, 그저 잘 보이려는 마음의 표현처럼 보이기 시작했다. 그런 태도 때문에 그녀 스스로도 자신이 너그럽고, 지칠 줄 모르고, 영감으로 가득한 사람이 된 것 같은 착각이 들기도 하지만, 사실 그녀는 자신을 희생시키는 피해자에 불과했다. 그런 감정 덕분에 종종 그녀는 자신의 삶을 또렷이 볼 수 있었다.

그녀는 그들에게 내어주는 것을 줄이고, 자신에게 더 많은 공을 들이기 시작했다. 수강생들은 그녀를 녹초로 만들어버림으로써, 그녀가 좀더 이기적인 사람이 되게 한 것이다. 강좌가 끝날 때쯤이면 그녀는 이전과는 다른 태도로 자신을 보살폈는데, 마치 어린아이를 다루듯 좀더 부드럽게 대했다. 그럴 때면 자신에 대한 사랑이 소용돌이치기 시작했다. 바로 그런 상태에서 미술관을 앞을 지나다 마스든 하틀리의 전시회 포스터를 보았던 것이다.

같은 강좌에서 함께 가르쳤던 남자 선생이 있었다. 나이든 남자—그녀는 나이든 남자에게 약했다—였는데, 유명한 사진가였고 그의 작품은 그녀도 존경하고 있었다. 강좌 초반에 두 사람 사이에 전기처럼 뭔가가 튀었지만, 그는 유부남이고 미국에 살고 있었다. 그녀는 애인과 헤어진 지 2년이 지난 상태였는데, 애인은 그녀를 속속들이 알고 있는 사람이었기 때문에, 마지막에 헤어지면서 했던 말싸움은 그녀의 자존감에 상처를 남기지 않을 수 없었다. 그녀는 사진 작업이 구명보트라도 되는 것처럼 거기에만 매달렸다. 동료 선생은 지적이고—적어도 그렇다고 알려져 있었다—권력이 있는 사람이었다. 그런 그가 그녀를 알아보았다는 사실이, 전 애인이 보여주었던 경멸에 맞설 수 있게 해주었다.

강좌 마지막 날 밤 두 사람은 새벽 3시까지 파리를 함께 걸었다. 그녀는 잠을 거의 잘 수 없었다. 그만큼 흥분하고 긴장했기 때문에 다음 날 아침에도 일찍 일어나서, 사람이 없는 도시의 거리를 걸어 다녔던 것이다. 그렇게 걷고 걷다가, 전시회 포스터 앞에서 걸음을 멈추었다.

나는 그녀가 어떤 사진을 찍는지 물었다.

"음식이오."

그녀가 말했다.

옆방에서 전화가 울려 나는 양해를 구하고 가서 전화를 받았다. 큰아들이었다. 나는 아이에게 어디 있냐고 물었다.

"아빠 집."

대답하는 목소리는 놀란 것 같았다. 집에서 뭐하고 있냐고 아들이 물었다. 나는 학생이랑 수업 중이라고 했다.

"아."

아들이 그렇게 대답하고, 침묵이 이어졌다. 뭔가 바스락거리는 소리와 아들의 숨소리가 들렸다.

"우리는 언제 집으로 돌아가요?"

아들이 물었다. 나는 확실히는 모르겠다고 대답했다. 건축업자는 2주쯤 후에는 가능할 거라고 했다.

"여기 아무도 없어요. 기분이 이상해."

아들이 말했다.

"미안해."

내가 말했다.

"우리 그냥 평범하게 살면 안돼요? 왜 이렇게 다 이상해?"

나도 이유를 모르겠다고 했다.

"엄마도 최선을 다하고 있어."

"어른들은 늘 그렇게 이야기하잖아요."

나는 학교에서는 별일 없었는지 물었다.

"별일 없었어요."

아들이 대답했다. 옆방에서 제인이 헛기침을 했다. 나는 미안하지만 가봐야 한다고 아들에게 말했다.

"알았어요."

아들이 말했다.

거실로 돌아온 나는 먼지 낀 흰색 소파 위에 보석 같은 옷을 입은 제인이 앉아 있는 모습을 보고 놀랐다. 그녀는 그 자리에, 무릎을 모으고, 핏기 없는 손가락으로 찻잔을 쥔 채 정지된 듯 앉아 있었다. 나는 그녀는 실제로 어떤 사람일지 궁금해졌다. 그녀에게는 뭔가 극적인 느낌이 있었고, 그 느낌에 대한 반응은 두 가지밖에 없을 것 같았다. 거기에 빠져들든가, 아니면 물러나든가. 거기에 빠져드는 일은 왠지 지난한 과정일 것 같았다. 학생들이 원래 선생을 녹초가 되게 만든다는 그녀의 말이 떠올랐고, 사람들은 종종 다른 이들의 모습을 보며 자신을 드러내게 마련이라는 생각도 들었다. 나는 그녀에게 몇 살이냐고 물었다.

"서른아홉이오."

그녀가 반항이라도 하듯이 살짝 고개를 들고 말했다.

나는 그 화가—마스든 하틀리—의 어떤 면이 그렇게 흥미로웠냐고 물었다.

그녀가 내 눈을 바라봤다. 놀랄 만큼 작은 눈이었다. 속눈썹이 없는, 여성적이지 않은 눈이었고—그녀의 외모에서 여성적이지 않은 부분은 그 눈뿐이었다—색깔은 모래색이었다.

"그 사람이 저예요."

그녀가 말했다.

나는 무슨 뜻인지 물었다.

"제가 그 사람이라고요."

그녀는 그렇게 말하고는, 조금 답답하다는 듯이 말을 이었다.

"우리는 같아요. 이상하게 들린다는 건 알지만, 같은 사람이 두 명 있으면 안 되는 이유는 없잖아요."

만약 동일시에 대한 이야기라면, 그녀의 말이 맞다고 했다. 다른 사람에게서 자신의 모습을 보는 일은 흔하다고, 특히 그 다른 사람이, 예를 들어 책 속의 인물처럼, 우리와 한 차원 떨어져 있는 인물이라면 더욱 그랬다.

그녀는 아니라는 듯, 고개를 한 번 저었다.

"제 말은 그런 뜻이 아니에요."

앞에서 그의 그림에는 관심이 없다고 했던 건, 객관적으로, 그러니까 예술로서는 관심이 없었다는 뜻이었다고 그녀는 말했다. 그 그림들은 어떤 생각, 그러니까 다른 누군가의 머릿속 생각들이었고 그게 그녀의 눈에 드러난 것만 같았다. 그 그림들을 봄으로써, 그녀는 그 생각들이 자신의 것임을 알 수 있었다. 미술관 내부에는 전시회 큐레이터들이 찾아놓은 작품에 대한 평가와 화가에 대한 정보가 잔뜩 붙어 있었다.

그녀는 전시실을 하나씩 지날 때마다 그런 것들을 읽었고, 처음에는 자신과 마스든 하틀리의 삶에 사실상 공통점이 전혀 없음을 깨닫고 실망했다. 그의 어머니는 그가 어렸을 때 죽었지만, 그녀의 어머니는 턴브리지 웰스에서 잘 지내고 있었다. 하틀리의 아버지는 그가 여덟 살인가 아홉 살 때 재혼했고, 새 아내와 다른 지역으로 떠나면서 그를 친척집에 맡겼는데 말하자면 아들을 버린 셈이었다. 성인이 된 그는 게이가 되었고, 평생 자신의 성을 제대로 즐긴 건 손에 꼽을 정도였다. 제인은 여성이고 이성애자였으며, 셀 수 없을 정도로 많은 남자와 잠자리를 가졌고, 그들 모두를 기억하고 있었다. 그는 성인이 된 후 계속 가난하게 지냈고, 프랑스와 독일에서 오래 지내다가 돈이 떨어진 후에야 미국으로 돌아왔다. 그녀는 중산층 영국 여성으로 적지만 안정적인 수입이 있었고, 여행을 좋아하기는 했지만, 외국에서 사는 건 고려해본 적이 없었다. 그는 당대의 유명인사들—화가, 작가, 음악가 등—과 어울렸는데, 그 점이 제인으로서는 가장 고통스러웠다.

솔직히 말하자면, 그녀 자신의 삶에서 가장 큰 불만은 주변에 재미있는 사람들이 없다는 점이었다. 마스든 하틀리 같은 사람이 속해 있던 세계에 그녀 또한 속하고 싶은 마음이 어찌나 컸던지, 눈을 한 번 잘못 깜빡거리면 혹시나 그런 세계를 놓쳐버리지 않을까 싶을 정도로, 늘 마음의 준비를 하고 주변을 살피는 긴장된 상태로 지냈다. 마스든 하틀리의 삶은 불행했지만 거기엔, 그녀의 삶과 달리, 그런 종류의 위안과 기회가 있었다.

"게다가 그 사람은 죽었잖아요."

그녀가 덧붙였다.

우리는 잠시 말없이 앉아 있었다. 제인은 차갑게 식어가는 차가 든 찻잔을, 자신과 아무 관련이 없는 물건이라도 되는 것처럼 쥐고 있었다.

그녀는 다시 그림 이야기로 돌아갔다. 그 낯설고 조금 섬뜩한 색상과, 덩어리진 형태들, 은밀하고 어딘가 어린이 같은 단순한 솔직함이 느껴지는 형태로 돌아가, 익숙함과 어긋남이 공존하는 그 감정을 이해해보려 했다. 대부분 바다 그림이었는데, 그 점이 그녀를 더욱 혼란스럽게 했다. 그녀는 바다 근처에서 살아본 적이 없었고, 특별히 바다 풍경에 압도되는 사람도 아니었다.

그러다가, 마침내, 폭풍우 속의 배를 그린 작은 유화 한 점을 발견했다. 소박한 형식의 그림이었는데, 배는 아이들이 가지고 노는 장난감 배 같았고, 파도 역시 아이들이 그렸을 법한 소용돌이 모양이었으며, 폭풍우는 머리 위의 거대한 거품 형태였다. 그림 옆에 붙은 설명에 따르면 마스든 하틀리는 해마다 여름이면 노바 스코샤에서 현지 어부 가족과 함께 지냈는데, 그곳에서—어부 가족과 함께—이전에는 몰랐던 진정한 행복과 소속감을 느꼈다고 했다. 어부 가족의 아들들과 수없이 많은 남자 친척들은 그를 받아주고 친구가 되어주었다. 그는 약골이고, 신경쇠약에 걸렸고, 문제가 많은 예술가였고, 그들은 욕망을 마음껏 발산하는 잘생긴 시골 남자들이었다.

외진 야생의 땅에서, 그 가족의 집은 동물들의 우리처럼 따뜻하고 친밀했다. 그곳은 파리에 있는 거트루드 스타인의 소파—마스든 하틀리는 종종 그 의자에 앉곤 했다—와 정반대였는데, 그 따뜻하고 동물적인 유쾌함이 그의 성적인 외로움에도 자연스럽게 영향을 미쳤고(그 남자들은 여자는 물론 암말과도 기꺼이 성관계를 가질 수 있을 것 같았다고, 하틀리는 회상했다), 또한 그 외로움을 진정시켜주었다. 그러던 어느 여름, 마스든 하틀리가 집에 남아 그림을 그리고 있는 동안, 그 집 형제가 다른 친척 한 명과 함께 잡은 물고기를 내리러 핼리팩스에 나갔다가 폭풍우를 만나 셋 모두 익사하고 말았다.

그 이야기 덕분에 세상이 흔들릴 정도의 깨달음—그녀의 표현에 따르면 '혁명'이었다—이 찾아왔다고, 그녀는 잠시 쉬었다가 말했다. 그 이야기가 말 그대로 그녀의 삶에 관한 사실들을 반영하고 있었다는 의미가 아니었다. 마스든 하틀리는 그보다 훨씬 크고 의미심장한 무언가를 하고 있었다. 그는 그 사실들을 극적으로 만들어주었던 것이다.

그 이야기의 어떤 면이 구체적으로 그런 결론에 이르게 했느냐고 내가 물었다.

"아무 의미가 없잖아요. 너무 부질없고 슬프다고나 할까. 사실이라고 하기에 너무 끔찍하잖아요. 그게 무슨 의미일지, 왜 하필 그에게, 다른 사람이 아니라, 이미 그렇게 많은 일을 겪은 그에게 그런 일이 벌어진 건지 알아보고 싶었어요."

그녀가 말했다.

그의 어머니는 일찍 돌아가셨고, 아버지는 그를 버렸다. 연인을 만나 관계를 유지해보려는 노력은 여러 번 실패했다—심지어 그의 친구 한 명은, 그를 아끼는 친구였지만 그를 거부 하지 않는 것은 불가능하다고 적었다. 본인도 그를 거부했다고, 그의 면모에는 상대가 그를 거절하게끔 만드는 뭔가가 있다고.

"그런 글들을 읽다 보니 점점 이해가 됐어요."

그녀가 말을 이었다.

"그가 뭔가를 사랑할 때는, 동시에 그걸 몰아내는 거라고. 거기에 서서 깨달았죠, 만약 내 삶을 이야기로 쓴다면—비록 하틀리의 삶보다는 훨씬 극적이지 않겠지만—정확히 똑같은 단어를 쓰게 될 것 같다고요."

그녀가 이야기하는 동안 고약한 냄새가 거실을 채웠다. 아래층에서 올라오는 냄새였다. 나는 아래층에 있는 사람들이 가끔 불쾌한 냄새가 나는 요리를 한다고, 그녀에게 양해를 구했다.

“어떤 요리일지 궁금하네요.”

제인이 의외로 장난스러운 미소를 지으며 말했다.

“정원에서 뭐라도 잡았나 보네요. 그거 말고는 요리하는 데 이 정도로 이상한 냄새가 나는 게 뭔지 저는 짐작도 못 하겠는데.”

제인이 어릴 때, 어머니가 짐승 머리를 끓이곤 했다. 다람쥐, 생쥐, 한 번은 여우 머리까지 끓였는데, 모두 그림을 그리기 위해서였다.

“그 냄새가 꼭 이랬어요.”

나는 많이 불편하면 나가서 어디 카페에서 대화를 마무리해도 괜찮다고 말했다.

“그냥 있을게요. 말씀드렸듯이, 이런 냄새에는 꽤 익숙해져 있어서요.”

그녀가 바로 대답했다.

그녀의 어머니는 꽤 성공한 화가였다고, 그녀는 말을 이었다. 어머니가 소중하게 생각하는 건 그림뿐이었고, 아이를 낳는 걸 당연히 여기는 당시 분위기가 아니었다면 아이를 낳지 않았을 것이다.

“어머니는 제가 하는 일에 신경도 안 썼어요.”

제인이 말했다. 최근에 웨이트로즈*의 크리스마스 홍보책자에 실을 사진을 찍기로 한 것도 어머니에게는 그다지 대단한 일이 아니었다.

"아무튼 음식 자체를 싫어하시는 분이었으니까요."

제인이 말했다. 그녀가 자랄 때 집 안에는 먹을 것이 거의 없었다고 했다. 심지어 냉장고에도 죽은 짐승들만 잔뜩 들어 있었는데, 저녁식사로 먹고 싶은 것들은 아니었다. 다른 아이들 집 냉장고에 피시 스틱과 초코 아이스크림이 있었다면, 제인의 집 냉장고에는 반쯤 썩은 해충들이 득실득실했다. 마스든 하틀리가 한때 굶주림에 시달렸다는 점도, 그녀와 비슷하다고 느낀 이유였다. 그런 경험들 때문에 그는 먹을 것에 집착하는 동시에 그것을 두려워했다. 그는 기회가 있을 때마다 폭식을 함으로써 굶주렸던 경험을 보상하려 했다. 말년에는 폭식으로 사망에 이르렀다는 이야기도 있었다. 그런 것 역시 또 하나의 극적인 요소였다.

제인 본인은 섭식 장애가 있었는데—그런 문제가 없는 여성은 없겠지만—그녀의 경우에는 의지나 조절의 문제는 아니었고, 적어도 처음에 그런 식으로 시작된 것은 아니었다. 어머

* 영국의 유명 소매점 체인.

니가 집을 비우거나, 집에 있어도 신경을 쓰지 않았기 때문에 그녀는 제대로 먹고 자라지 못했다. 성인이 된 후에도 그녀는 늘 배고픔에 대한 두려움이 있었고, 일단 음식을 먹기 시작하면 자신이 멈출 수 없을 것이라는 생각 때문에도 두려웠다.

"그래서 음식을 먹는 대신, 음식 사진을 찍기로 했죠."

그녀가 말했다.

마스든 하틀리가 폭식으로 사망에 이르렀다는 이야기를 읽은 후, 그녀는 실제로 무슨 일이 있었는지 좀더 찾아보기로 했다. 그의 그림과 그가 미친 영향, 그가 발전해온 과정과 전환점을 다룬 글을 수없이 읽었지만, 그 어떤 글에서도 그의 섭식 장애에 대한 이야기는 많지 않았다.

"당시에는 정확한 용어가 없었을 수도 있어요."

그녀가 말했다. 그녀가 본 모든 사진에서 하틀리는 키가 크고 말랐으며, 새처럼 좁은 얼굴에 술 취한 것 같은 표정을 하고 있었다. 그러다 마침내, 말년의 그의 모습을 찍은 흑백 사진 한 장을 발견하게 되었다. 그는 텅 빈 방에 서 있었는데, 벽이 하얀 그 공간에서—미술관처럼 보였지만, 벽에는 그림이 하나도 걸려 있지 않았다—비대해진 몸 위에 커다란 검은색 코트의 단추를 목 아래까지 채우고 있었다. 여전히 가는 목 위로 솟은 머리는 몸과 분리된 것처럼 보였고, 나이가 들기는 했지만 얼굴은 거의 그대로였다. 사실, 있는 대로 말하자면, 고통스러워하는 표정이 그대로 드러나는, 어린이 얼굴 같았다. 그건 어마어마한 살덩이에 갇힌, 고통스러워하는 어린아이의 사진이었다.

그 책들을 모두 읽고 그녀가 알게 된 것은 다른 것, 그녀가 예상하지 못했던 사실이었는데, 바로 외로움의 이야기가 삶의 이야기보다 오래간다는 점이었다. 대부분의 사람들이 '사는 일'이라고 말할 때 의미하는 바에 비추어서 그렇다는 뜻이라고, 그녀는 덧붙였다. 자녀나 파트너가 없고, 의미 있는 가족이나 집이라고 할 만한 것이 없다면, 하루가 영원처럼 느껴질 수도 있을 것이다. 그런 것들이 없는 삶은 이야기가 없는 삶, 잔인할 정도로 촘촘하게 흘러가는 시간의 흐름을 달래줄 것이 아무것도—서사를 통한 비약도, 흐름의 전개도, 인간적인 드라마에 몰입할 일도—없는 삶이었다. 그에겐 자신의 작업뿐이었고, 결국 그는 누구에게 딱히 필요하지도 않은 그 작업을 점점 더 많이 하게 된 거라고, 그녀는 생각했다.

그는 60대에 사망했지만, 그 삶에 대해 읽다보면 그가 1,000년쯤 산 것처럼 느껴진다고 했다. 심지어 그녀가 부러워했던 사교생활도 시시하게 느껴졌다. 그 얄팍함, 똑같은 공간에서 만나는 똑같은 경쟁자들, 늘 반복되기만 하고 발전하지 않는 상황, 지속성이나 친밀함이 없는 관계들.

외로움이란, 그녀의 말에 따르면, 나에게 아무것도 붙어 있지 않은 상황, 내 주변에서는 아무것도 활짝 피어나지 않는 상황, 그래서 그저 내가 있다는 이유만으로 주변의 것들을 죽이고 있다고 생각하기 시작하는 상황이다. 하지만 그녀의 어머니를 보면, 팔기보다는 그냥 태워 없애버리는 게 나을 것 같은 지저분한 집에 혼자 살면서도, 고독 속에서, 자신의 작품 속에서 행복하게 지냈다. 제인은 자신이 모르는 무언가가 있는 것 같은 기분이었다, 왜냐하면 아무도 그녀에게 억지로라도 알려주지 않았으니까.

나는 그날 아침 파리의 미술관에서 다른 화가의 전시회가 열리고 있었다면, 다른 이야기를, 적어도 같은 요소들을 다르게 엮은 이야기를 알아볼 수 있었겠냐고 물었다.

그녀는 속을 알 수 없는 작은 눈으로 말없이 나를 바라보았다.

"그랬을 거라고 생각하세요?"

그녀가 물었다.

사실 나는 마스든 하틀리의 그림을 본 적이 있다. 몇 년 전 뉴욕에 있는 미술관에서였다. 남편과 아이들과 함께 휴가 때 뉴욕에 갔었다고 나는 그녀에게 말했다. 미술관에 들어간 건

비를 피하기 위해서였다.

내가 본 그림은 바다 풍경을 그린 작품이었다. 하얀 물살이 벽처럼 일어나고 있는 그림이었는데, 구름 같은 파도가 흩뿌리는 마름모꼴의 파란색과 녹색 파편들이 화산처럼 폭발하며 그림 속의 미래 어딘가로 향하고 있었다. 나는 아이들과 함께 그 작품 앞에 서 있었다. 아직 어렸던 아이들은 지루해했다. 그림 속의 어떤 잠재된 힘이 꼬챙이처럼 나의 가슴을 관통하는 느낌이 들었던 것 같았다.

사실 지금도 그 그림을 생생하게 떠올릴 수 있다. 하얀 덩어리가 사납게 한데 모이는 광경, 그렇게 솟아올라 피할 수 없는 운명을 향해 부서지는 스스로의 기운을 주체할 수 없는 파도. 어떤 화가가 보여주는 비전에 사로잡히는 일은 충분히 있을 수 있다고, 나는 제인에게 말했다. 사랑과 마찬가지로, 한 번 이해를 받아본 경험은, 다시는 그런 이해를 받지 못할지도 모른다는 두려움으로 이어지기도 한다고, 나는 말했다. 하지만 하틀리 이전에도, 그리고 이후에도, 그만큼 나를 깊이 감동시킨 작품들은 있었다고 했다.

"메모해놓은 것만 300쪽이 넘는데요, 그걸 그냥 버릴 순 없어요."

그녀가 차갑게 말했다.

아래층에서 올라오는 냄새가 너무 심해서 나는 일어나 창문을 열었다. 사람이 없는 거리를 내려다보았다. 차들이 나란히 주차되어 있고, 가로수의 잎들이 떨어지기 시작해, 마치 누더기 사이로 비치는 팔다리처럼, 가지가 드러나기 시작했다. 놀랄 만큼 차가운 공기가 빠르게 들어왔다.

"못 버릴 것도 없죠."

내가 말했다.

"안 들을 거예요, 듣고 싶지 않아요."

그녀가 말했다.

창문에서 돌아섰을 때, 먼지 낀 소파와 그녀의 옷이 뒤섞여, 하얀 바탕 위에 녹색과 파란색과 흩어지는 불안정한 광경이 눈에 들어왔다. 그녀의 표정은 굳어 있었다.

"당연히, 원하시는 대로 하면 돼요."

내가 말했다. 나도 할 수 있는 한 그녀를 도울 거라고 이야기했다.

"하지만 시간낭비에 불과할 거예요."

그녀가 말했다.

"낭비는 아니에요, 그냥 쓰는 거지."

나는 파리에서 사진가와 보냈던 저녁에 대해 이야기해달라고 했다, 마스든 하틀리를 발견하기 전날 밤에 대해서.

그녀는 무슨 말인지 모르겠다는 표정으로 나를 쳐다봤다.

"그건 왜 알고 싶으신데요?"

나도 정확한 이유를 모르겠다고 말했다.

그녀가 한숨을 크게 내쉬었다. 온몸이 들썩거렸다.

당연히 강좌 마지막 날이었다고, 그녀가 말했다. 종강을 기념해서 술을 곁들인 종강파티가 있었다. 여름이었고, 장소는 생 미셸 광장 주변의 강가에 있는 건물 정원이었다. 해질 녘의 정원은 아주 아름다웠고, 강좌의 후원사가 샴페인 회사였기 때문에 샴페인도 많았다. 그녀는 전날 푸제레가에서 산 아름다운 흰색 원피스 차림이었다. 바로 그날 전 애인과의 전화 통화에서, 그녀가 너무 외모에만 신경을 쓰고 남자들을 유혹하는 데만 관심이 있다는 핀잔을 들었음에도, 기꺼이 수업을 마치고 호텔로 돌아가 일부러 갈아입고 온 옷이었다.

생 미셸 대로의 자동차 소리가 희미하게 들리는 우아하고 꽃향기 가득한 정원에서 그 사진가는 샴페인을 마시고 있었다. 하지만 그 자리에는 그녀가 싫어하는 사람도—그건 뜻밖이었다—있었다. 바로 고국, 영국에서 온 동료 사진가, 언젠가 공동 작업을 할 때 그녀를 무시하고 폄하했던 남자였다. 그 남자가 파티에 무슨 일로 왔는지는 알 수 없었지만, 문제의 사진가 옆에 풀처럼 딱 붙어 있었다. 지난 며칠 동안 그녀와 사진가 사이에 조심스럽게 펼쳐졌던 관심의 그물은 여전히 남아 있었다. 둘은 서로를 자주 훔쳐봤고, 눈이 마주친 적도 많았다. 그리고 서로를 보고 있지 않을 때에도, 두 사람의 몸에서 나는 빛은 시선을 끌기에 충분했다. 그녀는 하얀 드레스를 입은 결혼식 당일의 신부처럼 의기양양하고, 확신에 넘쳤다.

몇몇 수강생이 그녀에게 강의 잘 들었다고, 큰 도움이 됐다고 인사를 했다. 그렇게 한 시간쯤 흐르고, 파티 분위기도 가라앉기 시작했다. 그녀는 사진가가 와서 말을 걸어주기를 기다렸지만, 그는 오지 않았고, 시간이 흐를수록 그가 말을 걸지 않을 거라는 생각이 냉기처럼 머릿속에 스며들었다. 그 생각을 인정하기 싫었던 그녀는, 자기가 먼저 말을 걸기로 했다. 의기양양했던 기분, 계속 그런 상태로 있겠다는 마음이, 번거롭고 실망스러운 현실을 압도했다.

사진가는 그때까지도 그녀의 적—영국인 사진가—과 대화를 나누고 있었다. 방탕해 보이는 얼굴의 중년 남자인 영국인 사진가는, 아랫배가 늘어지고, 누런 이가 고르지 못한 외모 때문에, 보기만 해도 역겨웠다. 그는 그 누런 이를 말처럼 드러내고는, 입술을 벌리고 사진가가 한 마디 할 때마다 웃음을 터뜨렸다.

그렇게 셋이서—영국인 사진가는 떨어질 생각이 전혀 없었다—함께 식당에 가기로 했고, 파티장을 나와 생 미셸 대로에 있는, 미국 사진가가 아는 술집으로 향했다. 시끄럽고 조명이 요란한 곳이었고, 내부의 벽면에 거울이나 철제가 많았다. 그녀는 두 남자와 함께 테이블에 앉아서, 미국인 사진가의 관심을 끌기 위해 영국 남자와 말 그대로 전투를 벌였다. 두 시간쯤 지나서, 미국인 사진가가 그녀 쪽으로 몸을 기울이고 자신의 손을 그녀의 손목에 살짝 얹으며, 왜 아무것도 먹지 않느냐고 걱정스럽다는 듯이 물었을 때, 그녀는 자신이 전투에서 이겼음을 알 수 있었다.

사진가의 말은 사실이었다. 그녀가 시킨 음식은 거의 처음 나온 그대로 접시 위에 고스란히 남아 있었다. 식당은 낭만적이지 않고, 오래된 곳이었으며, 음식이 담겨 나온 식기들도 1970년대의 요리책 사진에서 본 것 같았다. 그녀의 어머니 세대가 집에 한 권씩 두고 있었던 그런 요리책이라면 어린 시절 그녀의 집에도 있었다. 언젠가 아버지가 어머니를 위해 『코르동 블루 요리법』이라는 전집을 주문해주었던 것이다.

“아버지가 절박했던 거죠.”

그녀가 미소를 지으며 말했다.

요리책은 매달 커다랗고 올록볼록한 포장지에 싸여 집으로 배달되었고, 아버지는 선반이 가득 찰 때까지 한 권 한 권 차례대로 꽂아두었다. 어머니는, 제인이 알기로는, 그 요리책을 한 번도 꺼내보지 않았다. 집에서 그 요리책을 본 유일한 사람은 제인 본인이었는데, 학교에서 돌아와 주방에 혼자 앉아서 꺼내보곤 했다. 어머니는 작업실에 있었고, 아버지는, 재혼해서 다른 곳으로 이사한 후라, 더 이상 집에 있지 않았다. 오랫동안, 왜 아버지가 집을 나갈 때 그 잘생기고 귀한 전집을—그 책이 도착해서 선반에 꽂을 때마다 아버지는 대단한 의식을 치르는 것 같았다—가지고 가지 않았는지 궁금했다. 아버지가 있을 때는 그녀가 그 책들을 건드리지 못하게 했다. 하지만 나중에 지저분한 주방의 선반에 먼지를 잔뜩 맞은 채 쓸쓸하게 꽂혀 있는 그 책들을 보면서, 그것들이 버림받은 것임을 알 수 있었다.

그녀는 자리를 잡고 앉아 요리책을 펼쳐 과일파이, 페이스트리에 싼 스테이크, 감자 그라탕 같은 것들을 살폈다. 요리의 색감은 충격적이고 놀랄 만큼 비현실적이었는데, 사진의 거친 입자 때문에 그 요리들은 세상에 있지 않았든가, 있었더라도 그녀가 놓쳤던 것만 같았다. 어느 쪽인지 그녀는 확신할 수 없었다.

가끔 누군가의 손이 함께 찍힌 사진들도 있었다. 요리를 마무리하고 있는 하얗고, 작고, 깨끗한 손, 성별을 알 수 없는 그 손은, 매끈하고 손톱도 단정하게 정리되어 있었다. 그 손은 닿는 곳에 아무런 흔적도 남기지 않았고, 반대로 그 손에 뭔가 묻지도 않았다. 그 손은 계속 깨끗했고, 심지어 생선을 손질하거나 토마토 껍질을 벗길 때에도 전혀 더러워지지 않았다. 사진가가 그녀의 손목을 살짝 건드릴 때, 그녀는 이상하게도, 그 요리책 속의 손을 떠올렸다.

영국 남자도 그 동작에 담긴 의미를 알아차린 것 같았고, 30분쯤 후 자리를 떠났다.

"이제 두 분은 시중드는 사람 같은 건 필요 없어 보이네요."

영국 남자는 누런 이를 드러내며 심술궂게 말했다. 그가 일어나 나가면서 테이블을 건드리는 바람에 식기가 흔들리고, 컵 안의 와인이 출렁거렸다. 그는 그녀를 똑바로 쳐다보며 "행운을 빕니다"라고 덧붙였다.

이후 사진가가 계산을 하고 두 사람은 온기가 남아 있는 어두운 도심으로 나왔다. 그는 둘이서 술집에 가자는 뜻을 비쳤다. 이미 늦은 시간이었기 때문에 그런 시도는 결실을 맺지 못했고—두 사람 모두 파리를 충분히 알지 못했다—결국 아무 목적도 없는 산보가 되고 말았다. 두 사람은 가까이에서 걸었고, 가끔 둘의 팔뚝이 스쳤다. 그녀는 그의 즉각적인 관심을 온전히 느낄 수 있었다.

그들은 어떤 합의를 향해, 아직 닿지 못했지만 피할 수 없을 것 같은 어떤 지점을 향해 걸어갔다. 어느 시점인가 그가 걸음을 멈추고는 그녀의 팔꿈치를 잡고 어두운 골목으로 이끌었지만, 그건 단지 자신의 신발 끈을 다시 매기 위해서였다. 그녀는 점점 어떤 자각을, 자의식을 느끼기 시작했다. 좀 전까지만 해도 확실한 것처럼 보였던 그의 유혹이, 어떻게 가능했던 것인지 궁금해졌다. 갑자기 그가 나이가 아주 많다는 사실을 깨달았다. 거의 그녀의 두 배였다. 어느 시점엔가 그가 몰래 작은 민트를 삼키는 것을 보았다. 마치 자신이 역겨운 입 냄새를 풍기지 않을지 두려워하는 것 같았다. 그도 흥분했다는 건 손에 잡힐 듯 확실했지만, 그 아래에 뭔가 고정된 것, 움직일 수 없는 것, 그녀가 뚫고 지나갈 수 없는 어떤 장벽이 있는 것만 같았다.

결국, 두 시간 동안 이야기를 하며 걷고 나니, 어느새 두 사람의 호텔 앞이었다. 그는 호텔 로비에서 웅얼거리듯 10분을 더 이야기했고, 그녀의 볼에 건조한 입맞춤을 한 후, 잘 자라는 인사를 남기고 자기 방으로 올라가버렸다.

그녀는 자신의 방으로 가 고양된, 진정되지 않은 상태로 천장만 바라보았다. 그러다, 이미 말했듯이, 새벽에 자리에서 일어나 혼자 시내로 나갔다.

나는 함께 걸을 때 사진가가 무슨 이야기를 했는지 물었다.

"아내 이야기요. 아내가 얼마나 지적인지, 그리고 재능 있는지."

그녀가 말했다.

어느 시점엔가 사진가는 자신과 아내가 떨어져 지낸 적이 있다고 말했다. 그녀가 이유를 물었고, 그는 일 때문이라고 했다. 아내가 승진을 해서 미국 반대편으로 가야 했고, 그는 이곳 유럽에서 하고 싶은 작업이 있었다. 그렇게 각자의 일을 하며 2년 동안 떨어져 지낸 후에, 다시 와이오밍의 집에서 함께 지내게 되었다고 했다. 그녀는, 대담하게, 혹시 그 사이에 불륜은 없었는지 물었다.

"없었다고 하더라고요, 아주 큰 소리로."

그녀는 그렇게 덧붙였다.

그때, 그가 거짓말쟁이라는 걸 알았다고 그녀는 말했다. 그의 탐사보도나 그가 보여주었던 솔직한 태도에도 불구하고, 그는 사람들이 자신을 건드릴 수 없도록 했고, 주는 것 없이 받기만 하는, 욕심 많은 아이 같은 사람이었다.

"그 사람이 저랑 자고 싶어 했다는 건 알았어요. 그 일에 대해 손익을 꼼꼼하게 계산해본 다음에—분명 경험을 통해 알 수 있었겠죠—위험이 너무 크다고 판단한 거죠."

그녀가 말했다.

나는 그런 기운 빠지는 경험을 한 후에도 왜 여전히 흥분한 상태였는지 물었다.

"모르겠어요. 존중받는 느낌이었던 것 같아요."

그렇게 말한 후 그녀는 잠시 말없이 고개를 들고 창밖을 내다봤다.

"나보다 더 중요한 사람에게 존중받는 느낌, 왠지 모르지만 그 느낌이 저를 흥분하게 하거든요. 그런다고 제가 얻는 건 하나도 없다고 할 수 있지만, 그래도 늘 그랬어요."

그녀가 시계를 봤다. 늦었다고, 이제 나 혼자 있을 수 있게 가보겠다고, 그녀가 말했다. 그녀는 가방을 집어 들고 먼지 낀 소파에서 일어났다.

나는 우리 대화에 대해, 그 대화가 그녀에게 어떤 돌파구를 찾아줄지 잘 생각해보라고 그녀에게 말했다. 머지않아 상황이 분명히 보일 것 같다고도 했다.

"감사합니다."

그녀가 손가락이 날씬한 손으로 악수를 하며 말했다. 그녀가 나를 믿지 않는다는 것을 알 수 있었다.

우리는 함께 현관 앞으로 갔고, 내가 문을 열어주었다. 아래층 사람들이 지저분한 코트를 걸치고 회색빛 오후의 보도 위에 서 있었다. 문이 열리는 소리를 듣고 그들이 돌아보았다. 아래층 사람들의 얼굴은 우울함과 의심이 가득했고, 제인은 도도한 표정으로 그들의 시선을 피하지 않았다.

나는 파리의 정원에 있는 그녀의 모습을 상상했다. 흰색 원피스를 입고 아무의 손길도 받지 못한, 벽에 걸린 그림처럼, 해석까지는 아니더라도, 존중을 담은 타인의 시선을 갈망하고 있는, 그렇게 기다리고 있는 그녀의 모습을.

건축업자의 차가 고장 났다. 늘 있는 일이라고, 현장감독 토니가 말했다. 우리는 광이 나는 토니의 밤색 아우디를 타고, 필요한 자재를 사러 가는 길이었다.

"멋진 차입니다."

그가 보여주려는 듯 운전대에서 손을 떼면서 말했다. 차 내부는 티끌 하나 없는 검은색 가죽이었다.

"절대 고장 나지 않을 차를 산 거죠. 그런데, 이 차로 시멘트를 실으러 가야 하다니."

좀 전에 길거리에 서 있을 때도, 토니는 먼지막이 천으로 자신의 부츠를 공들여 닦았다.

"암살자 같죠?"

그가 인상적인 새하얀 치아를 드러내고 웃으면서 말했다.

"시체 두 구라."

그가 아래층을 가리키며 의미심장한 목소리로 덧붙였다.

"알바니아에 제가 아는 친구들이 좀 있습니다. 아주 싸요."

우리는 차들이 느릿느릿 움직이는 도로에서 라디오를 켜고 있었다. 토니는 영어를 익히기 위해 늘 라디오를 켜둔다고 했다. 다섯 살밖에 안 된 그의 딸이 영어는 그보다 더 잘했다.

"다섯 살인데 말이에요! 놀랍죠!"

그가 가죽으로 된 운전대를 두드리며 외쳤다.

회색으로 얼룩진 거리가 천천히 창밖으로 지나갔다. 토니는 운전석에서 고개를 들고 자주 창밖을 내다봤다. 그는 반사가 심한 선글라스를 쓴 채, 몸을 꼿꼿이 세우고 손가락 하나만 가죽 운전대에 얹어놓고 운전을 했다. 두껍고 단단해 보이는 허벅지는 완벽한 V자를 그리며 편안하게 놓여 있었다. 몸에 끼는 붉은색 셔츠 안으로 강인한 가슴과 두툼한 팔뚝이 그대로 드러났다.

"저는 영국이 좋습니다. 영국 케이크는 다 좋아하는데, 특히 하이잭이 좋더라고요."

그가 말했다.

"플랩잭 말씀이죠?"

내가 물었다.

"플랩잭! 네, 플랩잭 아주 좋아합니다!"

그가 너무 좋다는 듯 고개를 젖히고 웃으며 외쳤다.

딸은 학교를 마음에 들어 한다고, 그는 덧붙였다. 늘 학교 이야기를 하고, 아침이면 교복을 차려 입은 채 계단에 앉아 기다리고 있다고 했다. 교사의 말에 따르면 그녀는 다른 열 살짜리 아이들보다 읽기 능력이 더 뛰어났다.

"제 딸이 영국 애들보다 영어를 더 잘 읽는단 말입니다."

그는 자기 가슴을 두드리며 말했다.

그의 가족은 3년 전에 영국으로 이주했다고 했다. 처음 왔을 때 아는 사람이라곤 할로에 살고 있는 처형 한 명뿐이었다. 이후에 토니는 형제와 사촌들을 설득해서 이주하게 했다. 주변에 일가친척들을 두고 함께 지내고 싶었지만—그는 두 달에 한 번씩, 자신의 아우디를 타고 한 번도 쉬지 않고 알바니아까지 다녀왔다—아내에게도 그게 좋은 일이었는지는 확신할 수 없었다.

"이곳에 적인하는 데는 도움이 안 되더라고요."

"적응, 적응하는 데 도움이 안 된다."

내가 말했다.

"네, 맞습니다."

토니가 고개를 끄덕이며 말했다.

의지할 가족이 있으니 아내가 이곳에 적응을 못 하더라고, 그는 말을 이었다. 아내가 친구를 사귀지 못하고, 혼자 외출하는 것도 무서워한다고 했다. 심지어 딸아이 학교에도 가지 않으려 했다. 아이를 학교에 등하교시키고, 부모 모음assembling에 나가는 것도 토니 몫이었다.

"부모 모임assembly."

내가 말했다.

"저는 부모 모임이 아주 좋더라고요."

토니가 미소를 지으며 말했다.

딸아이와 달리, 아내는 영어를 전혀 못 한다고 했다.

"그런데 딸아이는요, 알바니아어를 못 하거든요."

몇 마디 알아듣기는 하지만, 딸의 주된 언어는 영어였다.

그럼 사실상 그의 아내와 딸은 서로 대화를 하지 않는 셈이냐고, 내가 물었다. 토니가 똑바로 앞을 보며 고개를 끄덕였다.

"서로 다른 말로 하죠."

자재상점에서 내가 기다리는 동안 토니가 건축업자가 주문한 것들을 찾아왔다. 내가 계산을 하고, 우리는 함께 돌아오는 길에 올랐다. 도로에서 작고 낡은 트럭 한 대가 뒤에 바짝 붙어서 계속 경적을 울리다가, 옆으로 빠져 토니의 아우디 옆에서 나란히 달리기 시작했다.

트럭 운전수가 팔을 휘저으며 열린 창문 너머로 뭐라고 소리를 질렀다. 몸집이 작고, 검은 수염을 정성 들여 기른, 실속 있어 보이는 인상의 남자였다. 토니도 웃음을 터뜨리고는 버튼을 눌러 전자식 창문을 내렸다. 두 사람은 그렇게 나란히 달리며, 외국어 대화를 큰 소리로 주고받았고, 뒤에 따라오던 차들은 항의의 뜻으로 불협화음처럼 들리는 경적을 울려댔다. 잠시 후 트럭이 속도를 내며 앞서 갔고, 짐칸에 실려 있던 물건들—쓰레기봉투, 낡은 가구, 부서진 합판과 잡석들—이 미친 듯이 휘날리는 방수포 아래에서 출렁거렸다.

"카푸트예요. 미친놈이죠. 알바니아 사람임을 감안해도."

토니가 다시 창문을 닫으며 말했다.

카푸트는 절대 자신의 트럭을 떠나지 않는다고 토니는 말했다. 그는 낮이나 밤이나 트럭을 몰고 시내를 돌아다니며 쓰레기들을 수거했다. 이곳 사람들에게 쓰레기는 골칫거리였다, 백 퍼센트 확실하다. 규제도 너무 많고, 제때 수거하지 않으면 돈이 너무 많이 든다. 카푸트에게 돈을 주고 알아서 처리해달라고 하는 편이 훨씬 싸게 먹혔다.

카푸트는 쓰레기를 어디로 가지고 가는 거냐고, 내가 물었다.

"트럭에 싣고 공터가 나올 때까지 달리는 거죠."

토니가 윙크를 하며 말했다.

알바니아 사람들은 여기 사람들과 달리 일을 할 줄 안다고, 그는 말했다. 카푸트는 심지어 집도 없었다. 그렇게 해서 돈을 더 벌 수 있는 것이다. 번 돈은 모두 고향 마을에 보낸다고 했다. 토니가 인상을 찌푸렸다.

"카푸트의 고향 마을은 좋지 못합니다."

그가 말했다.

토니 본인도 일요일을 포함해 일주일 내내 일했다. 우리 집을 담당한 건축업자와만 일하는 것도 아니었다. 그는 부업으로 사람들—건축업자의 고객까지 포함해서—을 위한 온갖 일을 했다. 그와 그의 동생 파벨은 내년에 자신들의 건축회사를 설립할 계획이었다. 토니가 미소를 지어보였다.

"파벨은 늘 고향으로 돌아가겠다고 하지만, 제가 허락을 안 하고 있습니다. 동생 장비들도 제가 집 안에 숨겨놨어요. 가끔 동생이 한밤중에 느닷없이 찾아와서 문을 두드릴 때도 있습니다. 그래도 제가 집에 들이지 않아요. 동생은 문 앞에 서서 소리를 지르며, 장비를 돌려달라고 간청합니다. 저는 창밖으로 고개만 내밀고 조용히 하라고, 딸아이가 깨겠다고 말하죠. 꿈도 영어로 꾸는 딸아이 말입니다."

그가 소리 내어 웃었다. 나는 파벨은 왜 고향에 돌아가고 싶어 하냐고 물었다.

"고향병입니다."

토니가 말했다.

"향수."

내가 말했다.

파벨은 건축업자가 토니와 함께 보낸 남자였다. 몸집이 작고, 조용하고, 우울해 보이는 사람이었는데, 가끔 이른 새벽에 우리 집 문간에 앉아 토니를 기다리며 책을 읽고 있는 모습을 본 적이 있었다. 첫날 토니는 자신이 부수고 해체하는 작업을 하고, 파벨은 새로 짓고 보기 좋게 마무리하는 작업을 할 예정이라고 했다.

"부수고—토니는 환하게 웃으며 가슴에 손을 댄 다음, 파벨을 가리켰다—짓습니다."

파벨이 와서 토니가 짐 내리는 것을 도와주었다. 둘이 서서 시멘트 자루를 쳐다보다가, 파벨이 뭔가 물었다.

"영어! 영어로 해야지!"

토니가 명령조로 말했다.

토니는 오늘은 마룻바닥을 작업할 거라고 했다. 소음이 많이 날지 물었더니, 그는 짓궂게 웃으며 대답했다.

"백 퍼센트입니다."

나는 아래층으로 내려가 문을 두드렸다. 개 짖는 소리가 들리고, 한참 후, 무거운 발소리가 들렸다. 폴라가 문을 열었다. 나를 보자마자, 그녀는 불쾌한 표정을 지었다.

"당신이네요, 무슨 일이죠?"

그녀가 말했다.

나는 오늘 소음이 좀 있을 거라고 말을 꺼냈지만, 그녀는 다 듣지도 않고 자기 말을 했다.

"남편이 자치회에 전화해서 계속 신고를 했어요. 그렇죠, 존?"

그녀가 뒤돌아보며 덧붙였다.

"자치회에서 나와서 공사를 중지시켜달라고 했어요."

그녀는 팔짱을 끼고 문간에 서서 나를 노려봤다.

"이런 공사를 허락하면 안 되지."

폴라가 말했다.

뒤에서 뭔가 움직이는 소리가 들리더니 폴라 뒤로 존이 나타났다.

"저리 비켜, 레니."

그가 쉰 목소리로 개에게 호통 쳤다.

"당신 같은 사람들 지긋지긋해. 당신 같은 사람들이 하는 짓을 보면 말이야."

폴라가 말했다.

"우리가 여기서 거의 40년을 살았다고."

존이 말했다.

"당신이 쿵쾅거리면서 다니는 거 알아. 신발도 안 벗고 다니더구먼. 일부러 하이힐 같은 거 신는 거 아냐? 밤에 남자도 불러들이는 것 같던데. 분명 남자였어. 내가 다 들었다고. 역겨워서 정말."

폴라가 말했다.

"나 아픈 사람이라고, 알아?"

존이 말했다.

"당신이 남자랑 함께 있는 거 다 들었다고. 다른 사람들은 모두 바보 취급하겠지만, 그렇지 않다고."

폴라는 그렇게 말하고는, 새된 웃음소리를 흉내 내며 자신의 목을 쓰다듬었다.

"나 암환자야, 알아?"

존이 말했다.

"이 사람 암환자라고. 그런데 당신은 위층에서 하이힐 신고 돌아다니면서 남자한테 안기기나 하고."

폴라가 손가락으로 거칠게 가리키며 말했다.

"나 몸이 안 좋은 것 같아."

존이 말했다.

"안 좋죠. 그렇죠, 여보? 하지만 당신이 암에 걸리든 말든 신경도 안 쓰는 사람들이 있네. 그냥 자기 하고 싶은 대로 하는 사람들이."

폴라가 말했다.

나는 일단 바닥에 방음공사를 하고 나면 층간소음이 훨씬 줄어들 거라고 설명하려 했다.

"아, 듣기 싫어요. 여기 아래층 살면서 지겹도록 들었어. 밤낮으로 당신 소리만 듣고 있다고. 당신 목소리만 들어도 지긋지긋해."

폴라가 말했다.

그녀의 몸이 점점 부풀어 오르는 것만 같았다. 그녀의 몸이 살짝 뒤틀리고, 고개가 좌우로 흔들리는 것이, 마치 그녀 안에서 뭔가가 기지개를 켜며 태어나려는 것만 같았다. 그녀 스스로 자신을 자극하고 있었다. 그녀는 마치 자신이 자유로운 존재임을 증명하려는 듯, 경계를 넘고 싶어 했다. 나는 말없이 가만히 서 있었다. 그녀가 입술을 모아서 삐죽이 내미는 것을 보고, 어쩌면 나에게 침을 뱉을 생각을 하고 있는 것인지도 모른다고 느꼈다. 하지만 그녀는 침은 뱉지 않고 문의 손잡이를 잡고 얼굴을 내 쪽으로 불쑥 내밀었다.

"당신 역겹다고."

그녀는 그렇게 말하고 있는 힘을 다해 문을 닫았다.

나는 다시 위층으로 올라왔다. 토니는 해머를 지렛대 삼아 플라스틱 타일을 들어 올리는 중이었다. 나는 오늘은 바닥 공사를 하지 않는 게 좋겠다고 말했다. 그는 멈추지 않았다. 계속 타일을 한 장씩 뜯어서 옆에 쌓아갔다.

"선생님 마음이죠. 하지만 제가 어제 아래층 사람들한테 이야기했을 때는 괜찮다고 했습니다."

그가 말했다.

나는 너무 놀라운 사실이라고 말했다.

"어제 파벨한테 차도 한 잔 주던데요. 왜 우리를 챙겨주는 사람이 아무도 없냐고 하면서."

토니가 미소를 지으며 말했다.

"오늘은 자치회에 전화해서 불만을 접수할 거라고 하던데."

토니는 작업을 멈추고, 해머를 쥔 채 무릎을 꿇고 앉았다. 그가 내 눈을 똑바로 보며 말했다.

"저랑 파벨이 알아서 하겠습니다."

나는 집을 나와 지하철역으로 향했다. 지상에서 승강장으로 이어지는 엘리베이터는 마치 생각에 잠긴 사람처럼 천천히 움직였다. 다음 해에 새로운 엘리베이터 공사를 위해 역을 폐쇄할 예정이었다. 입구에 있는 안내판에 따르면 역은 아홉 달 동안 폐쇄될 거라고 했다. 매일 아침과 저녁에, 단정하게 차려 입은 사람들이 지하철 입구를 드나들며 직장이나 학교에 통근하거나 통학했다. 그런 사람들은 서류 가방이나 손가방, 혹은 커피 컵을 들고, 휴대전화로 급하게 통화하며 빠른 걸음으로 보도 위를 지나다녔다. 마치 그들의 반복되는 일상이 농축된, 정확히 계산된 일련의 작전들을 보는 것 같았다. 지하철역은 그런 일상에 너무나 핵심적인 공간이어서, 앞으로 역이 없어질 거라는 안내판을 지날 때 그들은 어떤 기분이 들지 궁금했다.

지하철역은 다섯 개의 도로가 바큇살처럼 한데 모이는 교차로에 있었다. 차들은 신호등 앞에 멈춰, 각자의 차선에 차례가 돌아오기를 기다리고 있었다. 가끔 교차로는 모든 것이 한자리에 모이는 곳처럼 보인다. 다른 때는, 버스와 자전거와 자동차들이 강물처럼 쉬지 않고 혼란스럽게 들이닥칠 때는, 그저 하나의 통로, 통과를 위한 장소처럼 느껴지기도 한다.

그 교차로에 카페가 하나 있었다. 나는 근처에 사는 친구 어맨다를 만나기 위해 안으로 들어갔다. 어맨다가 만나서 커피 한 잔 하자고 했다. 간단한 약속 같았는데, 거의 한 시간이나 기다려야 했다. 그동안 카페 내부를 살폈다. 책장과 가지색으로 칠한 벽, 골동품 가구 덕분에 오래되고 특색 있는 곳처럼 보였지만, 실상은 새로 생긴 그저 그런 가게였다. 기다리는 동안 어맨다에게서 문자 메시지가 두 번 왔다. 처음에는 늦는다는 문자, 그리고 잠시 후에, 사실 집에 문제가 좀 생겨서 더 늦을 것 같다는 문자였다.

둘째 아들에게 전화가 와서 통화를 했다. 오전 11시가 막 지난 시간이었다. 나는 수업 듣는 시간 아니냐고 물었다. 아들은 쉬는 시간이라고 했다. 잠시 침묵이 흐르고 아들은 별일 없냐고 물었다. 통화를 마친 후 나는 자리에 앉아 신문을 읽었다. 눈으로는 글자들을 훑었지만 그 내용을 받아들이지는 못했다. 덥고 먼지 날리는 풍경에 큰 코끼리와 작은 코끼리가 나란히 서 있는 사진이 크게 실려 있었다. 비가 내리는 어느 도시에서 군중들이 구호를 외치며 뭔가에 항의하고 있는 사진도 있었다. 다시 한번 문자 메시지가 왔다. 문학행사의 사회자에게서 온 것이었다. 내가 보자고 한 목요일에는 시간이 안 된다고 했다. '나중에 한번 봐요'라고 찍혀 있었다.

어맨다가 도착했다. 막 집을 나서려고 하던 참에, 건물관리인이 화재를 대비해 설치하게 한 실내 스프링클러가 갑자기 작동해서, 온 집에 물난리가 났다고 했다. 간신히 작동을 멈추게 했을 때는 이미 옷과 침대, 서재에 있는 종이들까지 모두 젖어버린 상태였다. 다행히 집에는 가구나 유화, 또는 비싼 골동품 같은 것은 없었다. 집은 꽤 허전한 편이어서, 카펫이나 커튼조차 없었다. 하지만 오전부터 바닥에 대걸레질을 하게 될 줄은 몰랐다. 우선 심한 부분만 대충 정리해놓고, 집 안이 마르게 창문을 열어놓고 나왔다고 했다.

"창문을 열어놓고 외출하는 건 보험 규약 위반이지만, 지금은 그런 걸 신경 쓸 틈이 없어서."

그녀가 말했다.

어맨다가 스프링클러 이야기를 너무 신나게 해서 정말 그런 사고가 있었다는 걸 믿을 수가 없었다. 사실, 그녀는 그 사건 때문에 활기를 되찾은 것 같았다. 작업복 차림—꽉 끼는 검은색 원피스와 검은색 재킷—이었고, 눈 주변이 화장으로 반짝반짝했다. 안에 든 물건들 때문에 잔뜩 부풀어 오른 커다란 자루 같은 가죽가방을 어깨에 매고 있었는데, 가방을 의자에 놓을 때 그 무게 때문에 의자가 뒤로 넘어질 정도였다. 그녀는 재빠른 동작으로 의자를 잡아서 세우고, 장난스러운 미소를 지으며, 가방은 자신의 두 다리 사이에 놓았다. 바깥에는 해가 났다. 창으로 비치는 햇빛이 정확히 그녀의 얼굴과 그녀가 입은 검은색 옷의 옷깃에 떨어져, 구겨진 옷 주름 사이의 먼지가 그대로 비쳤다.

"마른 옷이 이것밖에 없어서, 세탁물 바구니에서 꺼내 입었어."

어맨다는 젊은 외모에 시간의 흔적이 서툴게 묻어 있는 것 같은 모습이었다. 마치, 나이가 들었다기보다는 무심하게 다루어진 느낌, 구겨진 어린 시절 사진 같은 느낌이 들었다. 작고 살집이 많은 그녀의 몸은 끊임없이 움직이는 것 같지만, 이따금씩 어마어마한 피로감이 비치고 있었다. 오늘은 화장한 피부 밑으로 회색빛 피로의 흔적이 눈에 띄었다. 그녀는 자주 나를 곁눈으로 쳐다봤고, 그 얼굴에는, 마치 거울에 비친 자신의 모습을 보는 것처럼 주름이 잡혔다.

"내가 끔찍해 보인다는 거 알아."

그녀가 고개를 숙이며 말했다. 그녀는 메뉴를 들고 눈으로 재빨리 살폈다.

"밤새 거의 잠을 못 잤어. 애들 탓도 못하지, 나는 애가 없으니까.'

새벽 3시까지 못 잤다고, 그녀는 말을 이었다. 개빈과 말다툼을 했다고 했다. 최근에는 불면증에 좋다는 말을 듣고 요가도 시작했지만, 태양예배 자세만으로는 쉽게 잠들기에 부족했다. 개빈은 어맨다의 남자 친구로 나와 한 번 만난 적이 있었다. 그는 어맨다가 집수리를 맡긴 건축회사의 사장이었다.

"한심해. 나 정도 나이가 되면 시간을 좀더 유용하게 써야 하는 거 아닐까. 내가 아는 사람들은 모두 자선 마라톤 대회에 나가는 것 같아. 다들 운동하고 특별한 식이요법을 하고 있는데, 나만 배달음식 시켜먹으면서 10대 같은 감정적 동요에 휩쓸리고 있잖아. 달리기를 하겠다는 뜻은 아니야. 물론 그러고 싶지만, 계단 오르는 것도 어려운걸."

그녀가 말했다.

병원에 갔더니 먼지를 많이 마셔서 천식에 걸렸다고 했다. 2년 동안 건설 현장에서 지낸 결과였다. 병원에서 흡입기를 받아왔는데 마우스피스를 잊어버리는 바람에, 지금은 먼지만 쌓여 있었다.

종업원이 주문을 받으러 왔고 어맨다는 허브차를 주문했다.

"아니, 핫 초콜릿으로 주세요."

종업원이 돌아서자 그녀가 다시 불렀다.

종업원은 미소를 지으며 들고 있던 주문서에 메모를 했다.

"네, 부탁합니다."

종업원이 휘핑크림과 마시멜로를 얹을지 물어보자 그녀는 장난스러운 미소를 지으며 그렇게 대답했다.

그녀는 건강을 위해서 뭐라도 해야겠다고 마음먹었지만—우선 체중을 줄여야 했다—점점 더 내키는 대로 지내고 있는 것 같다고 했다. 그 순간만 즐기는 생활에서는, 그런 종류의 관리를 따르기가 불가능했다. 아침에 눈을 뜰 때는 다시 결의에 가득 차지만, 금세 이런저런 일들이 닥치면서 그녀는 생존 모드로 돌아갔고, 하루를 마칠 때쯤에는 아침과 달리 목표에서 훨씬 멀어져 있었다. 아무리 애를 써도, 아무것도 유지할 수 없는 것 같았다.

나는 많은 사람들이 뭔가를 유지하려고 노력하며 삶을 살아가지만, 그건 그것이 정말로 필요한 것인지에 대한 질문을 피하는 방법이기도 하다고 말했다.

"실제로는 그렇게 생각하지 않잖아."

어맨다가 충혈된 눈으로 관심을 보이며 말했다.

"사람들이 마라톤을 하는 건, 도망가고 싶은 환상을 충족시키기 위해서인지도 몰라."

내가 말했다.

어맨다가 웃음을 터뜨렸다. 개빈과 말다툼을 한 건, 어맨다가 자기 생일에 맞춰 계획했던 파리 여행에 함께 갈 수 없게 되었기 때문이었다. 짐을 다 싸고 막상 출발하려던 순간, 개빈이 여권을 챙겨오지 않았다고 했다. 그리고 여권을 챙기러 간 그는 다시 나타나지 않았다. 어맨다는 점점 어두워지는 집 안에서, 여행 가방을 옆에 놓고 앉아 있었다. 개빈에게 계속 전화를 해보았지만 그는 받지 않았다. 항공권과 호텔 예약을 취소하기에는 이미 너무 늦은 시점이었다. 개빈은 일주일 동안 연락이 없다가, 어젯밤에 집으로 찾아와서는 여행경비를 내밀었다고 했다.

나는 그녀가 돈을 받았는지 물었다.

"당연히 받았지. 한 푼도 남김없이 다 내라고 했어."

그녀가 도전하듯 입꼬리를 살짝 올리며 대답했다.

개빈이 많이 미안해했다고, 어맨다가 말을 이었다. 그는 말도 안 되는 이야기를 꾸며내려고 애쓰다가, 결국 파리에 가는 것이 너무 끔찍할 것 같아서 도망친 거라고 실토했다는 것이다. 그는 그런 상태로 그녀와 어디로 가기가 무서웠다고 했다. 집에서는—즉 공사현장에서는—자신이 어디에 있는지 알 수 있었지만, 그녀와 함께 낯선 도시로 간다는 생각에 그만 숨고 싶어졌던 것이다. 그는 거의 쉰이 다 된 나이였고, 그동안 누렸던 유일한 휴가는 1년에 한 번씩 골프 모임 회원들과 함께 아일랜드에 가서, 잘 알지도 못하는 남자들과 골프를 치는 것뿐이었다.

어맨다를 만나기 전에 그는 다른 여성 고객과 가까이 지냈다. 역시 그에게 집수리를 맡긴 30대의 그래픽디자이너였다. 둘의 관계는 몇 달간 이어졌다. 거친 육체노동을 하는 동안 감정적인 긴장감도 함께 쌓여갔지만, 개빈의 느릿느릿한 성격 탓에 감정은 물방울처럼 천천히 스며들었고, 수리가 완성될 무렵엔 상대 여성이 더 이상 견디지 못하고 관심을 잃어버렸다.

"그때 내가 끼어든 거지."

어맨다가 말했다. 그녀는 화려한 토핑이 덮인 잔을 들어 입게 갖다 댔다.

"무슨 일이 있어도 건축업자랑은 연애하지 마."

문제는, 인생계획이 복잡해지면 복잡해질수록 그는 그걸 행동에 옮기는 일과는 멀어진다는 점이었다. 그는 자신이 그렇게 힘겹게 발전시킨 가능성, 지금까지 그저 잡역부에 불과했던 스스로를 온전히 중산층의 세계에 편입시킬 수 있는 가능성 안에서 고통받고 있었다. 그는 그녀의 집에 들어와 동거할 계획이었다. 하지만 몇 년째 이야기만 하고 실제로 들어오지는 않고 있었다. 함께 사는 걸 원하지 않는다든가, 생각이 바뀌었다는 말은 절대 하지 않았다. 그냥 실행하지 않을 뿐이었다. 이제 그녀가 구체적인 날짜를 통보했다고 했다. 그날까지 그가 그녀의 집에 들어오지 않으면 관계는 끝이었다.

나는 그날이 언제냐고 물었고, 그녀가 말해주었다.

"문제가 뭐냐 하면, 그 사람이 안됐다는 생각이 든다는 거야. 끔찍한 어린 시절을 보냈고, 열네 살에 아버지가 강제로 일을 하게 했거든."

가끔, 집에 대해 이런저런 이야기를 하다보면 그가 내놓은 아이디어나 영감에서 완전히 다른 모습, 그가 될 수도 있었을 어떤 모습을 엿볼 때가 있다고 했다. 한번은 다른 건축업자가 어맨다의 집에 와서 개빈의 작업을 살펴본 적이 있었다. 말없이 집 이곳저곳을 살피던 친구는, 마지막에 개빈에게 "너 이 집에서 직접 살 생각이구나, 그렇지?"라고 물었다. 그런데 정작 실행에 옮길 단계가 되면, 개빈은 결정을 내리지 못했다.

나는 그녀와 함께 살지 않는다면 개빈은 지금 어디에서 지내느냐고 물었다.

"롬퍼드에서 누나랑 살아. 사업을 하기에 거기가 편하다고 하는데, 사실은 텔레비전을 보고 배달음식을 시켜 먹기가 편해서 그런 거야. 이런저런 말을 거는 사람도 없고."

그녀가 말했다.

"개빈이 제대로 알고 있는 건 집을 다 뜯어놓고 나면 사람들이 아주 약해진다는 점이야. 마치 수술대 위에 놓인 것 같거든."

어맨다가 말했다.

"나는 배를 가른 채 누워 있고 사람들이 거기서 일을 하는

데, 그 사람들이 너를 고쳐주고 다시 봉합해주기 전에는 꼼짝도 할 수 없는 거야."

그녀가 그런 상태에 있을 때 개빈은 그녀를 사랑할 수 있었다. 그동안 그는 남는 시간에, 무료로 그녀의 집을 고쳐주었다. 6주로 예상했던 공사는 2년이 넘은 지금까지 진행 중이었고, 그 시간 내내 개빈은 낮에 다른 일을 해야 했다. 그녀는 호의라는 것에 잘못 이끌려 상황이 이상하게 되어버렸음을 이해하고 있었지만, 자신이 상당히 우스꽝스러운 상황 한가운데에 처했다는 느낌 또한 피할 수 없었다.

거기에는 어떤 환상, 남자와 얽히는 일에 따르는 환상도 있었다고 그녀는 말했다. 심지어 군인처럼 자족적이고, 실용적이며, 필요하다면 소매를 걷어붙이고 직접 일을 해결할 준비가 되어 있는 그녀 같은 여성도, 누군가의 보살핌을 받는다는 생각에 빠질 수 있었다. 개빈이 돈이 아니라 사랑 때문에 일을 하는 거라고 말했을 때 그녀는 떨리는 안도감을 느꼈는데, 마치 청혼을 받은 여성들이 느끼는 떨림과 안도감 같았다. 하지만 사랑은 궁극적으로 손에 잡히지 않는 것임을, 그녀는 깨달을 수밖에 없었다.

처음의 떨림은 그녀의 머릿속에만 있을 뿐이었다. 돈 때문에 한 공사였다면 벌써 끝이 났을 것이다. 지금 상황을 보면,

공사가 언제 끝날지 알 수가 없었다. 심지어 그녀는 정상적인 집에서 산다는 게 어떤 건지 기억도 나지 않을 지경이었다. 샤워기가 제대로 작동하고, 난방이 들어오고, 캠핑용 스토브로 요리를 하지 않아도 되고, 집을 나서기 전에 몸에서 먼지와 부스러기들을 털어내지 않아도 되는 그런 집에서 말이다. 지금은 그런 것과는 정반대 상황이었다. 가장 힘든 건 직장에서 단정하게 보여야 한다는 점이었다. 머리에 시멘트풀을 묻히고, 손톱 밑에 석고가 낀 채 고객을 만나러 나간 적도 있었고, 한번은, 외출 전에 자신도 모르게 페인트가 마르지 않은 벽에 잠깐 기댔다가 정장 뒤에 페인트를 잔뜩 묻힌 채 나간 적도 있었다. 누군가 말을 해주기 전까지 거의 온종일 그 상태로 돌아다녔다.

어맨다는 패션업계에서 일했다.

"이쪽 업계에서는 말이야, 상대 외모에 대해서 아무도 진실을 말해주지 않거든."

그녀가 말했다.

사람들이 종종 실제와 정반대의 것을 믿고 지내는 걸 보면 이상하다고, 그녀는 말을 이었다.

"나 같은 일을 하다보면 늘 그런 상황을 보거든."

사람들은 어떤 옷이 유행한다는 이유만으로 그 옷을 입는다. 당시에는 자신이 대단해 보이겠지만, 몇 년 후 되돌아보면 자신들이 얼마나 끔찍해 보였는지 깨닫게 된다.

나는 사람들은 모두 뭐가 진실이고 뭐가 아닌지 모르는 것일 수도 있다고 말했다. 어떤 일들에 대한 평가가, 시간이 아무리 지난 후에 하는 평가라 하더라도, 확정적인 것일 수 없다고도 했다. 패션에 대한 그녀의 견해를 예로 들자면, 시간이 더 흐르고 나면 부끄러운 옛날 옷들이 다시 제대로 된 옷으로 보이는 일들도 종종 있었다. 똑같은 형태와 스타일의 옷이, 어느 정도 시간을 두고 보면 창피함을 불러일으키고, 우리가 스스로를 속이고 있었음을 알게 해주지만, 시간이 좀더 지나면, 우리 스스로도 모르고 있던 타고난 과감함이나 정확함을 보여주는 증거가 될 수도 있고, 적어도 우리가 얼마나 쉽게 신념을 잃을 수 있는지를 보여주는 증거가 될 수도 있다.

어맨다는 다시 한번 커피 잔을 들어 입술에 댔다가 내렸다.

"마시고 싶지 않아."

그녀가 쓴웃음을 지으며 말했다.

패션업계는 젊은 사람들을 위한 곳이라고, 그녀는 잠시 쉬었다가 말했다. 그녀는 또래—30대 초반이었다—의 다른 사람들이 정착해서 가정을 꾸리기 시작할 무렵에 그 업계에 뛰어들었다. 어떤 면에서 보면, 다른 이들의 그런 삶이 암시하는 불가피함에 맞서기 위해 다른 선택을 하고, 친구들이 포기했던 바로 그것들—재미, 파티, 여행 등등—을 더 오랫동안 누릴 수 있는 세계로 뛰어들었던 건지도 모르겠다고, 그녀는 말했다. 심지어 그녀의 절친이면서 가장 오래된 친구이기도 한 소피아—그녀는 내가 소피아를 기억하고 있는지 물었다—그녀와 같은 집에 살았고 함께 나쁜 일을 저지르곤 했던 그 소피아도 그때쯤엔 남자 친구인 댄과 결혼하고, 집을 구하는 중이었다. 댄은 여러모로 어맨다가 생각하는 이상적인 남성이었다.

그녀는 소피아, 댄과 함께 셋이 살 때 행복했다. 세 사람은 심지어 휴가도 함께 갔는데, 소피아와 댄이 함께 방을 쓰고 어맨다는, 다 자라서 어색해져버린 두 사람의 자녀라도 된 것처럼, 방을 따로 썼다. 밤에 두 사람이 방문을 닫고 들어간 후, 안에서 둘이 속삭이는 소리를 들으며 잠자리에 누우면, 그녀는 슬픔과 안정감이 뒤섞인 감정을 느꼈다.

그 무렵 어맨다는 일자리를 제의받았고, 그건 그때까지 겪어보지 못한, 정신없는 사교생활이 뒤따르는 일이었다. 친구들이 주택 대출을 받고 임신 사실을 발표할 때, 어맨다는 패션쇼와 파티와 밤샘 작업이 소용돌이처럼 어지럽게 돌아가는 생활에 빠져 지냈고, 파리와 뉴욕으로 출장을 다니며, 나이

트클럽에 다녀온 후 샤워하고 옷 갈아입을 시간도 없이 다음 미팅에 참석해야 했고, 그 과정에서 만난 남자들과 시시덕거렸다.

아주 괜찮은 남자들이 아니라면, 남자를 구하는 건 어렵지 않았다. 하지만 어느 시점이 지나자, 댄 같은 남자는 그냥 여기저기 돌아다닌다고 찾을 수 있는 남자가 아니라는 점이 분명해졌다. 그런 남자들은 여성들이 낚아채고, 가져버리는, 어떤 면에서는 그녀가 경멸하는 방식으로, 소유에 집착하는 삶을 대변하는 남자들이었다. 그 남자들은 보안이 된 미술관 벽에 걸린 값비싼 그림 같은 남자들이었다. 아무리 눈에 불을 켜고 살핀다고 해도, 그냥 길거리에 누워 있어서는 찾을 수 없었다. 얼마 동안은, 실제로 그런 남자를 찾아보기도 했는데, 그때는 마치 길 잃은 영혼들로 가득한 지하세계에 있는 것 같은 느낌이 들었다. 모두들 무언가를, 자신들의 머릿속에 있는 바람에 부합하는 이미지를 찾고 있었다.

남자와 잠을 자면서도 그녀는 매우 자주, 자신이 이미 있는 어떤 틀에 끼워 맞춰지는 것 같은 기분이었다. 자신은 보이지 않는 존재가 되고, 남자가 하는 행동이나 말은 모두 다른 누군가, 그 자리에 없는, 실제로 존재했는지 안 했는지도 알 수 없는 누군가에게 하는 것들이었다. 그 기분, 자신이 다른 사람의 고독을 지켜보는 투명인간 목격자—일종이 유령이었다—가 되었다는 생각에, 한동안 미칠 것만 같았다. 한번은, 이름도 기억나지 않는 어떤 남자와 나란히 침대에 누워 있다가, 갑자기 아주 서럽고 길게 흐느꼈다. 남자는 친절하게 대해주었다. 차와 토스트를 내주며, 치료사를 만나보라고 했다.

"그 시기를 생각할 때, 가장 기억이 나지 않는 것은 당시 입고 다니던 옷이야. 내가 했던 일들, 갔던 장소들, 남자들과 파티들, 심지어 했던 대화들도 생각나는데, 그 기억 속의 나는 마치 벌거벗고 있는 것 같거든. 가끔은 어떤 옷들을 상상해보기도 하고, 특정한 소품들—재킷이나 신발 같은—이 머릿속에 떠오르기도 하지만. 그게 정말로 내가 가지고 있던 것들인지 확신할 수가 없단 말이야. 아주 익숙한 것들이어서 어느 시점에선가 자주 입고 다녔던 게 분명하지만. 그걸 증명할 수가 없어. 내가 아는 건, 이제 그것들을 가지고 있지 않고, 어디에 있는지도 모르겠다는 거야."

그녀가 말했다.

그녀의 부모님은 부동산을 사고팔면서 돈을 벌었다고, 그녀가 덧붙였다. 어린 시절 기억은 사실상 건축 현장이라고 해야 할 집, 늘 어딘가 달라지고 있는 집에서 살았던 기억밖에 없었다. 그녀의 부모님은 공들여서 집을 새로 단장한 후, 공사가 끝나고 집이 집처럼 보이면 즉시 되팔았다.

“내가 알게 된 건, 일단 집이 깔끔하고 근사하고 편안해 보이기 시작하면, 그건 떠날 때가 되었다는 뜻이었다는 거야.”

어맨다가 말했다. 개빈에게 끌렸던 것도 부분적으로는, 그가 어린 시절 그녀에게 익숙했던 무언가와 이어져 있기 때문이라는 점에 대해서는 의심이 없었다. 마치 그가 그녀만이 이해하는 언어를 구사하는 것 같았다. 20대와 30대 초반에는 부모님과 거리를 두고 지냈지만, 요즘은 다시 두 분이 그녀의 삶 안으로 들어왔다고 했다. 부모님은 절연공사와 바닥 마루에 대해, 지붕을 바꾸는 일의 장단점에 대해 그녀와 이야기를 할 수 있어서 좋아했다. 집을 새로 단장하는 일이 그들 사이에 공통 관심사가 되었다.

“공사가 끝나면, 아마 두 분도 나랑 더 이상 이야기하지 않을 거야.”

그녀가 말했다.

어맨다가 그만 가봐야겠다고, 시내에서 약속이 있는데 이미 늦었다고 했다. 그녀는 자리에서 일어나 옷의 먼지를 털면서도, 대화 내내 그랬던 것처럼 곁눈으로 나를 훔쳐봤다. 마치 내가 자신의 모습에서 뭔가를 읽어내기 전에 나의 시선을 차단하려는 것만 같았다.

"지하철역까지 같이 걸을까?"

밖으로 나왔을 때 그녀가 말했다.

그녀는 양손으로 가슴을 감싼 채 숨을 헐떡이며, 내가 한 걸음 옮길 때마다 두 걸음씩 걸었다. 그녀의 하이힐 소리가 급하게 보도에 울렸다. 그녀는, 내가 이미 알고 있는지 모르겠지만, 자신은 아이를 입양하려고 노력 중이라고 했다. 입양 과정이 너무 복잡하고 관료적이라서 단계마다 포기하고 싶은 마음이 들었지만, 몇 달째 그 일에 매달렸고 이제 조금씩 진전을 보이고 있었다. 문제는, 집 공사가 마무리될 때까지는 입양 대기자 명단에 이름을 올릴 수 없다는 점이었다. 벽에서 전선이 튀어나오고, 계단에 난간도 없는 집에 아이를 입양 보낼 대행사는 없었다.

개빈의 존재도 문제였다. 그는 완전히 가족의 일원이 되든가, 아니면 없어져야 했다. 대행사에서 그녀를 담당한 여직원—입양 관리사—과는 친구처럼 되어버렸다고, 어맨다는 말을 이었다. 그 직원이 그녀에게 계속 희망을 가지게 했고, 늘 전화를 해서 용기를 북돋아주었다.

"그 사람이 사랑할 수 있는 나의 능력을 알아봤대. 많은 사람들이 그 능력을 알아보고, 그걸 최대한 이용해 먹지."

어맨다는 그렇게 말하며, 갑자기 즐겁게 웃음을 터뜨렸다.

우리는 지하철역에 도착했고, 어맨다는 손으로 가슴을 짚은 채 숨을 헐떡였다. 나를 만나서 반가웠다고, 그녀가 말했다. 집 공사가 잘 마무리되기를 바란다고, 그렇게 될 걸로 확신한다고도 했다. 언제 내가 저녁에 시간이 있는 날 제대로 다시 한번 보자고 했다. 그녀는 가방에서 지갑을 꺼내 떨리는 손으로 개찰구에 갖다 댔다. 반쯤 비틀거리며 개찰구를 지난 그녀가 씩씩하게 몸을 흔들며 사라져갔다.

점성술사가 말했던, 아주 중요한 뭔가가 곧 통과할 예정이라고 했던 날이었다.

토니가 벽을 허물고 있었다. 폭풍 구름처럼 일어나는 먼지와 소음 속에서, 마스크로 코와 입을 가리고 드릴을 휘둘렀다. 바닥은 뜯어냈다. 들보들이 그대로 드러났고, 그 사이로 회색 파편들이 떨어져 있었다. 토니는 합판으로 좁은 통로를 만들어 그 위로 움직이며 작업했다. 건축업자의 차는 아직도 가게에 그대로 있다고, 그가 말했다. 대신 전열판은 트럭에 실어서 오기로 했는데, 배달이 늦어졌다. 기다리는 동안 토니가 벽을 허물고 있었다.

"임시변통입니다."

그가 말했다.

파벨은 위층에서 목재에 사포질을 하고 있었다. 토니가 드릴을 멈출 때마다 파벨이 사포를 문지르는 소리가 집 안을 채웠다.

"파벨이 기분이 안 좋을 때는, 2층에 올려 보내는 게 최고죠."

토니가 마스크를 벗고 말했다.

파벨이 배가 아프다고, 토니가 덧붙였다. 복통 때문에 기분이 안 좋은 것인지, 그 반대인지는 알 수 없었다. 토니가 그냥 집에 있으라고 했지만, 말을 듣지 않으려 했다. 토니가 보기에 바벨은 변비였다.

"폴란드에 대한 향수가 뱃속까지 꽉 막아버린 거죠."

그가 윙크를 하며 말했다.

계단을 내려온 파벨이 말없이 우리 둘을 지나 공구함으로 다가갔다. 그의 작은 부츠에 먼지가 두껍게 쌓여 있었다. 그는 공구함에서 새로운 사포 뭉치를 꺼내서는 아무 말 없이 다시 위층으로 올라갔다.

토니도 다시 드릴을 돌렸다. 벽 안의 목재 뼈대를 해체하려고 했지만, 너무 단단하게 박혀 있어서 힘껏 잡아당겨야 했다. 뼈대 하나가 의외로 쉽게 빠지며 바닥 들보 위로 쓰러졌다. 아래층에서 미친 듯이 천장을 두드리더니, 바깥 계단을 황급히 올라오는 소리가 들렸다. 잠시 후 누군가 현관문을 요란하게 두드렸다.

토니가 드릴을 쥔 채 몸을 일으켰고, 우리는 잠시 서로를 쳐다봤다.

밖에서 폴라의 목소리가 들렸다. 고함을 지르고 있었다. 내가 안에 있는 거 다 안다고 했다. 밖으로 나오라고, 얼굴에 침을 뱉어줄 거라고 했다. 동네 사람들에게 내 이야기를 다 했다고, 사람들이 내가 어떤 사람인지, 또 아이들은 어떤지도 알고 있다고 했다. 그녀가 다시 주먹으로 문을 두드렸다.

"나오라고, 나와. 나랑 직접 한 번 붙자고!"

잠시 후 그녀가 계단을 내려가는 소리가 들리고, 온 건물이 흔들릴 정도로 아래층 현관문을 닫는 소리가 이어졌다.

"제가 이야기해보겠습니다."

토니가 마스크를 벗고 말했다.

그가 드릴을 내려놓고 나가서는, 현관문을 그대로 열어둔 채 계단을 내려갔다. 그가 아래층 문을 두드리는 소리가 들리고, 잠시 후 사람 목소리가 났다. 폴라 목소리의 어조나 억양이 거의 내 몸 안에서 울리는 것만 같았다. 토니는 금방 돌아오지 않았고, 집 안은 추워지기 시작했다. 나는 현관문을 닫아야 할지 말아야 할지 확신할 수 없었다. 위층의 내 방으로 올라갔지만, 거기는 파벨이 창틀에 사포질을 하고 있었다. 내가 다시 나가려는 걸 본 그가 일을 멈췄다.

"아닙니다. 다 했어요. 들어오세요."

그가 예의 바르게 머리를 살짝 기울이며 말했다.

우리는 나란히 서서 계단 끝에 서 있는 폴라의 모습을 창밖으로 내려다보았다. 파벨은 모든 상황을 지켜보고 있었을 것이다. 몸은 좀 괜찮아졌냐고 물었더니, 그는 고개를 좌우로 흔들어보였다.

"조금요."

그가 말했다.

그는 바닥과 창문 근처 책장에 덮여 있던 먼지 가림막을 걷어서 접기 시작했다. 책장의 무언가가 그의 눈길을 사로잡은 것 같았다. 그는 얼른 손을 뻗어 그 물건을 꺼내서 내 쪽으로 들어 보이며, 갑자기 환해진 얼굴을 하고는 외국어로 무슨 말을 쏟아냈다. 책이었다. 내가 대답이 없자, 그는 책을 내밀어 내게 보여주었다.

"폴란드어 하시네요."

그가 먼지가 잔뜩 묻은 손가락으로 책의 제목을 가리키며 말했다.

"책이 폴란드어로 된 건 맞지만, 저는 이해 못 해요."

내가 말했다.

그는 금세 풀이 죽은 표정이 되었다. 그 책은 내가 쓴 책의 폴란드어 번역본이었다. 나는 원하면 그가 가져도 된다고 말했다. 그는 눈을 크게 뜨고 책의 앞뒤를 살피고 속을 펼쳐본 다음, 고개를 끄덕이고는 외투 주머니에 찔러 넣었다.

"선생님이 폴란드어를 하실지도 모른다고 생각했습니다."

그가 슬픈 듯이 말했다.

번역가는 바르샤바에 사는 나와 비슷한 나이의 여성이었다. 몇 번인가 이메일을 보내서 책에 대한 질문을 했다. 나는 그녀가 나의 글을 자신만의 새로운 판본으로 창작해가는 과정을 지켜봤다. 그녀는 이메일에서 자신의 삶에 대해서도 이야기했는데—어린 아들과 단둘이 살고 있었다—가끔은, 책 속의 특정 문장들을 이야기하면서도, 그녀의 창작물이 나의 것을 넘어서고 있는 것 같은 느낌이 들었다. 내가 쓴 글을 그녀가 파괴했다는 의미가 아니라, 그 글이 내가 아니라 그녀를 통해 새로운 삶을 얻었다는 뜻이다.

"번역 과정에서 그 글에 대한 소유권이—좋은 의미에서든 나쁜 의미에서든—내게서 그녀에게로 넘어간 거죠. 집처럼."

내가 말했다.

파벨은 고개를 한쪽으로 기울이고 집중하며 내 말에 귀를 기울였다.

"폴란드에서 제가 우리 집을 직접 지었거든요."

그가 얼른 입을 열었다.

"모든 걸 제가 만들었죠. 바닥과 문과 지붕까지 직접 만들었습니다. 우리 아이들은 제가 만든 침대에서 잡니다."

집 짓는 기술은 역시 건축업자였던 아버지에게 배웠다고 했다. 하지만 아버지가 지은 집들은 그가 지은 집들과는 달랐다.

"싸구려죠."

그가 작은 코에 주름을 잡고 인상을 찌푸리며 말했다. 그의 집은 숲속, 개울가에 있었다. 아름다운 곳이었다.

"하지만 아버지는 안 좋아하셨습니다."

그가 말했다.

내가 이유를 묻자 그는 알 수 없는 콧노래를 부르며 미소를 지었다.

"아버지 방식과 제 방식은 달랐습니다."

그의 집에는 천장부터 바닥까지 커다란 창이 있다고, 그는 말을 이었다. 모든 방에서—심지어 욕실에서—숲이 보여서, 마치 야외에 살고 있는 것 같은 느낌이 든다고 했다. 그 집을 구상하고 설계하는 데 오랜 시간이 걸렸다. 지역 도서관에서 현대 건축에 관한 책들을 빌려와 연구했다.

"저도 건축가가 되고 싶었거든요. 하지만."

그가 단념했다는 듯 어깨를 으쓱해보였다. 특히 그의 눈길을 끄는 집이 한 채 있었는데, 미국의 어떤 주택이었다. 거의 유리로만 지어진 집이었다. 그는 그 집에서 영감을 얻었지만, 최초의 인상을 받은 후에는 다시 그 집 사진을 보지 않기로 했다. 자신만의 생각을 발전시키며, 자기 손으로 집을 지었다. 하지만 그 집을 남겨두고 일자리를 찾아 영국으로 와야만 했다. 웸블리 운동장 근처에 원룸 아파트를 얻었다. 같은 건물에 비슷한 원룸이 가득했고, 거기 사는 사람들은 모두 모르는 사람들이었다. 첫 주에, 누군가 그의 집에 침입해 장비들을 모두 훔쳐갔다. 그는 새로운 장비와 더 튼튼한 자물쇠를 사서 직접 설치해야 했다. 아내와 아이들은 지금도 폴란드에, 숲속 집에서 지내고 있었다. 그의 아내는 교사였다.

그가 다시 먼지 가림막을, 작고 단정한 사각형 모양으로 접었다. "가족이 보고 싶으시겠네요"라고 했더니 우울한 듯 고개를 숙였다. 가능하면 자주 찾아가보려고 하지만, 여행 자체가 너무 비싼데다가, 다녀오면 마음이 안 좋아져서, 아예 가지 않는 편이 더 낫지 않을까 하는 생각이 들기 시작했다고 했다. 마지막으로 갔을 때는, 아이들이 떠나는 그를 붙잡고 울었다. 그가 말을 멈추고 손을 배에 갖다 대며 인상을 찌푸렸다.

"이 나라에서 돈을 벌고 있기는 하지만, 그럴 가치가 없는 건지도 모르겠습니다."

그가 말했다.

지금까지는 가족 회사 소속으로 아버지 밑에서 일했지만, 파벨 본인의 집에 대한 아버지의 반응을 보고 나서는 그만두기로 결심했다고 했다.

"제 평생 동안, 아버지는 비판만 하셨습니다. 제 일, 제 생각을 비판하셨죠. 제가 말하는 방식도 마음에 들지 않는다고 하셨고, 심지어 제 아내와 아이들도 못마땅해하셨습니다. 하지만 제가 지은 집을 비판하셨을 때는."

파벨이 입술을 오므리고 미소를 지으며 말했다.

"생각했죠, 더는 못 참는다고요."

나는 아버지가 집의 어떤 면을 특히 마음에 들어 하지 않았는지 물었다.

파벨은 다시 알 수 없는 콧노래를 부르고, 발끝으로 서서 박수를 치며 몸을 앞뒤로 가볍게 흔들었다.

집을 짓는 과정에서 아버지와 한 번도 상의하지 않았고, 대신 거의 완성되었을 무렵에 초대해서 집 구경을 시켜드렸다고 했다. 두 사람은 건물 밖에 나란히 서서, 투명한 상자 같은 그 집을 바라봤다. 파벨은 특정 지점에 서면 집을 관통해서, 반대편의 숲까지 볼 수 있도록 설계했다. 주방에 있는 아내와 아이들이 보였다. 아내는 조리를 하고, 아이들은 식탁에 앉아 게임을 하고 있었다. 그와 함께 밖에서 그 광경을 지켜보던 아버지가 파벨을 돌아보며, 마치 파벨의 어리석음을 탓하듯 자기 머리를 두드렸다.

"아버지가 이렇게 말씀하셨습니다. '이 바보 같은 놈아, 벽을 안 세웠잖아. 사람들이 집 안에 있는 너를 볼 수 있잖아!'라고요."

나중에 아버지가 공개적인 자리에서 그 집에 대해 떠들어댔다는 이야기도 들었다. 아버지는 숲에 가면, 집 밖에서 파벨이 똥 싸는 모습까지 볼 수 있다고 말했다고 했다.

그 일이 있은 후 파벨은 일자리를 찾아보려 했지만 실패했다. 그는 영국으로 와서 히드로 공항의 새 터미널을 짓는 공사장에서 몇 달간 일했다. 정기적으로 금요일에 잘렸다가 그다음 주 월요일에 다시 채용되었는데, 건축 회사에서 그들이 필요로 하는 작업자의 수를 미리 알 수 없다는 게 이유였다. 그러다 토니를 만나 지금 일을 하게 되었다.

히드로 공사장에서 일을 마칠 때쯤, 터미널이 문을 열었다. 그는 도착 게이트 부근에서 작업했고, 온종일 사람들이 문 뒤에서 강물처럼 쏟아져 나오는 광경을 지켜봤다. 그만두자고 몇 번이나 스스로 다짐했지만, 그 문 뒤에서 그의 가족이 나타날 것만 같은 생각에 자꾸만 고개를 들었다. 사람들 틈에서 자신이 아는 얼굴을 발견하고, 폴란드어로 말하는 익숙한 목소리와 대화의 파편들을 들을 수 있을 것 같았다. 시시각각으로 사람들이 사랑하는 이들을 맞이하는 광경을 지켜봤다. 그건 중독성이 있는 감정이었다. 집에 돌아와 보면 그의 방은 그만큼 더 차갑고, 황량하고, 외로웠다. 이 집, 책이 많은 이 집에서 일하는 게 더 나았다.

그는 영어 실력을 늘릴 수 있게 가끔씩 책을 빌려가도 되겠냐고 물어볼 참이었다고 했다. 사람들과 대화를 나누는 것이 어려웠다. 어학 실력이 시원치 않았고, 지금 나와 나누는 대화가 몇 주 만에 해보는 가장 긴 대화라고 했다. 문제는 생각이 어학 실력보다 너무 앞서 나간다는 점이었다. 하지만 일단 말을 해보면, 빠른 속도로 실력이 늘고 있음을 알 수 있었다. 한 번은 버스를 타고 가다가 교통 체증에 걸린 적이 있는데, 옆에 앉은 아가씨가 말을 걸었다고 했다. 한 시간쯤 이어진 대화가 끝날 무렵 두 사람은 서로에게 확신과 친밀함을 느낄 수 있었는데, 그로서는 마지막으로 고향에 갔을 때 아내와 나눴던 대화 이후로 처음 있는 일이었다. 아내는 그가 잔뜩 억눌려 있는 것 같다고 했다.

"눌려 있던 거 하나도 꺼내지 못했습니다."

그가 작게, 부끄러운 듯 미소를 지으며 말했다.

그는 밤에 창문을 꼭 닫으라는 말을 내게 해주려던 참이었다고 했다. 어느 날 아침엔가 일찍 온 적이 있었는데 앞쪽 창문이 열려 있었다는 것이다. 뿐만 아니라, 내가 혼자 있을 때 더 안전하도록 문에 체인을 설치하자고 제안했다. 허락만 하면 설치하는 데는 5분이면 된다고 했다.

아래층에서 전화가 울려서 파벨에게 양해를 구하고 내려왔다. 아들이었는데, 아빠 집 열쇠를 잃어버려서 들어가지 못하고 있다고 했다. 밖은 추웠고, 집에는 아무도 없었다. 아들은 훌쩍이고 있었다. 위로가 불가능할 정도로 서럽게 우는 바람에 그 울음소리를 듣는 나까지 선 채로 마비되는 것 같았다. 아들이 울 때마다 안아주었던 기억이 났다. 지금은 울음소리밖에 없었다. 아들이 갑자기 울음을 멈추고는 형의 이름을 불렀다.

"괜찮아요. 걱정 안 해도 돼, 괜찮아. 형이 오고 있어."

아들이 전화기에 대고 말했다. 두 아이가 만나서 장난을 치며 웃는 소리가 전화기 너머로 들렸다. 나는 무슨 말인가 하려 했지만 아들이 가야 한다고 했다.

"안녕."

아들이 말했다.

현관문이 닫히고 토니가 다시 나타나 드릴을 집어 들었다. 아래층 사람들이 뭐라 하더냐고 물었지만 그는 대답은 하지 않고 나를 아래위로 쳐다보며 물었다.

"어디 가세요?"

나는 수업이 있어서 나가봐야 한다고, 늦게까지 돌아오지 않을 거라고 했다. 그가 고개를 끄덕이며 말했다.

"선생님은 안 계시는 게 좋을 것 같습니다."

나는 아래층 사람들하고 타협점을 찾았는지 물었다. 그는 이번에도 말이 없었다. 나는 그가 석고판을 한 장 더 뜯어내서 먼지를 일으키며 바닥에 내려놓는 광경을 지켜봤다.

"아무 일 없습니다. 제가 말했어요."

그가 말했다.

나는 정확히 어떤 말을 했냐고 물었다.

그가 벽을 힘껏 당기자 일부가 무너지면서 떨어져 내렸다. 그는 환하게 미소를 지어보였다.

"이제, 그 사람들이 저를 아들 대하듯이 해요."

그가 말했다.

연기를 좀 했다고, 그는 나를 설득했다. 나를 위해서, 이웃들에게 그 사람들 사정 잘 안다고, 내가 토니 본인과 파벨도 노예처럼 부리고 있다고 이야기했다고 했다. 그러니까 자신들과 아래층 사람들은 다 같이 피해자고, 일을 빨리 끝낼 수 있게만 해준다면 그만큼 빨리 자신을 자유롭게 만들어주는 거라고 말했다고 했다.

"그게 최선이었습니다."

그가 말했다.

아래층 사람들의 반응은 좋았다고, 그는 덧붙였다. 차를 한 잔 대접했을 뿐 아니라 집에 가서 딸에게 주라고 사탕—싸구려 사탕 모듬—까지 주었다. 토니는 자신이 한 말은 당연히 진심이 아니었음을 알아달라고 했다. 그건 게임, 혹은 전략, 그러니까 아래층 사람들의 적의를 우리의 목적에 맞게 돌려놓기 위한 말이었다고.

"알바니아의 경찰처럼요."

그가 미소를 지으며 말했다.

토니의 말하는 태도에 어딘가 잘못된 부분이 있었고, 그건 그가 사실을 온전히 이야기하지 않고 있거나, 자신이 완전히 이해하지 못하고 있는 상황을 억지로 끼워 맞추려고 애쓰고 있다는 뜻이었다. 그는 나와 눈을 마주치지 않으려 했고, 표현들은 모호했다. 나는 그가 나를 도와주려 애썼다는 점은 잘 알겠다고 했다. 하지만 이웃집 사람들의 적의를 더욱 부채질하고 나서의 문제는, 그가 공사를 마치고 돌아간 후에도 나는 아들과 함께 계속 이 집에 살아야 한다는 점이었다.

나는 지난여름에 있었던 일을 그에게 말해주었다. 주방에 앉아 옆집의 외국인 가족이 정원에 모여 있는 것을 지켜보고 있을 때, 폴라가 아래층 현관문을 열고 계단을 올라왔다. 그녀는 담장 너머로 외국인 가족에게 큰 소리로 말했다. 그녀가 나에 대해 험담을 하고, 내가 끔찍한 짓을 저질렀다고 말하는 것을 들었다. 옆집 사람들은 예의 바르게, 당황한 얼굴로 이야기를 들었다. 그들이 폴라의 말을 그대로 믿었다고는 생각하지 않지만, 그렇다고 내게 와서 뭔가를 바로잡으려고 하지도 않았다.

토니는 양손 손바닥을 들어보이며 고개를 살짝 기울였다.

"상황이 나쁘네요."

그가 말했다.

내가 코트를 걸치는 동안 토니가 슬금슬금 나를 살피는 게 느껴졌다. 그가 나는 무슨 과목을 가르치는지, 학생들은 말을 잘 듣는지 물었다—자기 딸이 다니는 학교의 아이들은 무슨 짐승들 같다고, 규율이 없는 게 문제라고 했다. 여기서는 사는 게 너무 편해서 그렇다고도 했다. 나는 내가 가르치는 사람들은 성인들이라고 대답했고, 그는 믿을 수 없다는 듯이 웃음을 터뜨렸다.

"뭘 가르치시는데요? 그 사람들 뒤는 어떻게 닦아주나요?"

그가 말했다.

소설 창작 수업이었다. 매주 나가는 수업이다. 수강생은 열두 명이고 사각형 모양으로 배치된 테이블 주위에 둘러앉는다. 강의실은 5층이었는데, 학기 초에는 수업을 시작할 때 햇빛이 비쳤지만 지금은 어둡다. 창문에는 잔뜩 부풀어오는, 지저분한 노란색 구름을 배경으로 수업 중인 우리의 모습이 번들번들하게 비치곤 한다.

수강생들은 대부분 여성이다. 그들이 하는 말은 집중하기가 어려웠다. 나는 코트를 입고 자리에 앉아 자꾸만 창밖으로 시선을 돌리곤 했다. 낯선 모양의 구름은 밤도 낮도 아닌, 뭔가 중간 단계의 어떤 정적인 상태, 아무런 움직임이나 진전도 없고, 의미 있는 일련의 전개 같은 것이 존재하지 않는 장소에 속한 것 같았다. 아무런 형태도 없는 그 노란 기운은 무無가 아니라, 그보다 나쁜 무언가를 암시했다.

나는 학생들의 이야기를 들으며, 그들은 어떻게 인간적 진실을 믿을 수 있는지, 그래서 그에 대한 환상을 만들어낼 수 있는 것인지 궁금했다. 가끔 그들이 멀리서 나를 흘긋거리는 것 같은 느낌이 들었다. 시간이 지날수록 수강생들이 내게 이야기하지 않고 자기들끼리 이야기하거나, 자신들 사이에 친숙한 분위기를 만들어내는 일이 늘어났다. 그건 내가 만들어 주고 싶었던 분위기였다. 마치 아이들이 무서운 것이 있을 때, '일상적'이라고 배웠던 어떤 규칙과 규제 안으로 스스로 후퇴하는 것과 비슷했다.

수강생들 중 한 명이 리더 역할을 맡고 있음을 알 수 있었다. 그녀는 다른 수강생들에게 차례대로 참여를 요구했다. 그녀는 나의 역할을 대신하고 있었지만, 그 역할을 수행하는 그녀의 방식에는 잘못된 점이 있었다. 그녀는 자의식에 빠진 수강생들을 잠시 거기 머무르게 하는 대신, 끊임없이 개입했다. 강의실에 있는 두 남자 중 한 명이 자신의 개 이야기를 하려 했다.

"그 개의 어떤 점이 흥미롭다고 생각하세요? 그냥 아름다운 개라고는 하지 마세요. 아름답다는 걸 보여주세요."

나의 대역이 물었다. 남자는 알 수 없다는 표정이었다. 40대쯤의, 몸집이 작고, 어린이 같은 외모의 남자였다. 단정하고 왜소한 몸집에 커다란 머리, 동그랗고 주름진 이마 때문에 어린이가 몸집만 커진 것 같았다. 나의 대역은 그의 개가 아름답다는 걸 알 수 있게 묘사해보라고 재촉했다. 그녀는 화려한 목도리와 숄을 두른, 목소리가 큰 여성이었다. 값비싼 장신구도 많이 하고 있어서 팔을 움직일 때마다 절그렁절그렁 소리가 났다.

“그게.”

남자가 자신감 없는 목소리로 입을 열었다.

“녀석은 아주 큽니다. 그렇다고 무겁지는 않고.”

그가 말을 멈추고 고개를 저었다.

“묘사할 수가 없네요. 그냥 아름답습니다.”

나는 개가 무슨 종인지 물었다. 살루키라고 했다.

“아라비아의 사냥개죠. 아랍 문화에서는 아주 칭송받는 종입니다. 어느 정도인가 하면, 그냥 짐승이 아니라 동물과 인간 사이의 존재로 여겨질 정도죠. 예를 들어서, 아랍인들의 천막 숙소에 들어갈 수 있는 동물은 녀석들밖에 없습니다. 녀석들이 들어가 누울 수 있는 자리를 모래에 파주거든요. 아름다운 존재입니다.”

그가 다시 한번 반복했다.

그 개를 어디서 얻었냐고 물었더니 남부 프랑스에서 독일 여성에게 샀다고 했다. 니스 뒤쪽의 산악지대에 살면서, 오직 살루키 새끼들만 기르는 여성이었다.

그는 켄트에 있는 자신의 집에서 밤새 차를 몰아 그곳까지 갔다. 지치고 뻣뻣해진 몸으로 도착했을 때, 그녀가 문을 열어주자마자 살루키 떼가 그녀를 따라 몰려나왔다. 태어난 지 몇 주밖에 지나지 않은 녀석들이었지만 이미 몸집이 컸는데, 그럼에도 마치 유령처럼 민첩하고, 몸이 가볍고, 창백했다. 녀석들이 문간에 선 그를 덮치고는, 좁은 얼굴을 그의 몸에 비비고 앞발로 그를 더듬었다. 그대로 뒤로 넘어질 줄 알았는데, 그 대신 누군가 깃털로 자신을 쓰다듬어주고 있는 것 같은 기분이 들었다. 독일인 여성이 녀석들—모두 아홉 마리였다—을 아주 빈틈없이 길들여놓은 상태였다.

거실의 낮은 탁자에 그에게 대접하기 위한 간단한 음식들이 놓여 있었지만, 아홉 마리의 야수는—그동안 그가 봐왔던 개들과 달리—그 주변에 품위 있게 나란히 앉아서는, 음식을 낚아채려는 시도를 전혀 하지 않았다. 식사 시간이 되면 아홉 개의 밥그릇을 나란히 놓고 사료를 채워주었고, 녀석들은 밥을 먹으라는 신호가 떨어지기 전에는 꼼짝도 하지 않았다. 조련사가 지나갈 때마다 아홉 개의 길고 우아한 코를 동시에 들고, 마치 아홉 개의 컴퍼스처럼 그녀의 움직임을 쫓았다.

그가 머무는 동안 그녀는 그렇게 특별한 짐승을 기르게 된 이야기를 해주었다. 그녀의 남편은 사업가였는데, 일 때문에 종종 중동에 들를 일이 있었다. 그러던 중 부부는 그곳에 정착할 마음으로 이주했다. 두 사람은 오만에서 살았는데, 남편은 계속 사업을 추진했지만 그녀는, 아이도 없고 직업을 구할 수도 없었기 때문에, 딱히 할 일이 없었다. 남편을 따라 외국에 나온 아내들처럼 지내고 싶은 마음은 없었던 것 같다. 대신 그녀는 해변에서 일광욕을 하거나 소설을 읽으며 시간을 보냈다. 아무런 목적이 없는 그런 생활, 그 결과로 주어지는 자유와 쾌적함을, 그녀는 일부러 분석해보지는 않았다.

하지만 그렇게 누워서 책을 보고 있던 어느 날인가, 낯선 그림자, 거의 새의 그림자처럼 보이는 그림자들이 연거푸 그녀가 읽고 있던 책 위로 스쳐 지나갔고, 그녀는 고개를 들어 올려다보지 않을 수 없었다. 거기, 주름 장식 같은 파도 옆의 모래사장을 한 무리의 개들이 달리고 있었다. 너무 조용하고, 가볍고, 빨라서 마치 일종의 환영처럼 보였다. 하지만 개들의 무리 뒤로, 거리를 두고 전통 복장을 입은 아랍인 남자가 천천히 걸어가고 있었다. 그녀가 지켜보는 동안, 남자가 거의 들릴 듯 말 듯한 소리로 개들에게 명령을 내리자, 개들의 무리는 즉시 고개를 돌려 우아한 곡선을 그리며 되돌아왔다. 개들은 남자의 발 앞에 엉덩이를 붙이고 앉아서, 고개를 들고 그의 말에 귀를 기울였다.

그 광경, 거의 침묵에 가까운 통제력과, 거의 신비에 가까운, 하지만 완벽한 훈련의 결과인 상호 교감이 그녀의 뼛속까지 충격을 주었다. 그녀는 아랍 남자에게 가서 말을 걸었고,

거기 뜨겁고 눈부신 해변에서, 살루키 다루는 법을 배우기 시작했다.

"살루키는 사냥개거든요."

수강생이 말을 이었다.

"무리를 지어 독수리나 매의 뒤를 따라 달리는데, 그 새들이 사냥감이 있는 곳으로 안내하는 거예요."

각각의 무리에는 두 마리의 핵심 사냥개가 있어서 녀석들이 달리면서 매의 위치를 확인했다. 그 과정이 얼마나 복잡하고, 얼마나 빨리 이루어지는지에 대해서는 아무리 과장해도 지나치지 않았다. 풍경 위를 물 흐르듯 조용하게 지나가는 살루키 떼는, 죽음처럼 가볍고 엄연해서, 사냥감의 눈과 귀에 띄지 않은 채 다가갔다. 빠른 속도로 달리며 머리 위 매가 보내는 정교한 신호를 알아보는 것은 부담되고 진이 빠지는 일이었다. 두 마리의 핵심 사냥개가 교대로 일했는데, 한 녀석이 잠시 집중력을 놓고 쉬는 동안 다른 녀석이 일하는 식이었다.

그 아이디어, 그러니 매의 신호를 읽는 일을 두 마리가 나눠서한다는 생각이 아주 매력적이라고, 수강생은 말했다. 홀로 있는 의식이 아니라 거의 공유된 상태의 의식이라고 할 만한 그 궁극적 성취는, 너무나 섬세하게 협력하고 있어서, 거의 두 자아가 뒤엉킨 상태라고까지 할 수 있을 것 같았다. 그런 개

념, 분할된 단일체라는 것, 개체의 지각에만 갇혀 있지 않은, 그보다 더 친밀하고 덜 나뉘어 있는 어떤 것, 아주 높은 차원에서만 공유될 수 있는 보편성이라는 것. 그가 만났던 독일인 조련사처럼, 수강생 역시 그런 생각에 매혹되었고, 기꺼이 그 지난한 과정에 동참하고 싶은 마음이 들었다.

자신의 개와도 그런 이상적인 관계를 유지하는 데 성공했는지 내가 묻자, 그는 잠시 말을 멈췄고, 튀어나온 이마의 주름살이 깊어졌다. 그는 자신이 고른 개와 함께 켄트로 돌아왔고, 아내와 상의해 시바라는 이름도 지어주었다. 독일인 여성이 시바를 빈틈없이 조련시켜놓은 상태였다. 시바는 한 번도 두 사람에게 문제를 일으킨 적이 없었고, 부부는 안내받은 대로 하루 두 시간씩 꼭 녀석을 산책시켜주었다.

산책할 때 시바의 목줄을 놓아도 아무 문제가 없었다. 녀석은 이름을 부르면 언제든 돌아왔고, 동네 산책로에 있는 토끼나 다람쥐의 방향을 절대—라고는 할 수 없지만, 아무튼 대부분은—놓치지 않았다. 시바는 밖에 나가면 사람들의 눈길을 끌고 관심을 받았지만, 집에서는 거의 마비 상태라고 할 만큼 무기력했다. 녀석은 언제나 두 사람의 무릎 위, 혹은 침대에 누웠을 때는 두 사람의 몸 위로 늘어져 있었다. 그렇게 커다란 은빛 몸을 걸치고, 마치 뭔가 해달라는 듯, 혹은 그저 무료하다는 듯 길쭉한 머리를 부부에게 들이밀었다.

시바는, 그가 이미 말했듯이, 거의 사람 같았다. 아주 솔직히 말해서, 시바의 잠재력이랄까, 생명체로서 녀석의 우아한 자태는 그들이 살고 있는 세븐오크스 교외 지역에서는 절대 현실이 될 수 없다는 것을 그는 깨닫고 있었다. 마치 그들 부부가 시바라는 흔히 볼 수 없고 이국적인 대상을 잡아서 가둔 것만 같았다. 녀석은 온전히 그들 부부에 의해서가 아니라, 이제는 녀석의 운명이 되어버린 오래된 소유의 역사를 통해 그렇게 갇혔고, 덕분에 녀석의 원래 모습에서 조금씩 멀어진 것 같았다.

독일인 여성은, 살루키 두 마리가 그들 사이에 방금 사냥한 영양 한 마리를 끼고 돌아오는 모습을 본 적이 있다고 그에게 말했다. 그 모습이 너무나 차분하고 조화로워서, 마치 음악이 그대로 눈앞에 펼쳐진 것만 같았다고 했다. 당연히 세븐오크스에는 영양이 없었지만, 그럼에도 그와 아내는 시바를 사랑했고, 능력이 닿는 한 최선을 다해 녀석을 보살펴줄 거라고 했다.

그가 이야기를 마치자 다른 수강생들이 책과 노트를 챙겨서 나갈 채비를 했다. 두 시간이 지난 것이다. 나는 지하철역까지 걸어가 전차를 탔다. 저녁에 어떤 남자를 만나 식사를 할 예정이었다. 잘 모르는 사람이었다. 우리 둘 모두를 아는 친구에게서 내 연락처를 얻었다고 했다.

식당에 도착해보니, 남자는 이미 와서 기다리고 있었다. 그는 책을 읽고 있었는데, 얼른 가방에 집어넣는 바람에 제목까지는 확인할 수 없었다. 그가 하루가 어땠는지 내게 물었고, 나는 나도 모르는 새 아주 피곤했다고, 그래서 저녁에 말을 많이 할 수 없을 것 같다고 말해버렸다. 그는 조금 실망한 듯한 표정을 지어보이며, 외투를 받아줄지 물었다. 나는 그냥 입고 있겠다고 했다. "추워서요. 집이 공사 중인데, 문과 창문을 늘 열어놓고, 난방기를 꺼놨거든요"라고 덧붙였다.

"집이 꼭 묘지처럼 되어버렸어요, 먼지와 냉기뿐인 그런 곳. 먹지도, 자지도, 일하지도 못하거든요—심지어 편하게 앉을 자리도 없어요. 어디를 봐도 집 안 골조가 보여요. 벽과 바닥의 골재가 보이는데, 그래서 집이 무방비 상태가 된 것 같고, 평소라면 벽이나 바닥이 막아줄 기운들이 그대로 통과하는 것 같아요. 공사를 위해서 빚을 졌는데, 당장 그 빚을 갚을 방법은 없고, 그래서 공사를 마친 후에도 그 집에서 편하게 지낼 수 있을지 확신이 없네요. 아이들은 다른 곳에서 지내요."

나는 그에게 매를 쫓는 살루키 이야기도 했다. 매를 쫓는 그 개들만큼 나는 요즘 아이들에게 신경을 쓰고 있는데, 떨어져 있기는 하지만 내 나름대로는 유심히 지켜보고 있다고 했다. 거기에 더해, 아래층에서도 무슨 일인가 벌어지고 있다고, 나는 덧붙였다.

"그 무슨 일은 두 명의 사람이라는 형태로 드러나는데, 그렇다고 그 일에 두 사람의 이름을 붙이고 싶지는 않아요. 그건 차라리 어떤 기운, 뭔가 아주 근원적인 부정적 기운이지만 신기하게도, 뭔가를 만들어내기도 하거든요. 두 사람은 나에 대해 아주 순수한 증오를 품고 있는데, 거의 사랑처럼 느껴지기도 해요. 두 사람은, 어떻게 보면 부모님처럼, 집을 지키는 영혼이라도 된 것처럼 심술궂게 자리를 지키고 있죠. 베케트의 연극에 등장하는, 쓰레기통에서 지내는 네그와 넬처럼요. 제 아이들은 두 사람을 지하 괴물이라고 불러요. 아이들이 아직 어려서 어떤 도덕적 특징을 그대로 한 인물에 투사하곤 하거든요. 어릴 때 읽었던 동화 속 인물들처럼요. 아이들은 여전히 사악함에 어떤 정체를 부여하려고 해요."

내가 말했다.

그는 '사악함'이라는 단어를 듣고는 안경을 벗어 테이블 위에 있던 안경집에 넣었다. 안경을 쓴 모습은 약간 올빼미 같았는데, 안경을 벗으니 다른 뭔가로 보였다.

최근에 사악함에 대해 생각하고 있다고, 나는 말을 이었다.

악이란 의지의 결과가 아니라 오히려 그 반대, 즉 굴복의 결과임을 깨달았다. 그건 노력을 포기하는 것, 욕망 앞에서 자신의 절제력을 놓아버리는 것이었다. 그건, 어떤 의미에서는, 어떤 열정적인 상태였다.

나는 토니가 아래층에 내려갔던 이야기도 했다. 토니는, 두려웠던 것이 틀림없다. 지하 괴물들과 이야기를 나누며, 그는 그들에 저항할 수도 통제할 수도 없었다. 대신 그는 두 사람의 증오에 맞장구를 치며 그들을 진정시켰고, 나중에 내게 자신의 행동을 설명할 때는, 자신의 실패를 의지에 따른 행동, 심지어 영웅적인 행동으로 포장했다. 그도 부분적으로는, 지하 괴물들이 나에 대해 한 이야기에 동의하고 있음을 알 수 있었다. 악에 저항하는 것은 가능하지만, 그러기 위해서는 홀로 행동해야 한다는 것을 나는 깨달았다. 개인의 자격으로 맞서거나 쓰러져야 한다. 악에 맞서려는 시도를 하는 과정에서 모든 것을 걸어야 한다. 어쩌면 사악함이란, 자아를 완전히 희생할 때에만 뒤집을 수 있는 것인지도 모른다. 문제는 적들에게 그보다 더 큰 즐거움을 주는 것은 없다는 점이다.

그는 미소를 지으며 메뉴판을 집어 들었다.

"세상사에 통달하신 것 같네요."

그가 말했다.

그는 내게 뭐가 먹고 싶은지 묻고는, 먼저 샴페인 두 잔을 갖다 달라고 주문했다. 식당은 작고 조명이 은은했다. 부드러운 조명과 테이블을 덮은 천이 내가 전하려는 내용의 모난 부분을 다듬어주는 것 같았다.

그는 우리가 직접 만나기까지 이렇게 오래 걸린 게 이상하다고 했다. 사실, 함께 아는 친구가—지나가듯 말하기는 했지만—둘을 소개한 건 거의 1년 전이었다. 그 이후로, 그는 그 친구에게 몇 번이나 내 전화번호를 알려달라고 했고, 내가 올 것 같은 파티나 저녁식사 자리에도 가봤지만, 그때마다 내가 없다는 사실만 확인했다고 했다. 함께 아는 친구가 왜 그가 내게 직접 연락할 수 없게 했는지 알 수가 없었다. 고의적으로 그렇게 했는지까지는 알 수 없지만, 어쨌든, 그가 내게 연락하려고 할 때마다 이런저런 장애물들이 있었다. 그러다 마침내—여전히 이유는 모른 채—최근에 그 친구에게 다시 한번 내 연락처를 물었고, 이번에는 곧장 받을 수 있었다.

나는 최근의 무력감 때문에 주변 상황이나, 그 상황들이 벌어진 이유를 바라보는 시각이 달라졌다고 했다. 얼마나 달라졌느냐 하면, 이런저런 일들이 풀려가는 것을 보며 다른 사람들이 운명이라고 부르는 것을 보기 시작했을 정도였다. 마치 삶이라는 게 그저 이미 읽었던 것을 확인하는 행위에 불과한 것처럼 느껴졌다. 그 생각—삶을 이미 지침이 정해진 어떤 것으로 보는 생각—이 묘하게 매력적이었다.

그 매력은 타인들을 그저 도덕적인 상징으로 만들어버리고, 무언가를 파괴할 수 있는 그들의 능력을 볼 수 없게 만든다. 하지만 의미에 대한 환상은 반복적으로 일어나고, 거기에 맞설수록 환상도 더 커진다. 마치 어린 시절, 그저 무력함을 경험하며 자아가 형성되는 어떤 시기가 아니라, 무언가를 설명하기 위한 예시로만 기억되는 그 시절과 비슷했다. 오랫동안, 눈앞에 있는 대상의 실제 모습을 보려면, 그 대상을 받아들이기만 하면 되는 걸로 생각해왔다고, 남자에게 말했다.

하지만 집을 수리하면서 소란을 일으키기로 결정하고 나니, 뭔가 다른 현실이 깨어났다. 마치 은신처에서 자고 있던 야수를 깨운 것만 같았다. 나는 사실상, 화가 나기 시작했다. 권력을 욕망하기 시작했다. 그동안 다른 사람들이 줄곧 권력을 가지고 있었다는 것, 내가 운명이라고 부르는 것은 그들의 의지의 메아리에 불과했다는 것을 이제 깨달았기 때문이었다. 그건 어떤 보편적인 이야기꾼이 전하는 이야기가 아니라, 분노가 아닌 절망에 의해 행동하는 사람들, 그를 통해 정의를 가려버리는 사람들이 전하는 이야기였기 때문이었다.

그는 이야기하는 나의 모습을 낯선 눈빛으로 바라보았다.

이탄이나 흙빛을 띤 그 눈빛은 이상하게도 벌거벗은 것처럼 보였는데, 마치 그가 안경을 벗으면서 어른의 모습도 함께 벗어버린 것만 같았다. 테이블에는 이미 음식들이 놓여 있었지만, 종업원이 그것들을 갖다놓은 기억은 없었다. 그는 내가 화에 대한 이야기를 꺼내자 놀란 것 같았다. 성서에도 나오는 단어이며 뭔가 정의로움을 내포하고 있는 단어지만, 그는 늘, 화라는 것이 인간의 성정 중 가장 불가사의하고, 위험한 것이라고 생각하고 있었다고 했다. 왜냐하면 화는 특정한 도덕적 상태에 고정되어 있지 않기 때문이었다.

그의 아버지는 남는 시간에 직접 뭔가를 만들어보는 걸 좋아하는 분이었는데, 마당에 있는 헛간을 작업장으로 개조해서 사용했다. 작업장 안의 물건들은 언제나 가지런히 정리되어 있었다. 공구들은 정해진 자리에 걸려 있고, 다양한 크기의 끌들은 늘 날이 뾰족했고, 못과 나사못도 선반을 따라 크기 순서로 가지런히 놓여 있었다. 따라서 아버지는 눈앞의 작업에 맞는 도구들을 언제든 편하게 집을 수 있었다.

아버지의 이런저런 감정들을 표현할 때도—갑자기 무시무시할 정도로 화를 내거나, 한결같이 재미있는 말을 던질 때 등등—공구들을 쓸 때처럼 미리 생각해둔 대로 하는 것만 같았다. 특히 화를 낼 때는 미리 세심하게 계산해서 내는 것 같았는데, 그런 계산을 했다는 것이 화 자체보다 더 무서웠다. 왜냐하면 화는, 분명, 통제할 수 없는 것이기 때문이다. 아니면, 화를 충분히 통제할 수 있어서 언제, 그리고 어떻게 써야 할지 안다면, 그렇게 화를 내는 것은 죄라고 해야 하지 않을까 싶다고, 그는 말했다.

나는 화라는 단어를 그런 식으로 쓰는 사람은 진짜 오랜만에 만나본다고 했고, 그는 미소를 지었다.

"저는 화를 내는 신이라는 개념은 절대 믿지 않거든요."

그는 아버지와 관련해서 조심하는 법을 익히는 한편, 아버지를 기쁘게 해서 동의를 이끌어내는 법도 익혔다. 아버지의 치밀함 덕분에, 어떤 의미에서는, 그도 뭔가 만드는 일을 즐기게 되었지만, 아버지는 자신의 아름다운 공구들을 맡길 만큼 아들을 믿지는 않았다. 유언장에는 공구들을 모두 사위에게 물려준다고 되어 있었다. 그 사위는 함께 있으면 즐거운 사람이 아니었던 데다가, 1년 후에 그의 여동생과 이혼했기 때문에, 결국 그 공구들은 영원히 그의 집 안에서 사라져버렸다. 아버지는 심지어 본인이 잘못했을 때도 자신이 옳다고 생각하는 사람이었다. 그런 그에게 상징적으로나마 정의가 실현된 일이 있었는데, 아버지가 살아 계셔서 그 일을 목격했다 하더라도, 절대 이해하지 못했을 것이다.

아버지가 돌아가시고 1년 후, 그가 당시의 아내와 두 아이들과 함께 프랑스 시골에서 지낼 때의 일이다. 어느 암울했던 휴일에 나이든 가정부에게 작은 도움을 준 적이 있는데, 그녀가 답례로 다음 날 자동차 뒤에 철제 서랍장을 달고 나타났다. 서랍장 안에는 아름다운 공구들이 들어 있었고, 가정부는 그것들을 그에게 주고 싶다고 했다. 오래전에 죽은 남편이 쓰던 공구들인데, 그동안 그녀는 가질 만한 사람이 나타나기를 기다리며 잘 보관해왔다고 했다.

그가 다섯 살인가 여섯 살 때 부모님은 그와 여동생을 앉혀 놓고 두 사람이 입양된 아이들이라고 말해주었다. 그때까지 모범적인 아들이자 학생이었던 그는, 열일곱인가 열여덟 살 때 그런 착한 짓을 그만하기로 했다. 파티에 다니고, 담배와 술을 시작하고, 시험에 낙제하고 대학에 갈 기회를 놓쳤다. 아버지는 즉시 그를 집에서 쫓아냈고 다시는 받아들이지 않았다. 그런 일들을 겪으며 그가 알게 된 정의란 복수라기보다는 오히려 그 반대였다. 그는 자유로워지기 위해서, 스스로 용서하는 능력을 키우려고 노력했다.

나는 용서라는 것이 결국은 용서할 수 없는 대상에 대해 더욱 취약하게 만들 뿐인 것 같다고 말했다. 아시시의 프란체스코*의 아버지는 아들을 쫓아냈을 뿐 아니라, 부모 노릇을 하며 들였던 비용을 청구하기 위해 법정에까지 데리고 갔다. 그 비용이라는 것이 고작 아들이 입고 있는 옷 한 벌뿐이었지만 말이다. 성 프란체스코는 법정에서 그 옷을 벗어서 아버지에게 돌려주었다. 그 후로 그가 살았던 삶에 대해 사람들은 순수함이라고 하지만, 내가 보기에 그건 순수한 허무주의 같다고 했다.

그는 다시 미소를 지었고, 고르지 못한 치열이 보였다. 그가 말했던 반항과 자포자기의 시기와 어느 정도 관련이 있는 것 같았다. 그는 지금도 아버지 옷을 가지고 있고, 실제로 입고 다니기도 한다고 했다. 아버지는 그보다 키도 크고 덩치가 좋았다. 그 옷들을 입으면 어쩐지 아버지의 좋은 점들을 자신의 몸에 두르는 것 같은 기분이 들었다. 신체적인 면이나 도덕적인 면에서 강인했던 아버지의 모습을 말이다.

나는 생부모를 찾아보려고 해본 적이 있는지 물었다. 그는 양아버지가 돌아가시고 난 40대 초반에야 그들을 찾았는데, 그때는 이미 생부도 사망한 상태였다고 했다. 생모에 대한 기록은 찾을 수 없었다. 생부의 쌍둥이 형제가 아직 살아계셨는데, 미들랜드에 있는 단층집으로 찾아가 거기서, 호사스런 카

* 프란체스코회의 창시자.

펫이 깔려 있고 그가 있는 동안 내내 텔레비전이 켜져 있던 거실에서, 난생처음으로 혈육을 만날 수 있었다.

입양기관의 자료도 조사했는데, 그 결과 그가 태어날 무렵에 그곳에서 일했던 여성과 연락이 닿았다. 그녀는 실제로 아이가 전달되었던 방에 대한 이야기를 해주었다. 계단을 몇 층 올라가야 나오는 방이었는데, 아이의 생모가 아이를 안은 채 그 계단을 올라갔다고 한다. 꼭대기 방에 도착하면, 방에는 나무 벤치를 제외하고는 아무것도 없었다. 엄마가 아이를 그 벤치에 놓고 방을 나와, 다시 계단을 다 내려오면 그때 옆방에 있던—계속 거기서 기다리고 있었다—양부모가 아이가 있는 방으로 들어가 벤치에서 아이를 안고 나왔다.

양부모가 그를 입양했을 때 그는 생후 6주였고, 양부모는 생모가 지어준 이름 대신 그들이 원했던 이름을 새로 붙여주었다. 양부모는 그가 처음 집에 왔을 때 울음을 그치지 않았다고 했다. 밤낮으로 울음을 그치지 않아 그들이 아이를 입양하기로 한 게 실수가 아니었을까 하는 생각까지 할 정도였다. 그는 자신이 바로 그때쯤 울기를 멈췄던 것 같기도 하다고—생후 두 달 된 아기에게 살아남으려는 의지를 부여하는 것이 지나친 비약이 아니라면—말했다. 1년 후 양부모는 여자아이—그러니까 그와는 피가 섞이지 않은 여동생—를 입양했고, 가족은 완성된 것처럼 보였다. 나는 생모가 지어준 이름이 뭐였는지 말해줄 수 있냐고 물었다. 그는 잠시 벌거벗은 듯한 눈빛으로 나를 보다가, "존이오"라고 대답했다.

입양에 관한 글이 하나 있는데, 지금 어린 시절을 다시 떠올려보면 그건 거의 이론적 예시들의 연속이었던 것 같았다. 당시에는 현실로 보였던 것들이 이제는—어떤 면에서 보면—거의 하나의 놀이, 혹은 은폐된 진실만 있는 드라마처럼 보였다. 그건 마치 누군가 안대로 눈을 가리고 있고, 나머지 사람들은 그가 더듬거리며 자신들—관객들—은 이미 알고 있는 무언가를 찾아 헤매는 과정을 지켜보는 놀이 같았다.

여동생은 그와 아주 달라서, 순종적이지 않고 거칠었다. 나중에 그는 그런 관계가 입양된 형제자매 사이에서 아주 흔하게 보이는 것이라는 이야기를 읽었다. 한 명이 순종적인 역할을, 다른 한 명이 반항하는 역할을 맡는 것이다. 10대 때의 폭발, 내성적이고, 다른 사람을 기쁘게 하려는 욕심, 여자들에 대한 감정, 두 번의 결혼과 이혼, 심지어 마음속 깊은 곳에 있는 뭐라 이름 붙일 수 없는 감정, 그가 가장 자기다운 모습이라고 생각하는 그 모든 것이 사실상 미리 정해져 있었고, 일어나기도 전에 이미 설명되어 있었다.

최근에 그는 자신이 평생 고수해온 윤리관에서 점점 멀어지고 있다고 생각했는데, 모든 것이 미리 정해져 있었다는 느낌 때문에 의지를 가지는 것이 아무 의미 없는 일처럼 느껴졌기 때문이다. 내가 수동성에 대해 이야기했을 때, 그는 한 대 맞은 것 같은 기분이 들었다고, 하지만 그의 경우에, 그런 수동성 때문에 현실이 부조리해 보였다고 덧붙였다.

그는 아무것도 먹지 않았다. 반면 나는 앞에 놓인 음식을 모두 먹었다. 종업원이 다가왔고, 그는 자기 음식을 치워달라고 손짓했다. 그와 여동생은 아주 다른 삶을 살아왔지만, 그럼에도 이상하게 서로를 비추는 거울처럼 살기도 했다고, 그는 내 질문에 답이라도 하듯이 말했다. 여동생은 항공사 승무원이었고, 그 역시 전 세계에서 열리는 모임이나 회의에 참석하느라 거의 비행기에서 시간을 보냈다.

"우리 둘 다 어디에도 속하지 못하거든요."

그가 말했다. 그와 마찬가지로, 여동생도 결혼과 이혼을 두 번 했고, 자주 돌아다니는 것을 제외하면 둘 사이의 공통점은 그것밖에 없었다. 하지만 어릴 때는 둘은 열정적으로, 불순한 사랑을 하곤 했다. 아주 가끔은, 부모님이 둘만 남겨놓고 외출했을 때, 둘이서 전축을 틀어놓은 채 발가벗고 춤을 추었던 게 기억난다고, 그는 말했다. 둘은 미친 듯이, 아주 거칠게 춤을 췄고, 목이 쉴 정도로 웃었다. 서로 손을 잡고 침대 위에서 뛰기도 했다. 여섯 살인가 일곱 살 때, 둘은 어른이 되면 결혼하기로 약속했다. 그가 나를 보며 미소를 지어보였다.

"어디 가서 한잔할까요?"

그가 물었다.

우리는 외투와 가방을 챙겨 들고 식당을 나왔다. 어둡고 바람이 부는 거리에서 그는 잠시 멈췄다.

"여기에요. 바로 여긴데, 기억나세요?"

우리는 1년 전, 우리가 만났던 바로 그 자리에 있었다. 그때 나는 세워둔 자동차 옆 보도에 서 있었다. 자동차 키를 잃어버리는 바람에 견인차를 기다리고 있던 참이었다. 당시 함께 있던 남자는, 잠긴 차 안에 있던 자신의 가방을 꺼내기 위해, 근처 공사장에서 가지고 온 벽돌 조각으로 차창을 깨버렸다. 그는 나를 남겨놓고 가버렸고—반드시 가봐야 할 중요한 약속이 있다고 했다—나는 그가 한 짓을 이해하긴 했지만, 그럼에도 그를 용서할 수는 없었다. 창문이 깨지면서 경보가 울렸고, 나는 귀를 찢을 듯한 경보음을 들으며 차 옆에 세 시간을 서 있었다.

어느 순간엔가, 아는 사람—우리 둘이 함께 아는 그 친구—이 길 건너편 카페에서 나왔다. 다른 남자와 함께였는데, 나를 발견한 두 사람은 길을 건너와 내게 말을 걸었다. 나는 함께 아는 친구에게 상황을 이야기했고, 내가 기억하기로는, 이야기를 하는 동안 점점 그의 일행을 의식하기 시작했고, 나중에는 그 일행에게 이야기를 하고 있었다. 바로 그 일행이 지금 내 옆에 서 있는 남자다. 그는 그래서 특별히 좀전의 식당을 고른 거라고, 미소를 지으며 말했다. 자동차 옆에서 있었던 그 대화 이후에, 이 남자와 함께 아는 친구는 가던 길을 갔는데, 모퉁이를 돌자마자 이 남자가 함께 아는 친구에게 돌아가서 나를 도와줘야 한다고 이야기했다고 했다.

"하지만 무슨 이유에선가, 그렇게 하지를 못했어요. 억지로라도 그 친구를 끌고 갔어야 했는데, 강하게 이야기를 했어야 했는데 말입니다."

그가 지금 말했다.

그렇게 물러났던 순간을 되돌리는 데 꼬박 1년이 걸렸다. 그는 나를 다시 만나기가 그렇게 어려웠던 것도, 거의 범죄나 다름없었던 그 행동에 대한 벌이라고 해석했다. 하지만 이제는 그 형기를 다 마친 것 같다고, 그는 말했다.

그가 손을 내밀었고, 그 손가락이 내 팔을 감싸는 것이 느껴졌다. 그의 손은 단단하고, 무거운, 고대 조각상의 대리석 손 같았다. 나는 그 손과, 짙은 색 양모로 된 그의 코트 소매와, 두툼한 그의 어깨를 바라보았다. 마치 직선으로 추락하다가 마침내 완만하게 방향을 바꾼 자동차의 조수석에 앉은 것처럼, 폭포 같은 안도감이 나를 거칠게 휘감았다.

"파예."

그가 말했다.

나중에, 집에 돌아와 어둠 속에 들어섰을 때, 토니가 바닥의 건물 뼈대 위에 단열재를 깔아놓았음을 알 수 있었다. 단열재는 완벽하게 고정되고, 틈새까지 꼼꼼하게 마무리되어 있었다. 바닥 작업을 하느라 토니와 파벨은 늦게까지 머물렀을 것이다. 방들은 조용했고, 발밑은 단단했다. 새로 깐 바닥 위를 걸어보았다. 뒷문을 열고 나가 바깥 계단에 앉았다. 이제 하늘은 맑고 별들이 가득했다. 그렇게 앉아 별들을, 깊이를 알 수 없는 어둠 속에서 빛나는 점들을 바라보았다.

아래층 문이 열리고 발소리가 들렸다. 어둠 속에서 폴라의 무거운 숨소리가 들렸다. 그녀가 두 집 정원의 경계가 되는 담장 가까이 다가왔다. 그녀는 나를 볼 수 없었겠지만, 내가 거기 있다는 것은 알았을 것이다. 담장을 마주하고 있는 그녀의 웃소리와 숨소리가 들렸다.

"씨발 썅년."

그녀가 말했다.

금요일 밤에 나는 런던 외곽의 서쪽에 사는 사촌 로렌스를 만나러 갔다. 로렌스는 최근에 아내 수지와 헤어지고 엘로이즈라는 새 여자와 지내기 위해 이사를 했는데, 그 과정에서 월트셔 마을을 떠나 몇 킬로미터 떨어진 곳에 있는 비슷한 규모와 유형의 다른 마을로 옮겨야만 했다. 그런 결정으로 친구와 친척들을 깜짝 놀라게 하고, 그들의 분노를 불러일으켰지만, 로렌스의 생활은 그런 것에 전혀 영향을 받지 않는 것 같았고, 이전과 비슷하게 흘러가는 것처럼 보였다.

"새 동네가 전 동네보다 더 근사하고 그림 같아. 코츠월드 구릉지와도 가깝고, 덜 망가졌어."

로렌스가 말했다. 로렌스와 엘로이즈, 그리고 엘로이즈의 두 아이가 새로운 가정을 이뤘고, 로렌스의 어린 딸은 엄마 집과 아빠 집을 오가며 지냈다.

지난해 여름의 어느 저녁, 옛날 집 주방에 길게 늘어진 그늘에 서서 로렌스의 전화를 받을 때 나는 이미 어떤 예감이 들었다. 마치 처음 들어보는 것 같은 목소리였다. 어디냐고 물었더니, 로마라고 했다. 실제로 목소리 뒤로 도시의 소음이 들리기도 했지만, 로렌스가 홀로, 사방에 아무것도 없는 곳에서 그 빈 공간을 두려움과 공포에 싸인 채 바라보고 있는 것만 같았던 첫인상은 그대로 남았다. 그는 로마에서 뭘 하고 있냐는 내 물음에는 답하지 않았고, 나는 결혼 생활이 끝장날 것 같다는 그의 이야기를 말없이 들었다. 사랑하는 여인과 함께 지내기 위해서라고 했다. 위기는 몇 달 전부터 시작됐지만, 그곳 로마에서 드디어 한계점을 지나 폭발했다고, 그는 말했다. 문제의 여인, 엘로이즈도 로마에 함께 있지만—로렌스의 출장에 엘로이즈가 따라간 것이었는데, 수지는 그 사실을 모르고 있었다—생각할 시간이 필요해서 혼자 산책 나온 거라고 했다. 산책 중에 내게 전화를 건 거였다.

"여기는 38도야, 모든 게 비현실적으로 느껴지네. 방금 정신을 잃고 길에 쓰러져서 흙투성이가 된 여자를 봤어. 내가 어디 있는지도 모르겠다. 해는 졌는데, 무슨 까닭인지 어둡지는 않네. 이 세상 아닌 곳에서 오는 빛 같아. 시간도 멈춘 것 같고."

로렌스가 말했다.

나는 그 말이, 미래가 어찌될지 알 수 없다는, 상상도 할 수 없다는 뜻일 거라고 짐작했다.

"괜찮아."

내가 말했다.

"괜찮은지 아닌지 모르겠어."

그가 말했다.

그렇게 전화를 통해 그는 당시 읽고 있던 카를 융에 대한 책 이야기를 했다.

"내 인생은 온통 거짓이야."

그가 말했다.

그런 인식도 거짓이 아니라고 믿을 이유가 없다고, 내가 말했다.

"이건 자유에 대한 이야기야."

그가 말했다.

"자유라는 건, 한 번 떠나고 나면 다시는 되돌아갈 수 없는 집 같은 거지."

내가 말했다.

"정말, 정말 어떻게 해야 할지 모르겠어."

그가 말했다.

하지만 그는 이미 마음을 굳힌 것 같았다.

그 이후로 로렌스를 자주 만나지는 못했지만, 내가 아는 한 그와 엘로이즈는 함께 평화롭게 지냈다. 수지의 분노도 어느 순간 멈춰서, 둘의 행복을 완전히 무너뜨리지는 못했다. 초반에 한 번은 수지가 내게 전화를 걸어 자신의 입장을 전한 적이 있었는데, 길고 야단스럽게 이야기를 늘어놓는 바람에 본인의 의도와 다르게, 로렌스가 안됐다는 생각이 들게 만들었다. 그녀는 친구와 친척들에게도 전화를 한 것 같았는데, 모두 비슷하게 실패하고 말았다.

로렌스는 그런 공격을 말없이 침울하게 견뎠고, 얼마 동안은 항상 이를 악다문 굳은 표정으로 지냈다. 수지는 재정적인 면에서 그를 완전히 거덜 냈고, 그걸로 만족했는지는 알 수 없지만, 어쨌든 진정된 상태로 물러났다. 로렌스는 고급스러운 것들을 좋아했는데, 돈을 잃어버린 게 그에게 어떤 영향을 미쳤는지 몰라도, 아무튼 자신과 엘로이즈가 어렵게 지내고 있다는 식의 말은 전혀 하지 않았다.

자동차전용도로에서 벗어나자 좁고 구불구불한 길들이 이어졌다. 사람들이 정착한 동네는 전혀 없을 것 같고, 대신 짙은 안개에 뒤덮인 시골 풍경만 길게 이어졌다. 가끔씩 반대편 차로에서 차들이 나타나, 하얀 안개 뒤로 단조로운 노란색 전조등이 비쳤다. 안개에 가린 나무들이 길을 따라, 얼음 속에 갇힌 것처럼, 희미하게 보였다. 몇몇 지점에서는 안개가 너무 짙어 앞을 분간할 수 없었다. 짐작으로 길을 느끼며 차를 몰았는데, 갑자기 곡선도로가 나타날 때는 도로 경계에 거의 부딪힐 뻔한 적도 있었다. 도로는 바로 앞만 보이는 상태에서 견딜 수 없을 만큼 느리고 단조롭게 이어졌다. 어느 순간에든 뭔가를 들이받을 것만 같았다. 위험하다는 느낌과 즐겁다고 할 기대감이 뒤섞였는데, 마치 구속이나 장애물들이 떨어져나가고, 경계선이 무너지고 그 너머에는 편안한 안도감이 있을 것 같았다.

휴대전화에 문자가 도착했다. '조심해'라고 적혀 있었다. 로렌스의 집에 도착했을 때 나는 떨리는 손으로 시동을 끄고, 자갈이 깔린 진입로의 고요한 침묵 속에서 노랗게 빛나는 창을 바라보며 앉아 있었다.

잠시 후 로렌스가 나왔다. 그의 창백한 얼굴이 상황을 알아보려는 듯 차창을 살폈다. 집은 길쭉한 농가였는데, 오래되서 여기저기 튀어나온 벽돌로 지었고, 마당을 따라 담장이 둘러져 있었다. 어둡고 안개까지 끼어 있었지만, 관리가 잘 된 흠잡을 데 없는 집이라는 것은 분명해 보였다.

현관문 위에 달아놓은 전조등에 밝은 불이 들어왔다. 자갈은 갈퀴질이 되어 있고 덤불과 울타리도 부드러운 모양으로 정리되어 있었다. 로렌스는 손에 담배를 들고 있었다. 내가 차에서 내리고, 우리는 그가 담배를 다 피울 때까지 함께 기다렸다.

"엘로이즈가 나 담배 피우는 거 싫어해서 말이야. 담배 피우는 걸 보면 여전히 우리 삶이 위기에 처한 것처럼 느껴진대. 그게 위기라면, 아마 끝나지 않는 위기일 거야."

로렌스가 담배꽁초를 어둠 속에 던지며 덧붙였다.

로렌스는 살이 빠진 것처럼 보였다. 비싼 옷을 입고, 외모도 과거보다 매끈하고 깔끔해진 것 같았다. 그에게서는 조금은 과장된 활기라고 할까, 거의 격앙에 가까운 어떤 기운이 느껴졌다. 위기가 아니라고 말은 했지만, 자신의 시골집 마당에 선 그는 중산층 삶을 소재로 한 드라마의 배우처럼 보이기는 했다. 나 말고도 다른 손님이 있다고, 로렌스는 집 안으로 들어가기 전에 말했다. 런던에서 온 엘로이즈의 친구와, 같은 동네에 사는 지인이었다. 그 지인은 엘로이즈와 그를 만나게 해준 사람이었고, 자주 두 사람의 집을 찾았다.

"막 축하주를 마시려던 참이었어."

로렌스가 쓴웃음 같은 미소를 지으며 말했다.

그가 커다랗고 옹이가 진 현관문을 열어주었고, 우리는 어두운 복도를 지나 빛이 새어나오는 또 다른 문으로 향했다. 문

뒤에서 음악과 말소리가 들렸다. 거실은 천장이 낮고, 촛불을 너무 많이 켜놓아서 순간 불이라도 난 줄 알았다. 아주 따뜻했고, 로렌스의 이전 생활에서는 볼 수 없었던 가구들이 가득했다. 현대적인, 정육면체 형태의 소파, 유리와 철제로 된 커다란 커피 테이블, 모피로 된 러그가 있고, 벽에는 익숙하지 않은 현대미술 작품들이 많이 걸려 있었다.

나는 로렌스가 마치 연극무대를 꾸미듯 그런 것들을 짧은 시간에 마련한 것이 신기했다. 모든 곳에 초가 놓여 있어서, 마치 불붙은 하얀 기둥들이 줄지어 서 있는 것만 같았다. 유리로 된 커피테이블에는 초가 너무 많아서, 마치 불꽃이 한 덩어리인 것처럼 보였다.

엘로이즈와 다른 여성 두 명이 테이블에 둘러앉아 샴페인을 마시고 있었다. 방 한쪽 편에는 아이들이 무리지어 앉거나 누워서 게임을 하고 있고, 그 옆에는 조금 더 나이가 든 여자아이가 의자에 앉아 있었다. 그 아이는 놀랄 만큼 곧게 뻗은 붉은색 머리칼을 허리까지 늘어뜨리고, 소매가 없는 아주 짧은 빨간색 원피스를 입고 있었는데, 크고 새하얀 팔다리가 고스란히 드러나 있었다. 신발은 끈으로 이어놓은 것 같은 하이힐이었는데, 굽이 너무 높아서 그걸 신고는 몇 걸음 이상 옮기기 힘들 것 같았다.

엘로이즈가 일어나 나를 맞아주었다. 다른 여성 둘은 그대로 앉아 있었다. 엘로이즈는 우아하게 차려입고, 화장에도 공을 들인 상태였다. 그녀의 두 친구도 원피스 차림에 하이힐을 신고 있었다. 모두 어둡고 안개에 잠긴 그 시골에서 저녁을 먹기보다는, 성대한 파티에라도 갈 것처럼 보였다. 그들을 우러러볼 사람이 아무도 없다는 걸 생각하면 그건 낭비 같기도 했다. 엘로이즈가 가까이 다가와 내 옷을 만져보고는 혀를 찼다.

"늘 어두운 색이네요."

그녀가 말했다. 그녀의 향수 향이 느껴졌다. 엘로이즈 본인은 크림색 편물로 짠 니트 원피스를 입고 있었다. 그녀가 더 가까이 다가와 내 얼굴을 살폈다. 손톱 끝으로 내 볼을 살짝 긁은 다음 한발 물러나서 손끝을 유심히 들여다보았다.

"볼에 무슨 화장을 한 건지 궁금해서요. 얼굴이 너무 창백해요. 이런 옷 때문에."

그녀가 말했다.

"사람이 생기가 빠져서."

그녀가 다시 내 옷을 만지며 덧붙였다.

엘로이즈가 나를 두 친구에게 소개했다. 두 사람은 일어나지 않고 소파에 몸을 묻은 채 길고 하얀 맨살이 드러난 팔을 뻗어, 매니큐어를 바른 손으로 나와 악수했다. 둘 중 한 명은 피부색이 짙고 아주 날씬했는데, 입술에는 방금 립스틱을 바른 듯했고, 길고, 좁고, 각진 얼굴이었다. 그녀는 꽉 끼는 호피무늬 원피스를 입고, 근육질의 목에는 옷깃 같은 무거운 금색 목걸이를 하고 있었다. 다른 한 명은 밝은 빛 머리에 힘을 준, 진지한 북유럽 미인이었는데, 몸에 꼭 맞는 흰색 원피스 덕분에 그런 면모가 더욱 두드러져 보였다.

아이들은 잠시 놀이를 멈췄고, 등에 모슬린으로 된 날개를 단 여자아이 하나가 아이들 무리에서 떨어져 나와 우리 옆에 와서 섰다. 머리칼이 밝은 여인이 아이에게 외국어로 뭐라고 말했고, 아이는 짜증스럽다는 투로 대답했다. 잠시 후 아이는 소파 등받이로 올라갔는데, 여인은 애써 무시하려고 했지만, 결국 아이는 여인 뒤로 가서 그녀의 목을 팔로 감은 채 그녀 위로 몸을 던졌다.

"엘라!"

놀란 여인이 소리쳤다. 여인은 아이를 떼어내려 했지만 허사였다.

"엘라, 무슨 짓이야?"

아이는 미친 듯이 웃음을 터뜨리며, 입을 벌리고 고개를 젖힌 채 여인의 등 뒤에 매달렸다. 분홍색 잇몸에 난 작은 이들이 보였다. 아이는 여인의 어깨에 올라타고는, 여전히 목을 감은 채, 몸을 던져 여인의 무릎 위로 자리를 옮겼고, 그대로 몸부림치며 제멋대로 다리를 버둥거렸다. 여인은 상황을 통제할 의지가 없거나, 그렇게 할 능력이 없는 것 같았고, 따라서 마치 아무 일도 없는 것처럼 행동하는 것 외에는 대안이 없었다.

"런던에서 여기까지 운전해서 오셨어요?"

그녀가, 무릎에서 발버둥치는 아이를 매단 채 힘겹게 물었다.

아이가 여인의 목을 너무 세게 감고 있어서, 말 그대로 질식시키려는 것처럼 보였기 때문에 나는 태연할 수가 없었다. 다행스럽게도 마침 그때 옆을 지나가던 로렌스가, 날개를 단 아이를 아무렇지도 않게 여인에게서 떼어내고는, 갑자기 얌전해져서는 다리까지 절뚝거리는 아이를 원래 있던 한쪽 구석으로 씩씩하게 데리고 갔다. 여인은 붉은 자국이 여기저기 생긴 자신의 목을 쓰다듬었다.

"로렌스가 엘라랑 잘 통해요."

그녀는 온화하고 거의 무관심하게, 마치 방금 일어난 일이 자신이 직접 겪은 일이 아니라, 그저 구경한 일에 불과했다는 듯이 말했다. 점잖은 말투에는 약간의 외국인 억양이 전해졌다.

"로렌스의 권위를 알고 있지만, 두려워하지는 않는 거죠."

그녀의 이름은 버지드였다. 그녀는 로렌스가 엘로이즈와 사귀게 되면서, 지난 몇 년간 로렌스의 행동이나 성격을 가까이에서 살펴볼 수 있었다고 했다. 엘로이즈는 그녀의 오래된 친구인데, 로렌스가 충분히 좋은 남자인지를 확인하고 싶어 했다. 로렌스는 초반에는 자신을 평가하고, 자신의 말이나 행동에 트집을 잡는 것 같은 버지드의 태도에 거부감을 드러냈지만, 시간이 지나면서 둘은 친해졌고, 엘로이즈가 잠자리에 들고 나서도 둘이서 늦게까지 이야기를 나누곤 했다. 둘째 아들이 수면장애가 있어서 밤에 몇 번씩 깨기 때문에 엘로이즈는 자주 피곤해했다고, 버지드는 알려주었다. 그런가하면 큰 아들은 학교생활을 힘들어했다. 엘로이즈는 직접 로렌스—그는 자기 고집이 있는 남자였다—에 맞설 여력이 없었기 때문에, 버지드가 대신 나선 것이었다.

"전에도 엘로이즈의 그런 모습을 본 적이 있어요. 남자들은 엘로이즈가 독립된 여성이라는 인상을 풍기지만 사실은 완벽히 순종적인 여자라서 좋아하거든요. 나쁜 남자들이 좋아하는 여자죠."

버지드가 말했다.

"지난번 남편은 완전 쓰레기였어요."

그녀가 작은 코를 쫑긋거리며 덧붙였다.

버지드는 눈이 유난히 옆으로 길고 가늘었으며, 색깔은 지상의 색이 아닌 것 같은 옅은 녹색이었다. 머리칼도 밝은색이었는데—거의 흰색이었다—촛불에 비친 그녀의 피부는 매끄럽고 단단한 대리석 같았다. 내가 어디 출신인지 묻자 그녀는 스웨덴에서 태어나고 자랐지만, 열여덟 살 때부터 영국에서 살고 있다고 했다. 영국에 있는 대학에 진학했고, 첫 학기에 남편—동료 학생이었다—을 만났다. 방학 중에 결혼한 그들은 남편과 아내가 되어 다시 학교로 돌아왔고, 다른 동료 학생들을 놀라게 했다. 남편 조너선은 오늘 저녁엔 함께 올 수 없었다고, 그녀는 덧붙였다. 일이 너무 많고, 엘로이즈와 엘라 둘이서 다녀오는 것도 좋을 것 같다고 남편은 말했다고 했다. 엘라와 단둘이 차를 타고 어디를 가본 적은 없었기 때문에 운전을 하지 않고, 둘이서 기차를 타고 왔다.

"그래서 운전해서 오신 건지 여쭤본 거예요. 저는 운전하는 게 두려웠거든요."

그녀가 말했다.

나는 두려운 게 당연하다고 대답했고, 그녀는 흔들림 없이 침착한 자세로 고개를 가로저었다.

"뭔가 두렵다는 건, 그 일을 꼭 해야 한다는 신호죠."

그녀가 말했다.

그녀는 내내 그런 원칙에 따라 살아왔지만, 엘라가 태어난 후에는 그걸 고수하기가 어려웠다고 덧붙였다. 조너선과 그녀는 오랫동안 아이를 기다려왔다. 자신이 임신했다는 걸 안 건 마흔 살 생일이었다.

"거의 마지막 기회라고 할 수 있었죠."

그녀가 말했다. 물론 둘째를 가진다는 건 생물학적으로 불가능하겠지만—그녀는 마흔넷이었다—가지고 싶은 마음도 없다고 했다. 거의 20년 이상을 둘이서만 살던 부부의 삶에, 엘라를 챙기는 것만으로도 충분했다. 그들은 더 이상 열여덟 살 때처럼 유연하지 않았다. 이미 정착한 무언가에 새로운 요소를 더하는 것이 너무나 힘들었다.

"조너선과 제가 저희 방식 안에서 굳어졌다는 뜻은 아니지만, 그땐 그대로 아주 행복했거든요."

그녀가 덧붙였다.

그녀가 샴페인 잔을 들어 천천히 한 모금 들이켰다. 그녀 뒤로, 창문에는 안개가 장막처럼 드리워져 있었다. 나는 그녀의 나이를 듣고 놀랐다. 그보다 열 살은 젊을 거라고 예상했다. 하지만 그 젊음은 적극적으로 유지하려고 애쓴 활기찬 젊음은 아니었다. 그녀는 그저 그동안 노출을 피해온 사람, 햇빛을 한 번도 보지 못했던 커튼의 접힌 부분처럼 보였다.

나는 그녀가 스웨덴에는 얼마나 자주 가는지 물었다.

"아주 가끔요."

그녀가 대답했다. 가끔 엘라와 스웨덴어로 이야기하는 경우는 있지만, 그걸 제외하면 스웨덴에서의 과거와 연결고리는 거의 없었다. 남편—엘라의 아버지—은 영국 사람이었고, 두 사람이 그렇게 어린 나이에 결혼했기 때문에, 영국이 그녀의 성인으로서의 삶을 펼쳐진 무대였다면, 스웨덴은 거의 어린 시절을 대변하는 곳이었다. 아버지가 스웨덴에 살고 있고, 몇몇 형제자매들도—모두 다섯 남매였다—있었지만, 하는 일 때문에 가족들을 찾아갈 시간을 내기가 어려웠다.

조너선과 함께 시간을 낼 수 있다면 차라리 따뜻하고 이국적인 곳—태국이나 인도—으로 떠나고 싶다고, 그녀는 말했다. 물론 이제 엘라가 있으니까 그런 여행도 비현실적일 것 같지만 말이다. 뿐만 아니라, 그녀는 가족들의 변한 모습을 확인하는 것이 내키지 않았다. 자신의 어린 시절을 그때 모습 그대로 기억하고 싶다고 했다.

방 한쪽에서는 뭔가 의견 충돌이 일어났다. 엘로이즈의 아들 중 한 명이 울음을 터뜨렸다. 나머지 아이들은 로렌스의 딸과 장난감을 놓고 다투다가, 결국 장난감이 부서졌고, 로렌스의 딸은 뒤로 넘어지며 역시 울음을 터뜨렸다. 버지드의 딸은 자기보다 나이 많은 남자아이를 야단치는 듯 플라스틱 막대기로 때렸다. 빨간 원피스를 입은 여자아이는 의자에 앉아 꼼짝도 하지 않은 채, 눈을 크게 뜨고 아무 표정 없는 얼굴로 그 광경을 지켜보기만 했다. 아이는 고개를 들고 있었고, 빨간 머리칼은 미동도 없었다. 두 손은 무릎 위에 가지런히 모으고 있었고, 하이힐을 신은 기다란 맨다리도 딱 붙이고 있었다. 허술한 옷차림이었지만, 아이는 그 옷 안에 갇힌 것만 같았다.

엘로이즈가 상황을 수습하러 갔지만, 잠시 후 모두의 공격을 받았다. 둘째 아들은 그녀의 옷을 잡고 매달렸고, 첫째 아들은 작고 하얀 주먹으로 그녀의 엉덩이를 마구 때렸다. 아이들은 모두 목청껏 자기의 억울함을 호소했다. 호피무늬 원피스를 입은 여인이 샴페인 잔을 들고 소파에서 몸을 돌려 방 반대편의 빨간 머리 여자아이에게 말했다. 가는 몸집에 비해 놀랄 만큼 큰 목소리였다.

"헨리에타! 헨리에타! 동생들 잘 돌봐야지, 아가, 그렇지?"

헨리에타가 눈을 더 크게 뜨고 호피무늬 여인을 쳐다보고는, 아이들 쪽으로 고개를 돌렸다. 아이가 겨우 입술을 움직이며 뭐라고 말을 했지만, 아무도 신경 쓰지 않았다.

"솔직히."

호피무늬 여인이 다시 몸을 돌리며 말했다.

"말해봤자 무슨 소용인가 싶지만."

로렌스는 샴페인 잔을 들고, 다리를 꼰 채 소파에 등을 기대고 앉아 있었다. 방 반대편에서 엘로이즈가 고생하고 있는 것은 알아차리지 못한 것 같았다.

"로렌스, 가서 좀 도와줘요."

버지드가 말했다.

로렌스가 조금은 심통 맞은 미소를 지었다.

"아이들 싸움에는 관여하지 않기로 했어요."

그가 말했다.

"그래도 그냥 엘로이즈 혼자 감당하게 하면 안 되죠."

버지드가 말했다.

"본인이 약속을 어긴 거니까, 알아서 해야죠."

엘로이즈의 아들이 바닥에서 발을 떼고, 그녀의 원피스에 매달렸다. 느슨한 옷감이 단번에 미끄러지며, 레이스가 달린 자줏빛 브라를 걸친 창백한 가슴이 그대로 드러났다.

"너무해."

버지드가 중얼거리며 고개를 돌렸다.

"본인이 감당해야죠."

로렌스는 그렇게만 말하고 입을 다물었다.

엘로이즈가 원피스 앞을 부여잡고 하이힐 신은 발로 서둘러 지나갔다. 몇 분 후 그녀는 옷을 갈아입고 다시 나타났다.

"근사한 옷이네요."

호피무늬 여인이 그렇게 말하면서 손을 뻗어 엘로이즈의 원피스 옷감을 만져봤다.

"전에 본 적이 있었나?"

엘로이즈가 자리에 앉자마자 로렌스가 일어났다. 마치 그녀와 정반대로 행동함으로써 그녀와 거리를 두려는 것 같았다. 그는 냉장고 문을 열고 샴페인을 한 병 더 꺼내서 땄다.

"로렌스는 자존심 있는 사람이에요. 어떤 면에서는, 로렌스가 옳아요. 아이들 일에 감정적으로 대처하기 시작하면, 둘의 관계가 망가질 테니까요."

버지드가 그를 지켜보며 내게 말했다.

버지드 본인의 부모님들 이야기가 진짜 러브스토리라고 그녀는 말했다. 두 분은 결혼생활 내내 흔들림 없이 상대에게 충실했다. 다섯 남매들이 모두 나이 차가 많이 나지 않아서, 가족사진을 보면 어머니는 몇 년 동안 계속 임신한 상태였지만 말이다. 두 분은 젊은 부부였고 지치지 않고 정열적으로 지냈다고, 버지드는 말했다. 어린 시절에는 늘 캠핑을 가거나, 보트 여행을 갔고, 여름에는 부모님이 직접 지은 별장에서 지냈다. 그녀의 부모님은 절대 두 분만 휴가를 떠나는 일이 없었고, 모든 가족 행사를 거창하게 치렀다. 매일 저녁 아이들과 식탁에 둘러앉아 함께 식사했는데, 부모님이 없었던 저녁식사는 단 한 번도 기억나지 않는다고 했다. 그건 두 분이 외식을 거의 하지 않았다는 의미였다.

“저랑 조너선은 거의 매일 저녁을 밖에서 먹거든요.”

그녀가 덧붙였다. 아침 일찍 출근했다가 밤늦게 돌아왔기 때문에 엘라가 저녁을 먹는 모습은 거의 볼 수 없다고 했다. 물론 본인과 조너선이 단단히 이야기해놓았기 때문에 유모가 제대로 된 음식을 준비하고 있었다.

“정말 솔직히 말하면, 저는 엘라의 식사 시간을 피하고 있는 것 같아요. 일부러 회사에서 일을 만들어서 하거든요.”

버지드가 말했다. 엘라가 태어난 후에는 조너선이 주말 점심으로 로스트비프나 감자요리를 한다고 했다. 그것이 집안 전통이었고, 그는 엘라를 위해 그 전통을 유지하고 싶어 했다.

“하지만 저는 점심이 별로 내키지 않고, 엘라는 늘 정신이 없기 때문에 조너선은 자신이 요리한 걸 대부분 혼자 먹곤 해요.”

그녀의 부모님은 같은 요리들을 돌아가면서 했기 때문에, 아이들은 그 요리에 요일처럼 익숙해졌다. 그녀의 어린 시절은 그렇게 반복해서 등장하는 풍미와 식감으로 표현할 수 있을 것 같았다. 그런 와중에 천천히 계절이 바뀌고, 여름 음식에서 겨울 음식으로 천천히 바뀌어가고, 중간 중간, 단 한 번도 다르지 않았던 생일케이크들이 등장했다. 다섯 남매에게는 각각 정해진 케이크가 있었는데, 해마다 똑같았다. 여름에 태어난 버지드의 케이크는 머랭과 각종 딸기류, 그리고 신선한 크림이 겹겹이 쌓인 예쁜 케이크였는데, 다섯 개 중 최고였다. 그녀가 스웨덴으로 돌아가고 싶지 않은 이유들 중 하나가 바로 음식이었다. 그녀의 기억을 지배하고 있는 그 음식들이 실제로는 씁쓸한 맛을 낼 것 같아서, 익숙한 것 같은 그 음식들이 실제로는 낯설게 느껴질까봐 두려웠다.

나는 그런 불일치를 만들어내는 게 뭐라고 생각하는지 물었다. 그녀는 잠시 아무 대답 없이, 은색 목걸이에 박힌 녹색 보석만 만지작거렸다. 본인의 눈 색깔과 비슷해서 고른 것이 분명해보였다.

실은 어느 시점엔가—아마 그녀가 열두 살, 혹은 열세 살 때 일인 것 같은데—가족과의 관계에서 뭔가 달라졌다고 그녀는 말했다. 너무 미묘하고 손에 잡히지 않는 일이라, 그걸 뭐라고 불러야 할지도 알 수 없었다. 하지만 그 변화가 일어난 순간만큼은 또렷하게 기억하고 있었다.

평범한 회색빛의 오후, 학교에서 돌아오는 길이었다. 보도에서 도로로 내려서는 순간, 갑자기 어딘가에서 벗어나는 느낌, 거의 뭔가가 빠져나가는 듯한 느낌이 들었다. 그 느낌이 지나가기를 기다렸지만, 그런 일은 일어나지 않았다. 그 느낌을 안은 채 집으로 돌아왔고, 다음 날 일어났을 때도 그대로였다. 말했듯이, 그 느낌의 정체가 뭔지는 알 수 없었지만, 그날부터 그녀는 자신이 삶의 일부라기보다는, 그것을 외부에서 관찰하는 입장이 된 것 같은 기분이 들었다. 식탁에 둘러앉아 이야기하며 식사하는 부모님과 형제자매들을 지켜봤고, 어떻게든 그 식사와 대화에 다시 끼고 싶었지만, 할 수가 없었다.

아마 그런 비현실감 때문에, 어느 시점부터, 가족들 모르게 그들의 생활을 기록하기 시작했다. 선물로 받은 녹음기를 식탁 주변의 선반에 두고, 매일 테이프를 갈아끼웠다. 부모님은 알아차리지 못했지만, 형제자매들은 알아차렸고, 얼마간 그 테이프는 모두의 관심사였다. 아이들은 식탁에 둘러앉아 나눴던 한 시간 남짓한 대화를 듣고 또 들었다. 모두 자신의 목소리에는 관심이 없었다. 아이들은 부모님의 이야기에 귀를 기울였다. 종종 다른 형제자매들은 아버지와 어머니가 나누었던 대화의 특정 부분을 반복해서 들려달라고 했다. 아이들은 그 대화를 꼼꼼하게 분석하고, 단어 뒤에 숨은 의미를 밝혀

내려 했다.

지금 생각해보면, 부모님의 관계를 꿰뚫어보려고 시도했던 것 같지만, 매일 밤 새로운 녹음을 들으며 같은 과정을 반복했던 걸 보면, 결국은 실패했던 것 같다. 결국 부모님의 대화를 수백 시간 녹음해서 들어보았지만, 두 분의 사랑에 균열이 생기거나 빈자리가 생겼음을 암시하는 말은 단 한마디도 없었다.

나는 아직도 그 테이프들을 가지고 있는지 물었다.

"당연하죠."

그녀가 말했다.

"몇 년 전에 파일로 옮겨놨어요. 원본은 사무실에 있는 제 사물함에 날짜 순으로 정리되어 있고요. 어머니가 돌아가셨을 때 형제자매들이 원본을 돌려달라고 했지만, 제가 거절했어요."

형제자매들과 싸웠다고, 그녀는 덧붙였다.

"좀 슬펐어요. 지금은 서로 만나지도 않아요."

어머니가 돌아가신 후 그녀의 아버지는 금방 재혼했다. 가정집을 돌아다니며 청소도구를 파는 여성이 어느 날 집에 찾아왔고, 아버지는 아무렇지도 않게 그녀와 결혼했다. 두 사람은 그녀가 어린 시절을 보냈던 아름다운 집을 팔고, 도시의 좋지 않은 구역에 있는 끔찍한 단층주택으로 이사했다. 새어머니 본인이 끔찍한 여자였는데, 상스럽고 뚱뚱했으며, 날씬하고 사랑스러웠던 버지드의 어머니와는 정반대였다.

이제 아버지는 재산을 탕진하고 부랑자처럼, 초라하고 지저분하게 지내고 있다. 자식들이 여인을 고소하려 했지만, 아버지가 그녀에게 공짜로 모든 것을 줬다는 게 밝혀졌다. 거기에는 가족의 기념품들까지 있었는데, 새어머니는 그런 것까지 모두 팔아치우거나 버렸다. 아버지가 자신과 함께 단층주택에 머무르는 것은 허락했지만, 마치 개처럼 취급했다. 그런 일들이 벌어질 때 버지드는 이미 영국에 와 있는 상태였다. 자신이 없는 사이, 그녀의 과거는 온통 해체됐다. 심지어 가족사진첩도 사라졌다. 테이프가 아니라면 과거가 있었다는 것 자체를 증명할 방법이 없었다.

로렌스가 식사를 하자며 식탁으로 불렀다. 다른 사람들은 모두 자리에서 일어났다.

나는 그녀가 아직도 비현실적인 느낌을 가지고 있는지, 그리고 애초에 왜 그런 느낌이 들었는지 이유를 생각해봤냐고 물었다. 엘라가 다시 우리 옆으로 와서 서더니, 그대로 온몸을 버지드의 무릎에 던지고는 엄마 가슴에 머리를 대고 엄지손가락을 빨았다. 버지드는 별 뜻 없이 아이의 짙은 머리칼을 쓰다듬으면서 고개를 들고 나를 봤다.

"그런 거 물어봐주셔서 좋아요. 하지만 왜 그걸 알고 싶어 하시는지는 모르겠네요."

그녀가 말했다.

로렌스가 다시 불렀고, 그녀는 엘라를 떼어놓으려 했지만 아이는 싫다며 계속 매달렸다. 버지드는 어쩔 수 없이 아이를 매단 채 힘겹게 일어났고, 결국 로렌스가 나타나서 아이를 떼어냈다.

"이리 와, 이 원숭이 같으니."

그가 그렇게 말하며 엘라를 창문 아래 기다란 식탁에 앉혔다. 식사에 어울리게 정교하게 칠을 한 창이었지만, 바깥은 안개로 가득했다.

아이들이 식탁 한편에 앉고 어른들은 반대편에 앉았다. 빨간 머리 여자아이의 자리는 가운데였다. 나는 엘로이즈 맞은편에 앉았는데, 그녀가 불안한 듯 손님들을 둘러보는 모습을 지켜봤다. 그녀는 무언가를 확인하려는 듯, 손으로 자주 머리와 옷을 만지작거렸다.

엘로이즈는 얼굴이 곱고 예뻤다. 살짝 불그레한 눈가에서는 언제든 눈물이 흐를 것 같았지만, 그런 인상을 보완하려는 듯 종종 씩씩한 미소를 지어보였다. 키가 크고 건강하고 말을 잘했던 수지는 명령을 내리고, 그녀는 실제적인 일을 관리하는 데 재능이 있었다. 조직적인 일에 밝았던 그녀는 자신과 로렌스의 먼 미래까지 계획을 촘촘하게 세워두었고, 몇 달 후, 심지어 몇 년 후의 특정한 날에 두 사람이 어떤 일을 하고 있을지를 외우고 다녔다. 수지와 함께 있을 때면 로렌스는 점점 더 퉁명스러워졌고, 장단을 맞춰주지도 않았다. 수지만 빼고 모두들 그 점을 알아차렸지만, 정작 본인은 둔감한 것 같았다. 그럼에도, 그렇게 강박적으로 미래를 설계했던 그녀가, 그 미래에 로렌스가 없는 상황은 한 번도 상상해보지 않았다는 사실이 특히 잔인했다.

그녀는 최근 외로워하고 있다고, 로렌스가 알려주었다. 그리고—늘 성공하지는 못하지만—품위 있게 행동하고, 심지어 엘로이즈와 로렌스에게 친절하려고 노력하고 있다고도 했다. 나는 수지가 우리 집 아들들에게 크리스마스 선물을 보내줬다고 했다. 선물 포장이 너무 예쁘고 정성스러워서, 그걸 본 나는 어울리지 않게 슬퍼졌다. 마치 그 포장 안에 있는 것이 장난감이나 게임기가 아니라 순수함 자체인 것만 같았다. 좋은 의도를 가진 순수함이지만 그렇게 드러나고 나면 결국 닳거나 버려지고 말 순수함. 갑자기 그 순수함이, 로렌스가 떠나기 전이나 후에 그녀가 보였던 이상 행동들보다 더 현실적인 것처럼 보였다. 그 순간에는—로렌스에게 말하지는 않았지만—나는 로렌스가 수지에게 돌아가 그녀에게 했던 약속들을 지키기를 바랐다.

엘로이즈는 내가 자신을 보고 있다는 걸 알아차리고, 얼른 주변을 살피던 것을 멈추고 나를 향해 환하게 미소를 지어보였다. 그녀는 가슴 앞에서 손뼉을 치고는, 마치 테이블을 건널 것처럼 몸을 앞으로 기울이며 말했다.

엘로이즈의 둘째 아들 제이크가 식탁 건너편 자기 자리에서 일어나 엄마 옆으로 다가와 그녀의 팔뚝을 쳤다.

"왜 그러니, 제이키?"

엘로이즈가 정신없다는 듯 돌아보며 말했다.

아이는 뒤꿈치를 들고 서서 엄마 귀에 뭐라고 속삭였고, 엘로이즈는 밝고 차분한 표정으로 귀를 기울였다. 아이가 이야기를 마치자 그녀는 실례한다고 말하고는, 자리에서 일어나, 허리에 앞치마를 두른 채 오븐에서 음식을 꺼내고 있던 로렌스에게 갔다.

엄마가 사라진 사이 제이크는 내게 화성에 가본 적이 있냐고 물었다. 나는 없다고 대답했다.

"화성 사진 있어요. 보실래요?"

아이가 말했다.

제이크는 잠시 사라졌다가 책 한 권을 들고 다시 나타나서는 내 앞 식탁에 놓았다.

"이게 뭔지 아세요?"

아이가 손가락으로 책 안의 사진을 가리키며 물었다.

사람 발자국처럼 보인다고 내가 말하자, 아이는 고개를 끄덕였다.

"맞았어요. 실제로 보셨을지도 모른다고 생각해서요."

아이가, 실망한 투로 말했다. 아이는 로켓을 살 수 있을 만큼 어른이 되면 달에 가서 살 거라고 했다.

"좋은 계획이네."

내가 대답했다.

로렌스가 와서 제이크에게 자리로 돌아가라고 말했다.

"그리고 엄마한테 다른 음식 달라고 하면 안 돼. 다 같이 같은 음식 먹을 거야."

그가 말했다.

제이크는 금세 불안한 표정이 되었다.

"하지만 음식이 마음에 안 들면?"

로렌스가 화를 참고 있는 게 보였다. 얼굴이 벽돌처럼 붉어지고, 입술을 굳게 다물고 있었다.

"그럼 먹지 마. 대신 배가 고플 거야."

그가 말했다.

엘로이즈도 다시 와서 자리에 앉아서는 원피스의 주름을 폈다. 그녀는 테이블 위로 나를 향해 몸을 숙이며 확신에 찬 목소리로 속삭였다.

"로렌스가 음식에 대해서 얼마나 엄격한지 알아요? 완전 프랑스식이에요. 며칠 전에는 식당에 갔는데 안젤리카에게 달팽이를 먹였다니까요."

그녀가 비밀을 말하듯 속삭였다.

안젤리카는 로렌스의 딸이다.

"불쌍한 그 아이는 완전 시험에 든 잔다르크였다니까요. 제이키와 벤은 완전 눈이 휘둥그레졌죠. 다음 차례는 자기들일 거라고 생각했으니까. 제이키는 단것만 먹거든요. 그리고 벤은 기본적으로 흰색 음식이 아니면 아무것도 먹지 않아요. 그 후에 몇 시간 동안 안젤리카 근처에도 가지 않으려 하더라고요. 숨 쉴 때도 달팽이 냄새가 난다고 하면서."

엘로이즈가 말했다.

그녀는 테이블을 한 번 둘러보고는 내 쪽으로 몸을 더 기울였다.

"아이들이 먹고 싶어 하는 걸 해주면 진짜 화를 내거든요. 규율이 없다고 질색이에요. 제이키가 잠을 잘 못 자는 건 아시죠? 밤에 네다섯 번은 우리 방으로 오는데, 로렌스는 절대 아이를 침대에 올라오지 못하게 해요. 인정할 수 없다는 거죠. 그런데."

그녀가 속삭이며 말을 이었다.

"제이키는 늘 제 침대에 올라오곤 했거든요. 그러고 나면 다시 잠들 수 있으니까요. 하지만 요즘은 아이가 오면 저도 일어나서 한밤중에 아래층으로 데리고 내려가야 해요."

나는 그 시간에 둘이서 뭘 하느냐고 물었다.

"텔레비전 봐요. 그런데."

그녀가 몸을 더 가까이 기울이며 말을 이었다.

"로렌스 전처가 되게 계획적인 사람이었잖아요. 모든 걸 책에서 알아내곤 했는데, 책이 거의 도서관 수준으로 있었다면서요. 아이가 무슨 짓을 할 때마다 잠깐 멈추게 하고는, 애 엄마가 가서 책을 찾아봤다고 하더라고요. 그런 책들 중에 몇 권은 빅토리아 시대 책이었고요."

언젠가 로렌스와 수지가 살고 있는 집을 찾아갔을 때, 당시 서너 살이던 안젤리카가 현관 계단 앞에 혼자 앉아 있었던 것이 기억났다.

"장난꾸러기용 계단이에요."

내가 물었을 때 아이는 그렇게 대답했고, 내가 그 집을 나올 때까지 거기 앉아 있었다.

"저는 로렌스에게, '여보, 우리는 그냥 아이들을 사랑해주기만 하면 되는 거야'라고 말하거든요."

엘로이즈가 눈물이 그렁그렁한 얼굴로 말했다.

"사실이잖아요. 아닌가요? 아이들은 그저 부모가 사랑해주기만을 바라잖아요."

나는 모르겠다고 말했다. 로렌스 같은 사람에게 그런 종류의 사랑이란 자기 부정에 다름 아닐 것이다.

"제가 보기엔 사람들이 두려워하고 있는 것 같아요. 본인의 자식들을요."

엘로이즈가 말했다.

"그게 사실이라면, 아마 자식들에게서 본인들 스스로의 실패와 잘못된 행동들의 흔적을 보기 때문이겠죠."

내가 말했다.

"자기는 두렵지 않아요?"

그녀가 눈을 동그랗게 뜨고 나를 보며 물었다.

나는 몇 년 전, 집에서 혼자 두 아들과 있었던 어느 저녁 이야기를 했다. 겨울이었고, 오후였지만 이미 어두웠고, 두 아이는 불안해했다. 아이들 아빠는 밖에 있었는데, 운전을 하며 집으로 오고 있는 중이었다. 우리는 아이들 아빠가 돌아오기를 기다리고 있었다. 당시 집 안에 뭔가 긴장된 분위기가 흘렀던 것으로 기억하는데, 그건 당시 상황이 뭔가 잠정적인 상태였기 때문에, 그러니까 우리가 기다리고 있었다는 사실과 관련이 있는 것 같았다. 아이들은 아빠가 언제 오냐고 계속 물었고, 나는 시간이 지나기를 바라며 자꾸 시계를 쳐다봤다.

하지만 남편이 돌아온다고 해서 특별히 달라지거나, 딱히 중요한 일이 벌어지지는 않을 것임을 알고 있었다. 단지 남편이 없음으로써 무언가가 거의 폭발 직전까지 쌓이고 있을 뿐이었고, 그 무언가는 믿음과 관련한 것이었다. 마치 우리 스스로에 대한 믿음, 가족과 그 집과, 그동안 우리가 거기에 대해서 있던 말들에 대한 믿음이 너무 약해져서, 그대로 온전히 사라져버릴 것만 같았다. 현실이 주는 압박감, 눈에 띄는 사물들 이면에 애써 숨기려 했던 비밀들이 주는 압박감을 느꼈던 것이 기억났다.

나는 거기, 그 집에 있고 싶지 않았다. 밖으로 나가, 어둠 속의 벌판을 가로지르고 싶었고, 흥분과 화려함이 있는 도심으로 가고 싶었고, 혹은 기다려야 한다는 의무감이 납처럼 나를 짓누르지 않는 곳이라면 어디든 가고 싶었다. 나는 자유롭고 싶었다.

아이들은 늘 했던 것처럼, 말다툼을 벌이며 싸우기 시작했다. 갑자기 그 싸움도 곧 망가질 어떤 것처럼, 충격과 함께 사라져버릴 어떤 것처럼 느껴졌다. 우리는 주방에 모여 있었고, 나는 기다란 석조 조리대에서 아이들이 먹을 음식을 만드는 중이었다. 아이들은 건너편 등받이 없는 의자에 앉아 있었다. 둘째가 같이 놀아달라며 첫째를 귀찮게 했고, 첫째는 점점 짜증을 부렸다. 나는 하던 일을 멈추고 싸움을 말리려고 하는데, 갑자기 첫째가 둘째의 머리를 잡고는 조리대에 세게 찧었다. 둘째는 그 자리에서 정신을 잃고 바닥에 쓰러졌고, 첫째는 동생을 남겨둔 채 도망치듯 주방을 뛰쳐나갔다.

그런 폭력적인 광경, 이전에는 집 안에서 한 번도 벌어지지 않았던 그 광경은, 그저 충격적인 일이 아니라, 마치 내가 이전부터 알고 있던 무언가가 구체적으로 드러난 일 같았다. 그래서 아이들도 내가 알고 있던 그 무언가에 따라, 본인들은 깨닫거나 이해하지 못하고 있는 어떤 것을 행동으로 옮길 수밖에 없었을 거라는 느낌이 들었다.

남편이 집을 나간 건 그로부터 1년 후의 일이지만, 결혼이 파국을 맞이한 순간을 고르라면 그때일 거라고, 엘로이즈에게 말했다. 그 어두운 저녁의 주방, 남편은 집에 있지도 않았던 그때였다고.

엘로이즈는 공감한다는 표정으로 이야기를 들었다.

“애는 괜찮았어요? 병원에는 가봤어요?”

그녀가 물었다.

“충격을 받고 화가 났죠. 머리에 큰 혹이 생겼지만, 병원에 갈 정도는 아니었으니까.”

내가 말했다.

그녀는 손을 앞으로 모으고 눈을 내리깐 채 잠시 말이 없었다. 그녀는 정교한 은반지 여러 개와, 로렌스가 약혼 선물로 준 커다란 보석이 박힌 반지를 끼고 있었다.

“후회하지는 않죠? 그죠? 옳은 일이었을 거예요. 그렇지 않았다면 당신은 하지 않았을 테니까.”

그녀가 말했다.

그건 잘 모르겠다고 나는 말했다. 내가 어떤 짓을 한 건지 아직도 정확히 모르기 때문이었다.

그녀는 장난스러운 미소를 지어보이고는 짧고 창백한 속눈썹 사이로 나를 흘긋 쳐다보며, 자신이 아는 독신 남성에게 나를 소개해줄 생각이었다고 말했다. 특히 염두에 둔 남자가 한 명 있었다—아주 잘생기고, 아주 아주 부자라고 했다. 메이페어에 깜짝 놀랄 만한 아파트를 가지고 있고—미술품 수집가였다—코테 다쥐르에도 집이 한 채 있는 남자였다. 어느새 와서 옆에 앉은 로렌스가 앓는 소리를 했다.

"왜 당신은 항상 프레디를 자기 여성 친구들에게 떠넘기려고 하지? 그 친구 완전 골칫덩이잖아."

엘로이즈는 살짝 코웃음을 쳤다.

"그 많은 돈을, 적어도 좋은 데 써야 할 거 아니야. 그냥 두는 건 완전 낭비야."

"사람들이 모두 당신처럼 돈에 신경 쓰지는 않아."

로렌스가 말했다.

엘로이스가 그 말에 상처를 받은 것 같지는 않았다. 대신 그녀는 웃음을 터뜨렸다.

"나도 돈에는 신경 쓰지 않아. 그게 핵심이야."

로렌스가 슈크림 페이스트리로 장식한 푸아그라를 모두에게 건넸다.

"안에 뭐 들었어요?"

엘로이즈의 큰아들이, 슈크림 페이스트리를 하나 든 채 큰 소리로 물었다.

"골수."

로렌스도 단호하게 외쳤다.

그는 갈수록 요리에 관심이 생긴다고, 심지어 동네에서 구하기 어려운 재료들—희귀한 허브나 이국적인 채소들—을 마당에서 직접 키우기 시작했다고 했다. 어느 날 사무실에 앉아 상점에서 사온 치즈샌드위치를 습관적으로 먹던 중에 그런 전환의 순간이 찾아왔는데, 자신이 더 나은 걸 먹을 수도 있겠다는 깨달음이었다. 그게 거의 18개월 전이었고, 그 결과 재미있는 일들이 생겼다. 언젠가 한번은—식사를 신경 써서 챙겨 먹기 시작한 지 6개월쯤 지났을 때의 일이었다—최초에 생각 없이 음식을 먹지 않겠다고 다짐하게 만들었던 바로 그 치즈샌드위치가 미칠 듯이 먹고 싶었다. 그때쯤엔 자신의 미묘한 충동에 익숙해져 있었던 터라—원하던 음식이 아니면 아예 아무것도 먹지 않을 때도 있었다—바로 그 충동에 따르기로 했다. 그것도 좀더 섬세해진 자신의 식욕에 일종의 재미를 더하거나 작은 아량을 베푸는 일이 될 거라고 생각했다.

그는 같은 상점에 가서 같은 치즈샌드위치를 샀다. 길가에서서 한 입 먹으려고 입을 벌리는 순간, 기억 속의 감각이 몰려들었다. 샌드위치 빵의 건조한 맥아 맛, 공장에서 제조한 치즈의 강한 맛, 양상추에 묻어 있는 두툼하고 하얀 마요네즈까지.

"말 그대로 침이 줄줄 흘렀다니까."

로렌스가 말했다. 순간 그는 기억 속의 감각을 좀더 깊이 느껴보기로 했다. 샌드위치를 씹고, 삼키고, 알 수 없는 안도감이 그의 몸을 채웠던 그 느낌을 떠올렸다.

"그런 다음, 샌드위치를 그대로 포장지에 담아서 쓰레기통에 버렸지."

그가 말했다.

거기 길가에 서서 그가 깨달은 것은, 자신이 욕망에 어떤 형태를 부여하는 과정에 있다는 것, 사고로 욕망을 통제하는 과정에 있다는 것이었다. 과거의 감각적인 자극에 순간적으로 사로잡혀 있는 동안, 그는 그 과정이 궁극적으로는 규율과 관련한 것임을 깨달은 것이다. 즉, 점심으로 훈제 오리를 원하는 욕망은, 공장에서 제조한 치즈샌드위치를 침을 흘리며 원할 때의 맹목적인 욕망과는 다른 것이었다. 전자는 의식적으로 찾아낸 욕망인 반면, 후자는 무의식에 의존하는 욕망, 단순히 반복하는 것만으로 쉽게 충족할 수 있었기 때문에 한 번도 검증해보지 않았던 욕망이었다.

그는 공장에서 제조된 치즈보다는 훈제 오리를 선호하는 사람이 되기로 결심했다. 그렇게 결심함으로써, 서서히 그런 사람에 가까워지고 있었다. 치즈샌드위치가 대변하는 것은 편안함이었지만, 일단 새로운 시선으로 바라보게 되자, 그건 벌레들로 가득한 깡통이 되어버렸다.

"적어도 벌레는 먹지 않아요. 어쨌든 아직은요."

엘로이즈가 작은 손을 로렌스의 커다란 손에 얹으며 말

했다.

“공장에서 제조된 샌드위치에서 편안함을 찾을 수 있는 세상은 도대체 어떤 세상인 걸까? 그런 게 자신에게 어울린다고 생각하는 나는 어떤 사람일까?”

로렌스가 물었다.

그는 마치 대답을 찾는다는 듯이 방 안을, 식탁과 그 앞에 앉은 사람들을 둘러보았다.

로렌스는 어느 시점까지 자신의 인생은, 뭔가를 좋아하는 마음이 아니라 뭔가를 필요로 하는 마음에 따라 움직였던 거라고, 결론을 내렸다. 그리고 일단 그 관점에서 곰곰이 생각을 하자, 모든 것이 흔들리고 무너져내렸다. 하지만 뭔가를 좋아한다는 것은, 이미 그가 말했듯이, 좀 복잡한 문제였다. 사람들은 자신들이 뭔가를 필요로 하는 것은 그것들을 좋아하기 때문이라고, 혹은 필요로 하는 것은 좋아하는 것이기도 하다고 단언할 것이다.

예를 들어, 그는 수지를 떠난 후에 죄책감을 느꼈는데, 가끔은 그 죄책감이 너무 커서 그녀에게 돌아가고 싶은 것 같은 마음이 들기도 했다. 그녀와 함께 있는 것에 익숙해져 있었는데, 그녀를 떠나고 나니 어떤 욕구는 그 자체로 만족시킬 수가 없었다. 반복되던 주기가 깨졌기 때문이었다.

하지만 그는 자신이 필요라고 부르는 것이 사실은 뭔가 다른 것, 과도함의 문제, 무언가를 무제한으로 가지고 싶은 욕망의 문제임을 깨닫기 시작했다. 그리고 그 본성상, 그런 것들은 상대적으로 가치가 없는 것일 수밖에 없었다. 마치 치즈샌드위치처럼, 무한히 많이 있고, 쉽게 접근할 수 있는 것들이었다. 더 좋은 것에 대한 욕망은 자제력을 요구했고, 그것을 영원히 가질 수는 없다는 것을 인정할 것을 요구했으며, 심지어 가진 후에도 폭발하는 듯한 충족감은 없었다.

그건 가진 후에도 홀로 있는 느낌이 들게 했다. 그 욕망은, 그의 인생을 돌아봤을 때, 무언가 다른 것, 자신의 바깥에 있지만 자신의 안에 받아들일 수 있는 무언가와 자신을 합치려는 시도의 연속이었음을 알 수 있었다. 그 욕망이 너무나 커서 그는 오랫동안 자신과 수지가 별개의 사람이라는 것을 잊고 지낼 정도였다.

"자기도 좀 먹어. 다른 사람들은 이미 식사 마쳤어."

엘로이즈가 말했다.

로렌스는 포크를 들고 푸아그라 조각을 집어 천천히 입으로 가져갔다.

"애들은 잘 지내?"

로렌스가 내게 물었다.

나는 집수리를 하는 2주 동안 아이들은 아빠 집에서 지내고 있다고 했다.

"이제 런던으로 이사 와서, 그렇게 다니는 것도 가능해졌지."

"아이들 아빠도 뭔가 책임을 느낄 때가 됐지. 엘로이즈의 전남편도 똑같아. 어떻게 그런 책임을 느끼지 않을 수 있는지 신기하다니까. 그런 사람들은 남자가 아니야."

로렌스가 단호하게 말했다.

"애들이지."

그가, 천천히 와인을 한 모금 들이켜고는 덧붙였다.

"그 정도로 나쁘진 않아."

엘로이즈가 로렌스의 손을 톡톡 치며 말했다.

"당신은 1년밖에 안 됐잖아."

그가 그녀에게 말하고는, 나를 돌아보며 덧붙였다.

"너랑은 다르지."

"겪으신 일 중에 최악은 뭐였어요?"

엘로이즈가 가슴 앞에 손을 모으고 거의 신난다는 목소리로 물었다.

나는 잘 모르겠다고, 서로 다른 일들이 서로 다른 이유로 힘들었다고 말했다. 아이들이 키우던 애완동물들이 자꾸만 죽어나가던 시기가 있었다. 처음엔 고양이였고, 그다음은 아이들 둘이 각자 키우던 햄스터였는데, 새로운 햄스터가 죽은 햄스터를 끊임없이 대체했다. 마지막은 기니피그였고 마당의 작은 우리에서 키웠다. 녀석이 죽은 후에 나는 아이들이 아무렇게나 묻어둔 자리에서, 헝클어진 그 시체들을 삽으로 다시 파내야 했다.

"이유는 모르겠지만, 그 짐승들이 죽어나갔다는 사실, 그리고 그 시체들이 썩어가는 것이 특히 혼자 감당하기 어려웠어요. 마치 집 안에 있는 뭔가가, 내가 부정하고 몰아내고 싶은 어떤 기운이 그 짐승들을 죽인 것 같은 느낌이 들더라고요. 무슨 저주처럼, 그 기운은 절대 예측할 수 없는 방식으로 스스로를 충족시키죠. 오랫동안, 거기서 벗어나려는 나의 시도는 그저 나의 패배를 더욱 복잡하고 실제적인 것으로 만들어줄 뿐인 것 같았어요. 로렌스가 말한 욕망과 자기 절제에 대한 이야기에서 빠진 건, 무력감이에요. 사람들이 운명이라고 부르는."

"그건 운명이 아니었지. 네가 여자였기 때문이야."

로렌스가 말했다.

엘로이즈가 크게 웃음을 터뜨렸다.

"그게 무슨 바보 같은 소리야!"

그녀가 말했다.

"그때는 너한테 좋은 일이 생길 수가 없었어."

로렌스는 꿋꿋하게 계속 말했다.

"애 둘을 데리고 혼자 지내야 했으니까. 전남편은 너한테 죽음을 남긴 거야—애들한테도. 너를 벌하고 싶었으니까. 네가 아무 일 없이 빠져나가게 하고 싶지 않았던 거지."

그건 복수였다고, 로렌스는 말했다. 말했듯이, 그런 남자들은 애들이었다. 자신과 수지가 별개의 사람이라는 것을 잊고 지냈다고 했을 때 그가 의미했던 것은, 두 사람이 별개의 사람이라는 깨달음이 그녀에 대한 화를 누그러뜨렸다는 것, 동시에 그녀를 떠날 수 있게 해주었다는 것이다. 그는 결혼하고 있을 때보다, 이혼한 후에 그녀를 훨씬 존중하고 있었고, 딸아이의 엄마로서 예우해주었다. 그녀 쪽에서는 위기가 닥치면 그에게 도움을 요청하면 된다는 것을 알고 있었고, 그 역시 필요하면 그녀가 자신을 도우려고 노력할 것임을 알고 있었다.

"우리는 이혼 생활을 잘 하고 있어. 우리가 잘 하고 있는 건 그게 처음이야."

그가 말했다.

지금 로렌스와 수지를 보면, 두 사람의 결혼생활이 재앙이었다는 것을 이해할 수 없지만, 그건 공공연한 일이었다.

"하지만 너는, 너한테는 절대 그런 일이 생기지 않을 줄 알았거든."

그가 나를 보며 말했다.

수지와 그가 속내를 드러냈을 때, 두 사람이 발견한 것은 서로에게 묶여 있을 때는 절대 행동으로 옮길 수 없었던 상대에 대한 호의였다.

"너의 경우는 반대였지."

그가 내게 말했다. 밖에서 보기에는 좋아보였던 무언가가 사실은 폭력과 증오로 가득 차 있었던 것이다. 그리고 그런 흐름에서는, 여자라는 사실이 원래 불리하게 마련이라고, 그는 말을 이었다. 물리적인 몸싸움에서 여자가 불리한 것과 같았다.

"너 같은 사람은 여성성이라는 것이 남성들의 배려를 전제하고 있다는 걸 받아들일 수 없겠지. 예를 들어 남자들은 여자를 때리면 안 된다는 걸 알아. 하지만 그런 제약이 없다면, 여성들은 말 그대로 무력해지는 거야."

나는 로렌스가 말하는 그런 권력을 내가 원하는 건지 아닌지도 모르겠다고 말했다. 그건 어머니들의 오래된 권력, 면제받을 수 있는 권력이었다. 나는 그간 있었던 일들과 관련해 내 몫의 비난을 받지 않아야 할 이유를 모르겠다고 했다. 그 일들의 원인이, 얼마나 끔찍한 일이었든, 내가—의식적으로든 아니든—나 자신이 아니었다고 생각해본 적이 한 번도 없었다. 나의 여성성을 운명과 동의어로 볼 것이냐 하는 문제가 아니었다. 그보다 훨씬 중요한 일은, 그 운명을 읽어내는 법을 익히는 일, 그동안 있었던 일들의 형태와 패턴을 알아보는 일, 그 안에 담긴 진실을 살피는 일이었다. 여전히 자신이 같은 사람임을 믿으며 그런 것들을 살피는 일은 어려웠고, 정의나 명예, 복수 등에 대한 개인적인 생각을 지키는 건 말할 것도 없었다. 그건 말을 하면서 동시에 무언가에 귀를 기울이는 것이 어려운 것과 마찬가지였다.

"귀를 기울이니까, 생각했던 것보다 많은 걸 얻게 되더라고."

내가 말했다.

"하지만 계속 살아야 하잖아."

로렌스가 말했다.

"사는 게 한 가지 방법만 있는 건 아니니까."

내가 말했다. 최근에 집 안 정리를 하다가 아들의 옛날 일기를 발견한 이야기를 그에게 해주었다.

"표지에 이렇게 적어놨더라고. '이걸 읽는 사람은, 책임을 져야 할 것이다'라고."

로렌스가 웃음을 터뜨렸다. 우리가 이야기를 나누는 동안 엘로이즈는 소리 없이 물러났다. 나는 아내의 모습을 쫓는 그의 눈길을 살폈다. 엘로이즈가 식탁 한쪽 끝에 그릇 두 개를 내려놓았다.

"이런 세상에. 애들한테 파스타를 먹이려는 거야."

로렌스가 낮게 탄식했다.

그는 자리에서 일어나 엘로이즈에게 가서 팔꿈치를 잡고 뭔가 속삭였다.

"왜 그냥 내버려두지 않을까요? 엘로이즈 애들인데."

호피 무늬 여인이 내게 말했다.

나는 그녀 쪽으로 돌아봤다. 그녀는 머리가 길쭉하고 눈이 작았는데, 다른 사람들의 말이나 행동에 개인적으로 자주 놀란다는 듯 그 작은 눈이 자주 휘둥그레졌다. 짙은 머리는 뒤로 묶었는데, 머리끈도 호피 무늬였다. 금덩이를 매단 것 같은 귀걸이가 옷깃 같은 목걸이와 어울렸다. 그녀는 와인 잔을 든 채 소파에 등을 기대고 앉아 있었고, 앞에 놓인 접시의 음식에는 거의 손을 대지 않았다. 그녀는 슈크림 페이스트리를 으깬 다음 그걸로 푸아그라를 가려놓고 있었다.

"게이비, 로렌스는 경계를 분명히 하려는 거야."

버지드가 단호한 목소리로 말했다.

게이비가 으깬 슈크림을 포크로 뒤적였다.

"자녀들은 있으시죠?"

그녀가 내게 물었다.

"저는 다른 사람이 저희 애들에 대해서 이래라저래라 하는 걸 원하지 않아요."

그녀는 입술을 꽉 다물고, 포크로 접시 위의 남은 음식을 으깼다.

"작가시라고요? 그렇죠? 로렌스가 선생님 이야기를 했어요. 선생님 책을 한 권 읽었던 것 같은데, 내용은 생각이 안 나네요."

그녀는 책을 많이 읽어서 내용들이 뒤섞이곤 한다고 했다. 가끔은 아이들을 학교에 데려다준 다음 다시 침대에 들어가 종일 책을 읽으며 보내다가, 아이들을 다시 데리고 와야 할 시간이 돼서야 나올 때도 있었다. 일주일에 예닐곱 권을 읽을 수 있었고, 어떨 때는 책을 절반쯤 읽고 나서야 이전에 읽었던 책임을 갑자기 깨닫는 경우도 있었다. 그렇게 책을 많이 읽었으니 그런 일은 생길 수밖에 없었지만, 그럼에도 그 사실을 깨닫기까지 오래 걸렸다는 사실은 불편했다. 그런 초현실적인 느낌은, 마치 어떤 일이 실제로 벌어지고 있는 동안에 이미 그 일을 회상하고 있는 것 같은 느낌과 비슷했다.

하지만 그녀는 그런 상황을 책의 탓으로 돌리지는 않았다.

기시감은 언제나 그녀 자신의 삶과 관련이 있는 거라고, 그녀는 생각했다. 또 어떨 때는, 단지 책에서 읽었을 뿐인 어떤 일이 실제로 그녀의 삶에 있었던 일인 것처럼 느껴질 때도 있다고 했다. 이런저런 장면들이 실제로 그녀의 기억 속에 있다고 단언했지만, 실제로는 그녀와 아무 관련이 없는 것들이었다.

"선생님도 그러시나요?"

그녀가 물었다.

가장 나쁜 건 그 일 때문에 남편과 다툴 때였다. 어딘가에 가서 뭔가를 한 적이 있다고 그녀는 확신하고 있는데, 남편은 딱 잘라서 그런 일 없었다고 말하는 것이다. 어떨 때는 콘월 여행은 책에서만 있었고, 실제로 그들이 간 적은 없었다는 걸 깨닫기도 하지만, 다른 경우에는 어떤 일이 있었다는 확신이 너무 강해서, 그걸 부정하는 남편 때문에 거의 미칠 지경이 될 때도 있었다. 예를 들어 최근에, 그녀가 자신들이 과거에 키웠던 태피라는 스패니얼 이야기를 했다. 남편은 태피라는 개는 전혀 기억이 없다고 주장했다. 뿐만 아니라, 남편은 있지도 않았던 개를 꾸며낸 것에 대해 그녀를 탓했다. 그런 개는 없었다고, 남편은 말했다. 두 사람은 고래고래 소리를 지르며 싸웠고, 증거가 필요하다고 판단한 그녀는 온 집 안을 뒤지며 태피가 실제로 존재했다는 증거를 찾아 나섰다.

밤이 새도록 집 안의 모든 서랍과 선반을 일일이 살피는 동안, 남편은 소파에 앉아 현대 재즈 음반을—그녀가 싫어하는 음악이었다—들으며, 가끔씩 그녀가 지나갈 때마다 비웃었다. 결국 두 사람은 화를 내다 지쳐서 잠이 들었고, 다음 날 아침, 아이들은 부모님이 옷을 그대로 입은 채 거실에서 잠들어 있는 걸 발견했다. 집 안은 강도라도 든 것처럼 난장판이었다.

그녀는 와인 잔을 짙은 색 입술에 가져가 남은 와인을 한 번에 들이켰다.

"증거는 찾았어요? 상황은 정리가 됐나요?"

버지드가 물었다.

"사진을 한 장 찾았어요. 마지막 상자에서, 아주 사랑스럽고 작은 갈색 스패니얼 강아지 사진이 나왔죠. 제가 얼마나 안심했는지 몰라요. 정말 말 그대로 미쳐버리는 줄 알았거든요."

게이비가 말했다.

"남편은 뭐라고 했어요?"

버지드가 물었다.

게이비가 활력 없는 웃음을 흘렸다.

"'아, 개는 태피가 아니라 티피였지. 태피가 아니라 티피라고 했으면 완전 이야기가 달랐을 텐데, 태피는 없었어'라고 하더라고요. 그런데 문제는, 저는 그 개 이름이 태피였다는 걸

알거든요. 그냥 알아요."

빨간 원피스를 입은 여자아이—헨리에타—가 처음으로 입을 열었다.

"어떻게 그렇게 확신할 수 있어?"

아이가 물었다.

"확실해, 그냥 안다니까."

게이비가 말했다.

"하지만 아저씨는 티피라고 했잖아."

헨리에타가 말했다.

아이의 얼굴은 중국 인형처럼 매끈하고, 동그랗고, 하얗다. 열다섯이나 열여섯 살쯤 되어보였지만, 꽉 끼는 원피스와 하이힐에도 불구하고, 그녀는 어린아이처럼 단순하게 행동했다. 아이는 눈을 커다랗게 뜨고 엄마를 똑바로 쳐다봤다. 조금도 변함이 없는 그 표정은, 놀랍다는 표정이었다.

"아빠가 틀린 거야."

게이비가 말했다.

"그럼 거짓말을 했다는 거야?"

헨리에타가 물었다.

"그냥 아빠가 틀렸다는 거야. 아빠가 거짓말쟁이라는 말은 안 했어. 거짓말쟁이는 아니야."

게이비가 말했다.

엘로이즈가 다가와 내 맞은편 자리에 앉아서는 환한 얼굴로 우리를 차례로 돌아보며 대화를 따라잡아보려 했다.

"우리 아빠 아니잖아."

헨리에타가 말했다. 꼿꼿하게 가만히 앉아서, 인형 같은 눈도 깜빡하지 않았다.

"그게 무슨 소리야?"

게이비가 말했다.

"우리 아빠 아니라고."

게이비는 나와 엘로이즈를 돌아보며, 애써 불편함을 감추려고 눈을 굴리면서, 마치 헨리에타 본인이 거기 없는 것처럼 그 아이를 가지게 된 사정을 설명했다. 아이는 이전에 있었던 관계, 어쩌면 관계라고 하기도 뭐한, 20대 초반에 누군가와 보냈던 하룻밤 관계에서 생긴 아이였다. 그녀가 제이미—남편이자, 다른 두 아이의 아빠—를 만났을 때는, 헨리에타가 태어나고 몇 주밖에 되지 않았을 때였다.

"그러니까 아빠가 맞거든요."

게이비가 말했다.

로렌스가 메인 요리를 내왔다. 두 다리를 묶은 작은 닭이었다.

"이게 뭐예요?"

안젤리카가 자기 앞에 접시를 놓으려는 로렌스에게 물었다.

"어린 닭이야."

로렌스가 말했다.

안젤리카가 비명을 질렀다. 로렌스는 접시를 들고 멈칫했다.

"일어나서 나가자."

그가 말했다.

"자기, 그건 좀 가혹하잖아."

엘로이즈가 말했다.

"어서, 일어나서 나가야지."

로렌스가 한 번 더 말했다.

안젤리카는 눈물을 뚝뚝 흘리면서 일어났다.

"그 사람 지금 어디 있는지는 알아요?"

엘로이즈가 물었다.

"누가 어디에 있어요?"

게이비가 물었다.

"애 아빠요. 하룻밤 관계였던 그 남자."

엘로이즈가 낮게 속삭였다.

"배스에 살아요. 골동품 가게 하면서."

게이비가 말했다.

"배스면 바로 길 하나 건너잖아요. 이름이 뭐예요?"

엘로이즈가 외쳤다.

"샘 맥도널드."

엘로이즈의 표정이 밝아졌다.

"저 샘 알아요. 사실 몇 주 전에 길에서 마주쳤는데."

그녀가 말했다.

식탁 반대편에서 울음소리가 터져 나왔다. 고개를 돌려보니 안젤리카 옆에서 아이들이 한 명씩 울음을 터뜨리며 자리에서 일어났고, 결국 앞에 접시를 놓은 채 모든 아이들이 일어나 눈물을 흘리고 있었다. 줄을 맞춰 일어난 아이들은 딱히 알아들을 수 없는 말들을 하며 합창단처럼 울부짖었다. 촛불의 빨갛고 노란 불빛이 아이들의 얼굴과 눈과, 눈물이 번진 볼을 비추며, 마치 아이들이 불타고 있는 것처럼 보였다.

"세상에."

버지드가 말했다.

잠시, 모두들 마취에라도 빠진 것처럼, 불빛을 받으며 울고 있는 아이들을 바라보았다.

"무슨 순교자들 같네."

엘로이즈가 재미있다는 듯이 말했다.

"내가 졌다."

로렌스가 털썩 앉으며 말했다.

"자기, 내가 해결할게. 그렇게 해도 되겠지? 내가 해결하도록 해줘."

엘로이즈가 로렌스에게 손을 얹으며 말했다.

로렌스가 포기했다는 듯 손을 내저었고, 엘로이즈는 일어나 아이들이 있는 쪽으로 갔다.

"가끔은 의지만으로는 충분하지 않아."

로렌스가 말했다.

헨리에타는 여전히 꼼짝도 않고 꼿꼿이 앉아 있었다. 동그란 눈이 반짝이고, 붉은 머리칼은 맨 어깨를 덮은 베일 같았다.

"왜 나는 못 만나?"

헨리에타가 물었다.

"누구를 못 만나?"

게이비가 말했다.

"우리 아빠, 왜 나는 한 번도 못 만난 거야?"

"아빠 아니야."

게이비가 말했다.

"맞잖아."

헨리에타가 말했다.

"제이미가 아빠야. 너를 돌봐주는 사람이잖아."

"왜 한 번도 못 만난 거야? 왜 한 번도 안 데려다준 거야?"

헨리에타가 눈도 깜빡하지 않고 말했다.

"너랑 아무 상관 없는 사람이니까."

게이비가 말했다.

"아빠잖아."

헨리에타가 말했다.

"아빠 아니라니까."

게이비가 말했다.

"맞아. 아빠야."

헨리에타의 눈에서도 눈물이 쏟아졌다. 아이는 두 손을 무릎 위에 놓은 채 미동도 없이 앉아 있었지만, 흘러내린 눈물이 깍지 낀 손에 떨어졌다.

"너를 돌봐주는 사람이 아빠야. 그 남자는 너를 돌보지 않으니까, 아빠가 될 수 없어."

게이비가 말했다.

"될 수 있어. 지금까지 이름도 알려주지 않았잖아."

헨리에타가 눈물을 흘리며 말했다.

“그 남자가 누군지가 무슨 상관이야? 너한테 전혀 중요하지 않은 사람이라고.”

게이비가 말했다.

“아빠잖아.”

헨리에타가 다시 말했다.

“아빠지. 생물학적으로는 아빠지.”

버지드가 말했다.

“이름도 알려주지 않았잖아.”

헨리에타가 말했다.

“제이미가 네 아빠야, 아가. 네가 아주 꼬마일 때부터 알아온 사람이잖아.”

엘로이즈가 말했다.

“아니에요. 아빠 아니야.”

헨리에타가 고개를 저으며 말했다.

“너를 잘 아는 사람이 아빠인 거야. 너를 잘 알고, 사랑하는 사람이.”

엘로이즈가 말했다.

“한 번도 본 적 없어요. 어떻게 생겼는지도 모른다고요.”

헨리에타가 울면서 말했다.

“그 사람 네 아빠 아니야.”

게이비가, 힘주어 말했다. 헨리에타가 울고 있는 앞에서, 그녀는 당당하게, 무서운 얼굴을 하고 들고 있던 와인 잔을 노려보며 말했다.

아무도 말이 없었다. 어른들은 어색한 침묵에 빠졌다. 식탁에 앉은 아이들은 모두 울고 있었다. 빨간 머리 여자아이가 고통에 빠져 꼼짝도 하지 않고 있는 모습은, 보는 것만으로 너무 안타까워서 말을 걸지 않을 수 없었다. 내가 말을 걸자 아이는 살짝 고개를 돌리고, 내 눈을 똑바로 쳐다봤다.

"네, 정말 만나보고 싶어요. 그분도 저를 보고 싶어 할까요?"

헨리에타가 물었다.

나는 모르겠다고 대답했다. 헨리에타는 다시 고개를 돌려 엄마를 쳐다봤다.

"그분도 나를 보고 싶어 할까?"

"그렇겠지. 물어봐야겠구나."

게이비가 씁쓸하게 대답했다.

가방에 있던 내 전화기가 울려서 일어났다. 처음엔 전화기 반대편에서 아무 말 없이, 소란스럽다가 뭔가가 부딪히는 소리가 났다. 누구시냐고 물었다. 누군가 흐느끼는 소리가 희미하게 들리다가, 마침내 둘째 아들의 목소리가 들렸다.

"저예요."

아들이 말했다. 휴대전화 배터리가 다 됐다며 유선전화로 거는 거라고 했다. 아이는 형과 싸웠다고 말했다. 저녁 내내 싸웠고 멈출 수가 없는 모양이었다. 팔에 온통 긁힌 자국이고 얼굴에도 상처가 생겼다고 했다.

"피 나요, 그리고 어디 부러진 것 같아. 아빠 진짜 화낼 텐데."

아이가 말했다. 나는 아빠는 어디 있냐고 물었다.

"몰라요."

아이가 대답했다. 어쨌든 집에는 없었다. 나는 늦었으니까 그만 자라고 이야기했다. 다시 소란스러운 소리가 나고 전화기가 아들의 손에서 떨어지는 것 같았다. 두 아이가 싸우는 소리가 들렸다. 고함소리와 툴툴거리는 소리가 멀어졌다가 다시 가까워졌다. 둘 중 한 명이 다시 전화기를 집어 들기를 기다렸다. 누군가 빨리 수화기를 들게 해달라고 빌었다. 마침내 큰아들의 목소리가 들렸다.

"왜 그래요?"

아이는 아무 일도 없다는 듯이 말했다. 아빠는 어디 있냐고 물으니 모른다고 했다. 저녁 내내 집에 없었단다.

"네 잘못은 아니지만, 그래도 네가 수습을 해야지."

내가 말했다. 아이가 울음을 터뜨렸다. 아들과 길게 이야기하고, 전화를 끊은 다음 식탁으로 돌아왔다. 아이들과 빨간 머리 여자아이는 그 자리에 없었다. 게이비와 버지드가 이야기를 나누고 있었고, 로렌스는 자기 자리에 앉아 와인 잔을 쥔 채 생각에 잠긴 것 같은 얼굴을 하고 있었다. 촛불이 몇 개 꺼져 있었다. 창밖의 안개가 더 짙어져 이제 거의 밖이 보이지 않았다. 나는 우리 중 아무도 로렌스의 집을 떠날 수 없음을, 아무리 원하고, 또 가야 할 일이 생겨도 그럴 수 없음을 깨달았다.

엘로이즈는 아이들 재우러 갔다고, 로렌스가 말했다. 모두 많이 지친 상태라고 했다. 저녁을 일찍 먹이고, 그냥 텔레비전 앞에 앉아 있게 했어야 했다고, 그는 말했다.

"가끔은, 내가 피를 흘리며 천천히 죽어가고 있는 듯한 느낌이 들어."

엘로이즈가 돌아와 그의 옆에 앉으며 어깨에 머리를 기댔다.

"불쌍하기도 하지."

그녀가 말했다.

"오늘 너무 애썼어. 그래도 아주 재미있기는 했어, 어떤 면에서는. 다들 푸생*에 그렇게 신경질적인 반응을 보이다니."

그녀는 그를 쳐다보며 웃음을 터뜨렸다.

로렌스가 입을 다문 채 미소만 지어보였다.

"내일이면 재미있었다고 생각하게 될 거야, 자기야. 정말 그렇게 될 거라고."

그녀가 그의 팔을 문질러주며 말했다.

엘로이즈는 하품을 하며 내게 남은 주말에 뭘 할 거냐고 물었다. 나는 다음 날 저녁에 오페라를 보러가기로 했다고 대답했다.

"누구랑요?"

그녀가 눈을 반짝이고 자세를 고쳐 앉으면서 물었다. 내 표정을 보더니 다시 한번 자세를 고쳐 잡았다.

"로렌스, 봐봐!"

그녀가 나를 가리키며 말했다.

"뭐?"

로렌스가 말했다.

"선생님 얼굴 좀 보라고—빨개졌잖아! 저렇게 부끄러워하는 모습 처음 봐, 자기는 본 적 있어? 누구예요? 꼭 알아야겠는데."

* 프랑스 닭요리.

그녀가 내 쪽으로 몸을 기울이며 물었다.

나는 그냥 최근에 만난 사람이라고 대답했다.

"어떻게요? 어떻게 만났어요?"

엘로이즈가 궁금해 못 참겠다는 듯 식탁을 두드리며 물었다.

"길에서요."

내가 말했다.

"길에서 만났다고요? 말해봐요. 다 알고 싶으니까."

엘로이즈가 믿을 수 없다는 투로 말했다. 그녀는 웃음을 터뜨렸다.

아직은 말해줄 게 없다고, 나는 대답했다.

"부자예요?"

엘로이즈가 속삭이듯 물었다.

로렌스가 짙은 눈을 바늘처럼 가늘게 뜨고 나를 쳐다봤다.

"잘 됐네. 진짜 잘 됐어."

그가 말했다.

그런 일이 가능할 거라고 상상도 못 했다고, 내가 말했다.

"애들은 없는 셈 쳐도 돼. 적어도 당분간은."

로렌스가 말했다.

"어떻게 없는 셈 치겠어."

엘로이즈가 말했다.

"애들이 너를 갉아먹을 거야. 도움이 안 된다고. 애들이 원래 그래. 아이들은 아무것도 남지 않을 때까지 모든 걸 가져갈 거야."

로렌스가 말했다.

이미 엘로이즈에게서 그런 모습을 본 적이 있다고, 그는 말을 이었다. 처음 만났을 때 그녀는 신체적으로 감정적으로 망가진 상태였고, 저체중이었다. 기력이 고갈돼서 기진맥진했고, 재정적으로도 불안했다. 사실 그녀의 친정어머니가 아이들을 봐주지 않았다면 그녀를 만날 기회도 없었을 것이다. 그건 매우 드문 경우였는데, 친정어머니는 외국에 살고 있었고, 영국에 있을 때도 엘로이즈 없이 아이들하고만 있는 걸 싫어했다. 솔직히 말해서 엘로이즈의 어머니는 아이를 낳을 생각이 전혀 없었다.

"자기, 하지 마."

엘로이즈가 그의 팔에 손을 얹으며 말했다.

"그분은 할머니는 고사하고, 엄마도 되고 싶지 않았던 분이야."

로렌스는 계속했다. 어쨌든 그날 저녁에는, 엘로이즈가 어머니를 설득해 몇 시간만 아이들을 맡기고 파티에 갈 수 있었다. 그녀는 로렌스의 지인들 사이에서 꽤 유명한 유령 같은 인물이었다. 로렌스 역시 그녀에 대한 이야기는 종종 들었지만, 직접 본 적은 없었다. 엘로이즈가 이런저런 사교모임에 나타난다는 이야기도 여러 번 들었지만, 실제로 모습을 드러낸 적은 없었다.

그의 궁금증을 불러일으킨 건, 역설적이게도, 수지였다. 어느 날 수지가 아이들 학교 앞에서 엘로이즈를 만났는데, 그녀가 안젤리카를 학교에 태워다주고, 태워 오는 일을 해주겠다고 제안했다고 말했다. 어차피 본인 아이들을 태우고 가면서 지나는 길이었다고 했다. 수지는 그 제안이 조금 혼란스러웠다. 왜 엘로이즈는 수지 본인이 아이들 등하교시키는 데 도움이 필요할 거라고 생각한 걸까. 심지어 두 사람은 서로 잘 아는 사이도 아니었다. 그녀가 안전하고 편안하게 운전하는 사람인지도 확신할 수 없었다. 로렌스는 그건 분명히 친절한 제안이었다고 이야기했지만, 그때부터 수지는 엘로이즈를 수상한 사람이라고 여겼다.

로렌스는 와인 잔을 들고 촛불에 비춰보았다.

운명은 자연스러운 상태에 있을 때만 진실이 된다고, 그는 말했다. 모든 것을 운명에 맡기면 시간이 좀 걸리기는 하겠지만, 그 과정은 정확하고 빈틈이 없었다. 수지와 그런 대화를 나누고 실제로 엘로이즈를 만나기까지 2년이 더 걸렸다. 그동안 그는 종종 안젤리카를 학교까지 태워주겠다던 그녀의 제안을 떠올렸고, 그 제안을 이런저런 관점에서 생각해보았다. 뿐만 아니라 수지에 대해서도 같은 관점에서 생각해보았다. 그건 여행자들이 어둠 속에서 길을 찾을 때 참고하는 별처럼, 고정된 지점이었다. 실제로 엘로이즈를 만날 때까지, 로렌스는 수지와 자신에 대해 많은 것을 이해할 수 있게 되었다. 당시에 이미 두 사람은 시험 삼아 별거를 생각 중이었고, 부부상담소에 다니고 있었다. 수지 역시—그녀는 운명론자와는 정반대였고, 삶이란 계략들이 가득한 멋진 구성물이라고 여기는 사람이었다—그 과거의 일들을 회상해보았지만, 완전히 다르게 판단했다. 그녀가 보기에는 엘로이즈가 일부러, 나쁜 의도를 가지고 자신과 로렌스의 삶에 스며들어서는, 결국 로렌스를 빼어간 거라고 생각했다. 그녀는 친구들뿐 아니라 자기 자신에게도 그게 사실이라고 이야기했다.

하지만 흔들리지 않는 기준점을 가지고 있었던 로렌스는, 꾸준히 그 혼란을 헤쳐 나왔다. 엘로이즈를 실제로 만나고 알게 된 것보다, 그녀를 만나지 못하고 있던 시기에 그녀에 대해 알게 된 것이 더 많았다. 그녀와 관련해 처음 사랑을 느끼게 된 것, 그리고 여전히 사랑하고 있는 것은 바로 부재였다. 손에 잡히지 않는 그 신비로움이 자신의 삶이 처한 현실을 면밀히 들여다보게 해주었다.

엘로이즈가 사교 모임에 한 번도 나올 수 없었던 이유는—본인이 나올 생각이 있었고, 심지어 가겠다고 이야기를 했던 경우에도—당연히 아이들 때문이었다. 그녀는 아이들만 남겨놓고 외출할 수 없다고 느꼈다. 아이들 아빠—전남편—는 결혼생활이 끝나자 아이들에 대한 책임을 모두 그녀에게 넘겨버렸다. 그녀와 아이들이 힘들어하는 모습을 지켜보는 건 그에게는 거의 즐거운 일이었다. 부분적으로는 그들의 고통이 자신의 고통을 극적으로 만들어주었기 때문이고—마치 다른 아이들을 괴롭히는 아이들이 피해자의 두려움을 즐기는 것처럼—또 부분적으로는, 그것이 엘로이즈를 벌하는 확실한 방법이었기 때문이다.

엘로이즈가 아이들을 아이 아빠에게 맡길 때마다 뭔가 사고가 벌어졌다. 아이들이 다친다든가, 서로 다치게 하는 일이 있었고, 돌아와서는 자기들끼리만 버려졌던 이야기, 아이들에게 어울리지 않는 장소에 가거나, 모르는 사람들 사이에 있었던 이야기를 하곤 했다. 아이들 아빠는 그런 짓을 하는 데 대해 일말의 거리낌이 없었고, 거기에 필요한 비용은 한 푼도 지불하지 않았다. 엘로이즈 본인도 생활이 넉넉지 않았지만,

아이들을 아빠에게 보낼 때는 간식이라도 사먹게 돈을 챙겨 줘야 했고, 그녀가 직접 음식을 싸가서는 남을 것 같다는 거짓말을 하며 전해주는 경우도 있었다. 크리스마스가 되면, 아이들 아빠가 아이들에게 줄 선물을 그녀가 사고, 포장하고, 전해줬다.

"지금도 그러잖아. 지금도 종종 그렇게 아무 도움도 안 되는 일들을 하면서."

로렌스가 엘로이즈를 보며 말했다.

"자기야, 제발."

그녀가 말했다.

"그 사람에 대한 나쁜 말은 하나도 안 들으려고 하잖아. 맞서는 건 고사하고."

로렌스가 말했다.

엘로이즈는 간청하는 표정을 지어보였다.

"하고 싶은 말이 뭐야?"

그녀가 물었다.

"그냥 모른 척할 수는 없어, 그 사람한테 맞서야 한다고."

로렌스가 말했다.

"그 사람을 도와주고, 그 사람이 안 한 일을 밤낮으로 대신 해주느라 녹초가 될 게 아니라 말이야. 애들도 사실을 알아야지."

그는 와인을 길게 한 모금 들이켰다.

"애들은 자기들에게 아빠가 있다는 걸 알기만 하면 돼. 그게 진짜든 가짜든 무슨 상관이야?"

엘로이즈는 눈물을 그렁그렁하며 말했다.

"진실을 봐야 한다고."

로렌스가 말했다.

엘로이즈의 뺨에 눈물이 흘러내렸다.

"나는 애들이 행복하기를 바랄 뿐이야. 나머지가 뭐가 중요해?"

두 사람은 흔들리는 촛불의 빛을 받으며 나란히 앉아 있었다. 엘로이즈는 고개를 젖히고 울고 있었다. 눈이 반짝이고, 입술을 살짝 벌린 채 어색한 미소를 짓고 있었다. 게이비가 살짝 곁눈질로 엘로이즈를 살피고는, 눈을 휘둥그레 뜬 채 얼른 자기 접시로 시선을 돌렸다. 로렌스는 울고 있는 엘로이즈의 손을 잡고는, 어두운 표정으로 가만히 방 건너편만 응시했다. 버지드는 불빛 속에서 희미하게 다가와 엘로이즈의 어깨를 어루만져주었다. 그녀의 목소리는, 놀랄 만큼 낭랑하고 설득력이 있었다.

"이제, 모두 잘 시간인 것 같아요."

다음 날 아침 눈을 떴을 때도 여전히 어두웠다. 아래층에는 지난밤 남은 음식들이 그대로 식탁 위에 놓여 있었다. 녹아버린 초들은 흉측하게 퍼진 채 굳어 있었다. 지저분한 술잔과 식기 사이로 구겨진 휴지들이 섞여 있었다. 제이크의 책이 의자 위에 펼쳐져 있었다. 나는 아이가 전날 보여주었던 사진, 말라버린 행성 표면의 울퉁불퉁한 경사면을 살펴보았다.

방 건너편에 반쯤 열린 문틈으로 파란 불빛이 깜빡였다. 텔레비전 소리가 웅웅거리고 누군가 휙 지나가는 것이 보였다. 나는 엘로이즈의 얇은 잠옷과 서둘러 움직이는 맨발을 흘긋 알아보았다. 창밖으로, 어둠과 분간하기 어려운 희미하고 낯선 땅에 빛이 솟아오르고 있었다. 뭔가 내 아래 깊은 곳에서 변화가 느껴졌다. 마치 땅 밑에서 어두운 흔적을 따라 맹목적으로 움직이고 있는 대륙판들처럼, 사물들의 표면 아래 깊은 곳에서 뭔가가 움직이고 있었다. 나는 가방과 자동차 열쇠를 챙겨 들고 조용히 그 집을 나왔다.

어긋난 계획과 위기를 통한 삶의 환승

• 옮긴이의 말

레이첼 커스크의 『환승』(*Transit*)은 '윤곽 3부작'의 두 번째 책이다. 제1권 『윤곽』(*Outline*)에서 아테네를 배경으로 다양한 이들의 삶을 전했던 작가는, 이제 런던으로 돌아온다. 『환승』에서 자신의 글쓰기 수업에 참석했던 사람들과, 여정에서 만났던 이들의 이야기를 듣던 화자는, 이번에도 다른 사람들의 이야기를 듣고 있다.

외국 생활을 마치고 런던으로 돌아오니 그곳에는 아버지 역할을 익히고 있는 옛 연인이 있고, 자신이 공들여 지은 집을 두고 외국 도시에서 남의 집을 수리하며 돈을 모으는 외국인이 있고, 각자의 어린 시절을 다른 스타일의 자전소설로 펴낸 작가들이 있고, 어머니에 대한 반감으로 어머니가 싫어했던 음식 사진을 찍는 사진작가가 있고, 어찌된 영문인지 심술만 남은 노부부가 있고, 이혼과 재혼 후 다른 삶을 시작한 사촌이 있다. 그리고 그 이야기들을 전하는 이들의 삶은, 모두 어딘가 어긋나 있는 것처럼 보인다. 어긋남이란, '틀어져서 서로 맞지 않은' 어떤 상태를 말한다. '서로'라는 단어는 두 개의 어떤 사태를 염두에 둔 표현이다. 무엇과 무엇이 틀어진 것일까? 하나의 사태가 이 소설에 나오는 인물들의 이야기라면, 다른 하나는 무엇일까? 아마도 '계획'일 것이다.

레이첼 커스크는 이 책이 나오고 미국 공영방송 PBS와의 인터뷰에서 '삶 자체의 계획 없음'에 대해 이야기했다(https://youtu.be/sWAQluUTmww 참조). 나는 그 표현이 좋았다. 그러니까 삶 자체는, '지금'은 늘 무언가로부터 어긋나 있는 상태라는 이야기일 거라고 이해했다. 누구나 자신의 삶은 어떠어떠할 거라고 생각하고, 그 예상에 맞춰, 때론 준비하고, 때론 대비하며 살아간다. 그걸 계획이라고 한다. 하지만 삶은, 늘, 이라고는 할 수 없겠지만, 대부분 계획과 어긋나게 마련이다. 본인의 힘들었던 경험 때문에 자식에게는 악기를 가르치지 않겠다고 다짐했지만, 그 다짐과 다르게 딸에게 바이올린을 가르치는 아버지가 있고, 살고 싶은 집을 지었지만 정작 거기에서 살지 못하는 건설업자가 있고, 화려했던 젊은 시절이 무색할 정도로 심술만 남은 노부부가 있다. 그렇게 계획과 어긋나기만 하는 삶들을 모아놓은 것 같은 이 글에서 저자는 무슨 말을 전하고 싶었던 것일까?

"결국에는 뭘 구해야 하고 뭘 버려야 할지 분명히 아는 일은 불가능할지도 모른다고, 나는 말했다."
(38쪽)

같은 인터뷰에서 커스크는 '이야기'의 실체에 대해 말했다. 인물들이 풀어놓는 자신들의 이야기들, '사람들이 자신들에 대해 하는 이야기'가 바로 소설의 핵심이라는 것이다. 인물들의 이야기에 '미리 정해진 것이나, 이야기의 결말이 가닿아야 할 주제 같은 것은 없다'는 뜻이다. 소설 속에서 이야기를 풀어놓는 인물들은 독자를 어떤 결론으로 이끌지 않는다. 소설 속 인물과 독자는 그저 만날 뿐이고, 작가는 그 만남이야말로 소설의 역할이라고 믿고 있는 듯하다. 어쩌면 무책임해보일 수 있는 이런 태도에서 나는 오히려 독자에 대한 믿음을 보았다. 그리고 그것은 '흥미진진한 구성과 메시지가 있는 이야기'를 전하는 데 있어, 영화를 비롯한 다른 매체에 밀려난 글쓰기가 나아갈 새로운 방향일 수도 있겠다는 생각이 들었다. 레이첼 커스크의 '윤곽 3부작'이 영국 현지는 물론 전 세계적으로 주목을 받는 이유도 바로 그 가능성 때문일 것이다.

소설의 제목은 『환승』이다. 각자 위기를 겪고 있는 인물들이 그 시기를 어떻게 지나고 있는지 보여주면서, 저자는 그들과의 만남을 통해 독자들도 스스로의 이야기를 한번 생각해 보라고 제안하는 것 같다. 그렇게 다른 이야기를 만나고, 그를 통해 나의 이야기를 생각해보는 독자라면, 계획과 어긋난 어떤 위기들도 잘 통과해서 '환승'할 수 있을 것이다. 역자인 나는 레이첼 커스크의 글을 옮기며 위기를 환승하는 데 위안을 얻었던 것 같다. 그녀의 글을 계속 응원하는 이유다.

2021년 4월

김현우

레이첼 커스크 Rachel Cusk, 1967-

1967년 캐나다에서 태어난 레이첼 커스크는 어린 시절을 로스앤젤레스에서 보낸 후 1974년 영국으로 이주해 옥스퍼드 대학에서 영문학을 전공했다. 2018년에 구겐하임 펠로십을 수상했으며 현재 파리에 살고 있다. 첫 소설 『아그네스 구하기』(*Saving Agnes*, 휘트브레드 신인소설가상)를 1993년에 출간한 이후, 『어느 도시 아가씨의 아주 우아한 시골생활』(*The Country Life*, 서머싯 몸상 수상), 『알링턴파크 여자들의 어느 완벽한 하루』(*Arlington Park*, 오렌지상 최종 후보), 『운 좋은 사람들』(*The Lucky Ones*, 휘트브레드 소설상 최종 후보), 『우리에 갇혀』(*In the Fold*, 맨부커상 후보) 등 그녀의 소설은 주로 사회가 만들어놓은 여성상과 이에 대한 풍자를 주제로 했다.

지금까지 모두 열 편의 장편소설을 발표했고, 2003년에는 『그란타 매거진』이 선정하는 '영국 최고의 젊은 소설가'로 뽑혔다. 루퍼트 굴드가 연출하고, 레이첼 커스크가 각본을 쓴 에우리피데스의 『메데이아』(*Medea*, 2015)는 수잔 스미스 블랙번상의 최종 후보로 선정되기도 했다. 특히 10년간의 결혼 생활과 이혼의 아픈 경험을 대담하고 솔직하게 담은 그녀의 회고록 『일생의 일: 엄마가 되는 것』(*A Life Work: On Becoming a Mother*, 2001)과 『후유증: 결혼과 이혼』(*Aftermath: On Marriage and Separation*, 2012)은 영국 문단에 큰 파장과 논쟁을 낳았다.

긴 공백 후, 커스크는 새로운 형식의 소설적 글쓰기를 시도한다. 주관적이고 직관적인 견해는 피하면서 서사적 관습에서 벗어나 개인적 경험을 표현하는 것이다. 이 새로운 프로젝트는 '윤곽 3부작'인 『윤곽』(*Outline*, 2014), 『환승』(*Transit*, 2016), 『영광』(*Kudos*, 2018)으로 발전했고, 해외 문단에서 높은 평가를 받고 있다.

옮긴이 김현우 金玄佑, Kim Hyunwoo, 1974-

연세대학교 영어영문학과를 졸업하고 동대학원 비교문학과 석사과정을 수료했다. 현재 EBS PD이면서 전문 번역가로도 활동한다. 지은 책으로 『건너오다』가 있고, 옮긴 책으로 『윤곽』 『저수지 13』 『그림자의 강』 『결혼식 가는 길』 『위대한 집』 『멀고도 가까운』 『초상들』 『스티븐 킹 단편집』 『행운아』 『고딕의 영상시인 팀 버튼』 『G』 『로라, 시티』 『알링턴파크 여자들의 어느 완벽한 하루』 『A가 X에게』 『벤투의 스케치북』 『돈 혹은 한 남자의 자살 노트』 『브래드쇼 가족 변주곡』 『우리의 낯선 시간들에 대한 진실』 『킹』 『아내의 빈 방』 『사진의 이해』 『스모크』 등이 있다.

환승

지은이 레이첼 커스크
옮긴이 김현우
펴낸이 김언호

펴낸곳 (주)도서출판 한길사
등록 1976년 12월 24일 제74호
주소 10881 경기도 파주시 광인사길 37
홈페이지 www.hangilsa.co.kr
전자우편 hangilsa@hangilsa.co.kr
전화 031-955-2000~3 팩스 031-955-2005

부사장 박관순 총괄이사 김서영 관리이사 곽명호
영업이사 이경호 경영이사 김관영 편집주간 백은숙
편집 김지수 노유연 김지연 김대일 최현경 김영길
관리 이주환 문주상 이희문 원선아 이진아 마케팅 정아린
디자인 창포 031-955-2097
인쇄 예림 제본 예림바인딩

제1판 제1쇄 2021년 4월 30일

값 15,500원
ISBN 978-89-356-6862-5 03840

• 잘못 만들어진 책은 구입하신 서점에서 바꿔드립니다.
• 이 도서의 국립중앙도서관 출판시도서목록(CIP)은
서지정보유통지원시스템 홈페이지(seoji.nl.go.kr)와
국가자료공동목록시스템(www.nl.go.kr/kolisnet)에서 이용하실 수 있습니다.

레이첼 커스크
세계 언론의 찬사를 받다

『환승』을 읽을 때는 약간의 사려 깊은 집중력이 필요하다.
한 문장 한 문장의 아름다움에 빠져들기 때문이다.
영국_파이낸셜 타임즈

그녀만의 독창적인 글쓰기 기술은
소설의 흥미로운 내용만큼이나 강렬하다.
영국_업저버

레이첼 커스크는 훌륭한 소설을 쓰는 방법을 잘 알고 있는 작가다.
『환승』은 아름다운 소설이다.
영국_타임

첫 문장부터 특별한 소설이다.
레이첼 커스크의 멋진 산문은 길들여지지 않은
날것 그대로의 무언가로 가득 차 있다.
『환승』은 낮은 곳에 깔려 있는 진실과 우리를 거쳐 간 사건들을 통해
우리 스스로가 만들어낸 드라마를 세련됨과 우아함으로 이끌어간다.
영국_가디언

특별한 소설이다. 놀랍도록 대담하고, 독창적이며 인간적이다.
영국_텔레그래프

레이첼 커스크는 뛰어난 재능을 지닌 작가다.
미국_커커스 리뷰

레이첼 커스크의 문장은 마치 송곳으로 뚫는 것처럼
본질적인 문제를 파고들지만,
작가 스스로는 침착함을 절대로 잃는 법이 없다.
미국_뉴욕타임스

변화에 동반되는 두려움과 희망의 감정.
그리고 그것들을 정복하는 한 여성의 여정에 관한 소설이다.
'윤곽 3부작'에 대한 기대에 완벽히 부합하는 두 번째 작품이다.
미국_북리스트

레이첼 커스크의 관찰력은 날카롭다.
소설 속 주인공이 만나는 모든 인물의 존재감은 생생하다.
영국_리터러리 리뷰

평온해 보이는 표면 아래 주제의 불일치,
변화와 진실에 대한 욕구 등이
작지만 요란한 지진처럼 흔들린다.
영국_데일리 메일

책을 읽다 보면 어느 순간 한 페이지에 머물러
쉽게 눈을 떼지 못하는 내 자신을 자주 발견하게 된다.
미국_시카고 트리뷴

레이첼 커스크는 젠더, 권력 그리고 스토리텔링에 대한
그녀만의 생각을 담은 또 하나의 매혹적인 배를 만들었다.
미국_뉴욕 매거진

레이첼 커스크는 오만하고 고매한 이론적 접근 대신
날카롭고 기민한 개인적 일화로 우리를 이끈다.
미국_달라스 모닝 뉴스

레이첼 커스크는 소설과 삶에 대한 환상을 모두 드러내면서,
오늘날의 소설을 쓰는 가장 진실된 방법을 발견했다.
미국_아틀란틱

레이첼 커스크 서사의 모든 문장은
알려지지 않은 진실을 수면 위로 드러낸다.
미국_플레보와이어

레이첼 커스크는 창조적 글쓰기의 모든 규칙을 무너뜨렸다.
당신을 완벽하게 사로잡을 것이다.
영국_인디펜던트

열 개의 대화로 이루어진 이 소설의 형식은 기발하고 신선하다.
무의미한 플롯은 과감히 삭제하는 대신
다양한 인간의 삶에 대한 이야기는 풍부하다.
깊이 있고, 생각에 잠기게 되는 소설이다.
영국_런던타임스